白豚貴族ですが前世の記憶が生えたのでひよこな弟育てます

Ⅳ

やしろ

TOブックス

story

前世の記憶が生えたことで鳳蝶は、弟レグルスを本邸に住まわせ教育を受け持つことに。神々や大人たちに助けられながら、豊かな地を弟に譲るため、産業を興す会社 Effet・Papillon を設立したり、領地の軍権を掌握したりと、荒れた領地をコツコツと改革中。

characters

菊乃井伯爵家

レグルス

鳳蝶の母親違いの弟。四歳。好きなものは、にぃに。母方の実家で育てられたが、実母が病死。現在は、菊乃井家で鳳蝶の庇護の下で暮らしている。

鳳《あげ》蝶《は》

主人公。麒鳳帝国の菊乃井伯爵家の嫡男。六歳。前世の記憶から料理・裁縫が得意。成長したレグルスに殺される未来の映像を見るも、その将来を受け入れている。

鳳蝶の父
（名前不明）

菊乃井伯爵家の現当主だが、菊乃井家本宅には寄り付かない。レグルスの養育費を捻出するため、事業経営の道を模索中。

宇都宮アリス

メイド。レグルスのお守役として菊乃井家にやってきた少女。

ロッテンマイヤー

メイド長。鳳蝶の乳母的な存在。愛情深いが、使用人の立場をわきまえて鳳蝶には事務的に接している。

鳳蝶の母
（名前不明）

菊乃井伯爵家夫人であるが、従僕を連れ別邸住まい。

菊乃井家を取り巻く顔ぶれ

アレクセイ・ロマノフ

鳳蝶の家庭教師。長命のエルフ族。帝国認定英雄で元冒険家。鳳蝶に興味を惹かれ、教師を引き受けている。

百《ひゃっ》華《か》

大地の神にして、花と緑と癒しと豊穣を司る女神。六柱の神々の一人。鳳蝶の歌声を気に入り、兄弟を目にかけている。

ヴィクトル・ショスタコーヴィッチ

麒凰帝国の宮廷音楽家。エルフ族。アレクセイの元冒険者仲間。鳳蝶の専属音楽教師。

イラリオーン・ルビンスキー（イラリヤ・ルビンスカヤ）

通称ラーラ。エルフ族。男装の麗人。アレクセイ、ヴィクトルとは元冒険者仲間。

奏

菊乃井家の庭師・源三の孫。この世界においては、鳳蝶の唯一の親友。

イゴール

空の神にして技術と医薬、風と商業を司る神。六柱の神々の一人。鳳蝶に興味津々。

氷《ひょう》輪《りん》

月の神にして夜と眠り、死と再生を司る神。六柱の神々の一人。鳳蝶の語るミュージカルに興味を持っている。

contents

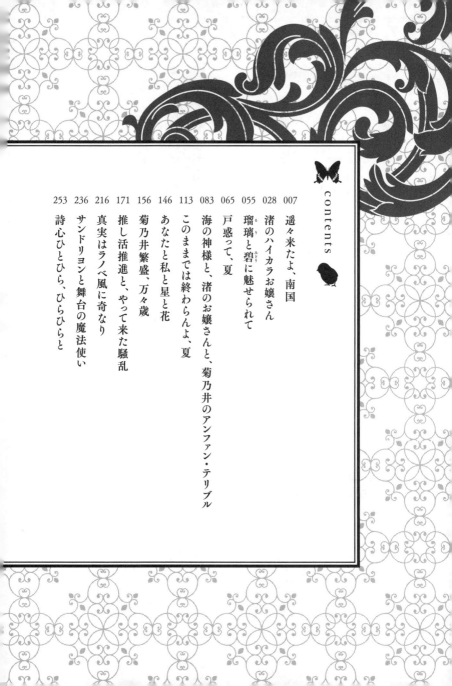

イラスト　keepout
デザイン　團 夢見（imagejack）

遥々来たよ、南国

さてさて、やって来ました。コーサラ国は首都・コーサラ。

私・鳳蝶《あげは》とレグルスくんの菊乃井《きくのい》ブラザーズと奏くん、家庭教師のロマノフ先生とレグルスくんの守り役のメイド・宇都宮さんは、帝都で仲良くなったジャヤンタさんとウパトラさん・カマラさんの冒険者パーティ・バーバリアンのご厚意で、南国コーサラにやってきました！

「にぃに、あちゅいねぇ！」

「夏だもんな！」

「同じ夏でも帝国と全然違うよね！」

レグルスくんと奏くんと三人でハイタッチしてキャッキャしていると、時々すれ違う動物の尻尾や耳を持った人たちが怪訝《けげん》な顔をする。

そんな様子の人たちに、ジャヤンタさんやカマラさん、ウパトラさん、ロマノフ先生はちょっと微妙なお顔。

コーサラ国はだだっ広い帝国の南に位置する獣人たちの国で、王のもと元老院が存在し、その元老院は十二氏族と呼ばれる十二の氏族からの出身者で構成されている。

前世の王政ローマに近い政治形態なのかな？

帝国に対しては、帝国建国以来臣従という立場を取っているけれど、これはコーサラが国として独立する際、帝国の初代皇帝が力を貸したからだそう。

麒凰《きおう》帝国の初代皇帝は旧世界の支配者だった国の若き辺境伯だったそうで、その国の圧政の煽《あお》りを諸《もろ》に食らってたらしい。

都の人間には田舎者と侮《あなど》られるし、辺境の部族には都《みやこ》かぶれしてると嘲笑《わら》われる日々に、ストレスで胃炎起こして死にかけて、死ぬなら四方八方巻き込んで大爆死してやりたくなったとかで、若き辺境伯だった初代皇帝が反乱を起こしたら、あれよあれよと同志が集まってしまいました。

仕方ないから土地を切り取り、仲間を増やして、ついでにその頃差別されていた他の種族——獣人や魔族——や、人間に迷惑をかけられてた種族——エルフやドワーフ——も、「みんな仲良く!」と解放して回ってたら、旧世界の支配者たちを隅っこに追いやり、自分達が一大帝国を築いていましたとさ、メデタシメデタシ。

以上、ロマノフ先生のお伽噺《とぎばなし》より。

無茶苦茶やん。

いや、まあ、それはいいんだ。

兎《と》も角《かく》コーサラはその時のことを恩義に感じて、麒凰帝国に臣下《しんか》の礼を取っていた。

しかし近年の帝国と来たら、建国の志……「みんな仲良く!」——本当はもっと「自由」とか「自立」とか「友愛」とかそんな話なんだろうね——とか言っていたくせに、この頃はそんなのを忘れて獣人を見下し蔑んだりもしばしばで、流石《さすが》のコーサラ国もちょっと態度を変えつつあるそうだ。

この辺りはカマラさんやウパトラさんが、頭が痛そうにしながら話してくれた。

私やレグルスくん、奏くんには獣人を差別するようなところはないけど、コーサラは段々と帝国に不信感を募らせているそうだから、帝国の人間だと解るとひょっとすると嫌なことを現地の人に言われるかもしれない、とも教わったんだよね。

「じじょうがわかってたら、なに言われても大丈夫だ！」って奏くんはいつもみたいにおおらかに笑ってたし、レグルスくんもちょっとびっくりしたのか私の背中に隠れたけど「れーも、わかってたらへいき」って言ってた。

私も解ってたら大丈夫。誤解がとけるように、きちんと礼節をもって対応したらいいかな。

そんなこんなで、バーバリアンの依頼者であるとある貴族さんからあちらのコーサラ入国予定を伝えられ。それに合わせて、私たちはばびゅんっとロマノフ先生の転移魔術で最寄りの街へ飛んだ。

メンバーはバーバリアンの三人と、ロマノフ先生、私とレグルスくんと奏くん、それからレグルスくんのお世話係に宇都宮さん、護衛にタラちゃんとござる丸の計八人＋二匹。

南国とあって、燦々《さんさん》と降り注ぐ陽射《ひざ》しは痛みこそ感じないけど、かなり強い。なので、これも行く前にタラちゃんとござる丸にお願いして作った日傘《ひがさ》と、麦わら帽子をレグルスくんや奏くん、宇都宮さんと一緒に装備する。

なんとござる丸、植物のモンスターだけあって、何でも生やしたり枯れさせたり出来るそうで、日傘の骨になる竹とか出してくれたんだよね。

ロマノフ先生とバーバリアンの三人は、暑さ対策が自前の服に施されてるらしい。

宇都宮さんのメイド服も、それ自体で温度調節出来る便利な仕様になっているそうだ。

普段着を持ってきて着ても構わないとは言ったんだけど、ロッテンマイヤーさんがそれなら現地で買った方が良いって言ってたから持ってこなかったとかで、楽しそうだから皆で服を買いにコーサラ滞在中の拠点になるヴィラの近くにある市場《マルシェ》に行くことに。

私たちもコーサラ滞在中のお洋服を見繕《みつくろ》うつもり。

大通りの道なりに植えられた椰子《やし》の木陰には、南国の色鮮やかな野菜や果物を扱う店や、氷を敷き詰めた上に近海で取れた魚や海老《えび》、蟹《かに》を並べる店、それから観光客用なのか色彩豊かな布で作られたザクッとしたワンピースやシャツが置かれている店もある。

帝国とは違って猫耳や、爬虫類《はちゅうるい》の尻尾を持った人がいたり、髪の色や目の色、肌の色も多種多様だ。

露店《ろてん》には食べ物を扱う店もあって、立ったまま串焼きを食べたり、屋台でスープを飲んだりする人もいる。

人の熱気と活気がまるで陽炎《かげろう》のように揺らめいて。

最近では菊乃井だって活気が出てきたけど、まだまだここまでには程遠い。

ため息を吐くと、背後から旋毛《つむじ》をつつかれた。

「遊びに来てるんだから、おうちのことはちょっとおいておきなさいな」

「そうだぞ。コーサラに来て美味しい魚を食べて帰らなかったなんて、それこそ笑い話だ。そうそう、海に行くならサンダルは必須だな」

「素足で焼けた砂を踏んだら熱いからな。それに海に入って貝殻を素足で踏んづけても怪我のもとだぜ？」

なるほどなるほど。

頷くと、バーバリアンの三人が、植物で作ったサンダルが沢山吊るされた露店に連れて行ってくれる。

見た感じ草鞋《ぞうり》っぽいんだけど、お店の人から勧められて試し履きすると、滑り止めが程よく効いていて、草鞋より足の裏にチクチクしない。

レグルスくんや奏くんも同じように思ったらしく、ペタペタと見本を履いてジャンプや足踏みをする。

「履き心地はどうですか？」

「凄く良いです！」

「うん、これなら走ってもだいじょうぶだし！」

「れーも！　このくっく、すき！」

色合いも鼻緒に緑や赤、紫や水色、鮮やかな布が使われていて、とても可愛い。

買おうと思ってロッテンマイヤーさんに持たせてもらったお財布を出そうとすると、こほんっと背後から咳払い。

振り返るとジャヤンタさんがわざとらしく咳をしている横で、ロマノフ先生とウパトラさんが睨み合っていた。

「ほら、私はこの子たちの保護者ですし？」

「そうねぇ、でも誘ったのワタシたちですし？」

二人とも財布を握って何をしてるんだろう。

ぼんやり見ていると、カマラさんが宇都宮さんの分を含めて、さっさと支払ってしまった。

「私の分まで良いんですか!?」

「ああ、勿論。そう言えばジャヤンタから聞いたけれど、宇都宮さんは槍《やり》の使い手なんだろう？

一度手合わせしてくれないか？」

「ありがとうございます！　でも私、槍じゃなくてモップとかデッキブラシが得意なだけで……！」

「益々凄いじゃないか。私は槍は出来るが、掃除は得意じゃないんだ。掃除の方も教えて欲しいな」

「そちらでしたら、宇都宮凄く得意です！」

謙遜《けんそん》するけど、訓練された兵士を不意打ちみたいな形とは言え、殺傷能力のないモップでこてんぱんにのしてしまえるんだから、宇都宮さんの腕は相当なものだと思う。

フッと口の端を上げて笑うカマラさんに、宇都宮さんがポッと赤くなった。

解るよー。カマラさんは男装してないけど、ラーラさんに似たカッコ良さがあるもんね。

「ありがとうございました、カマラさん」

「ありがとな、カマラ姉ちゃん」

「ありがとう！」

「どういたしまして。次は服だな」

促されて服のお店に行ったけど、そこではアロハシャツみたいなのと、股に余裕のあるゆったりとしたサルエルパンツみたいなのを買おうとすると、それはジャヤンタさんが買ってくれた。

そこでもやっぱりウパトラさんとロマノフ先生の、お財布争いがあって。

「なぁ、ウパトラ兄ちゃんとロマノフ先生は一体何とたたかってるんだ？」

「さあ？」

何とウパトラさんとロマノフ先生の戦いはヴィラまで続いたのだった。


燦々《さんさん》と降り注ぐ痛みすら感じそうな強くて暑い陽射しに、焼けて足を下ろせばあちちな白い砂浜。

キラキラと夏の陽を弾いて輝く、青く広大な海原《うなばら》と。

寄せては返す波に咲く飛沫の花に、涼しげな磯の香りがする。

これこそまさしく、海。

ヴィラから見えるその光景に、私もレグルスくんも奏くんも一瞬声を失う。

それからすぐに沸き起こる衝動のままに「きれい！」と、これまた三人で叫んでしまった。

これぞオーシャンビューってやつ。

指名依頼を受けている間のバーバリアンの常宿は、コーサラのヴィラ型宿屋でも老舗《しにせ》中の老舗で、代々一族で経営しているそうな。

当代の女将さんとは駆け出しの頃からの付き合いで、ジャヤンタさんたちが斯々然々《かくかくしかじか》ってお話してくれたら「それなら小さな子どもも楽しめるヴィラを用意しておきますから、心置きなくどうぞ」と、このオーシャンビューの菊乃井のお屋敷の一階部分ぐらいのヴィラを用意してくれたそうだ。

因みに女将さんも獣人で、熊耳と尻尾が生えてて、カマラさんとウパトラさんがお土産に菊乃井のお野菜と蜂蜜を渡してた。

それはおいといて。

ヴィラのリビングから見える白砂の浜辺を、ジャヤンタさんが指差す。

真正面には海、東側にはゴツゴツと隣のヴィラと隔てる壁のような岩があった。

「依頼は明日から開始だから、その間はこの真正面の浜だったら遊んでても大丈夫だ。ただし、東に衝立《ついたて》みたいな岩があるだろ？　あそこから先は依頼主が使ってるビーチだからいかないでくれよな」

「「「はーい！」」」

それぞれ当てられた部屋に荷物を置きに行って、それからは自由時間だ。

私はレグルスくんと奏くんと同じ部屋。

扉を開けて三人で部屋に入ると大きなベッド、三人で寝ても余裕なくらいの大きさがあった。

それに、きらりんっと奏くんとレグルスくんの目が光る。

「なあ、若さま。あれ、やっていい？」

「れーもやりたい！」

「うん、良いよ。私もやるし」

三人で顔を見合わせて頷くと、手を繋いでベッドに走る。そしてジャンプしてベッドに飛び込むと、ぽーんっとスプリングが弾んで、身体が跳ねた。

「うぉ！　すげぇ！」

「跳ねるねぇ！」

「ぽよんぽよん！」


キャッキャッしてると、こほんと後ろから着いてきていた宇都宮さんが、軽く咳払いした。

「若様、先にタラちゃんやござるちゃんを出してあげませんと、さっきからウゴウゴしてますよ？」

「お、そうだった！」

タラちゃんとござる丸は、移動の間は大人しくペットを運ぶ用の籠の中にいて、それを宇都宮さんが小さな台車に乗せて運んでくれていた。

籠の蓋を急いで開けると、やれやれといった雰囲気で、二匹が出てくる。

そして部屋を見回すと、タラちゃんはさっさとベッドに付いてる天蓋に登ってお休みの体勢だし、ござる丸は部屋の隅に置いてあった観葉植物のプランターに腰を下ろした。

とりあえず、それぞれ納得する居場所があったみたい。

自分の荷物をそれぞれ片付けて、市場《マルシェ》で買ったシャツとパンツに皆で着替えると、私もレグルスくんも奏くんも、明日に備えて水着を出しておく。

すると、レグルスくんが「あれ、わたす？」とこてんと小首を傾げて聞いてきた。

「そうだね、明日は海だし渡しておこうかな」

「おう、じゃあ、おれ、アリス姉呼んでくるわ」

「うん、お願い」

パタパタと扉一枚隔てた隣の部屋に走っていく奏くんを見送って、私は詰めてきた鞄の底から一枚の水着を取り出す。

レグルスくんの言うには、帝都では水遊び的なことはしたことがなくて、水着を見たのは初めてらしい。

だからきっと「うちゅのみやも、みずぎもってないとおもう」と、レグルスくんはモジモジしながら宇都宮さんの水着も作って欲しいとお願いしてきたのだ。

なんて良い子！

その気持ちに応えて水着を作ったのは良いんだけど、流行りがちょっと解んなかったからメイド服をモデルにヒラヒラのスカートみたいなフリルの付いたワンピースにしてみたんだよね。

サイズは……これも解んなかったからタラちゃんに頼んで、魔力を通したらサイズがピッタリになる伸縮自在の布を作ってもらって。

丁度、水着を出した頃、パタパタと軽やかに、宇都宮さんを連れた奏くんが部屋に戻ってきた。

宇都宮さんもメイド服から、フワッとしたロングワンピースに着替えている。

「お呼びですか、若様？」

「はい、明日の準備に渡したいものがあって。宇都宮さんって魔術使えましたよね？」

「はい。身体強化系を嗜《たしな》んでおります！」

ビシッと背筋をただす宇都宮さんの袖を、レグルスくんがツンツンと引っ張ると、私が託した水着を見せた。

「うちゅのみやもみずぎあるから、あしたはいっしょにあそぼーね？」

「へ？　わ、私に水着ですか⁉」

「うん、レグルスくんが宇都宮さん水着持ってないって言うから。一緒に遊びたいしね」

レグルスくんがグイグイと宇都宮さんに水着を押し付けると、それを受け取って宇都宮さんは胸に抱く。

そして「ありがとうございます」とスカートを持ち上げて礼をすると、しげしげと水着を眺める。

「サイズは魔力を通して調整してくださいね」

「はい、ありがとうございます！　凄く可愛いです！　これで渚の視線を宇都宮が独り占めですね！」

「いや、おれらとロマノフ先生しかいないし」

奏くんの突っ込みが冴え渡るけど、まあ、うん、私たち以外がいたら独り占めだと思う。

宇都宮さん、かなり可愛いもん。

そうやってわちゃわちゃしていると、不意に部屋の扉がノックされた。

音のする方に視線をやるとロマノフ先生がいて。

早速着替えたのか、アロハのようなシャツに普段は流している髪を一つに括《くく》って暑さ対策してるみたい。

「お夕飯は屋台で食べるそうですよ。それまではこの辺りを散歩しましょうか」

「「「はーい！」」」

普段とは皆少しずつ違う。

旅に出たんだ。

薫る潮風と聞こえる潮騒が、いっそうそれを強く意識させる。

どうもワクワクが止まらないのは私だけじゃないみたいで。

ヒョコヒョコと羽毛《うもう》のような金髪を揺らして歩くレグルスくんも、私とつないだ手を何度も確かめるように握る。

そうやって、胸がドキドキしたまま、旅の一夜目は更けて行った。


次の朝は快晴。

朝食はルームサービスと言うか、あらかじめジャヤンタさん達が頼んでくれていたそうで、お宿の料理人さんが作った朝御飯を届けてくれて。

「ほんじゃ、俺たちは行ってくるから」

「そうだな。おやつ時には帰ってくるから、少し休んでから観光しようか」

「折角ロッテンマイヤーさんが観光ガイド作ってくれたんだもの、活用した方がいいわ」

そう言ってくれる三人を見送って、私たちは水着に着替えてヴィラから直接白い砂浜へ。

寄せては返す波に目を奪われるけど、泳ぐ前に準備体操は必須。

農作業の前にいつもしているように、三人でラジオ体操をしていると、宇都宮さんもいつの間にか交じっていて。

ロマノフ先生も前世の競泳選手のような、上半身が裸で下が長くて足首くらいまである水着を着て、浜に出てきた。

腹筋が、めっちゃ割れている！

比べて自分を見てみると、お腹はぺたんこだけど、腹筋なんか無さげ。

真横の奏くんを見ると、袖のない赤と白のツナギの水着越しでは解らないけど、見えてる腕とか足は私より逞しい。

唖然《あぜん》として、反対側の横にいるレグルスくんを見ると、やっぱり私より筋肉付いてる気がする。

子どもだけど。

子どもなのに！

「なんで、そんなに筋肉ついてるの⁉」

「え？　鍛えてるから？」

さらっと白い歯を見せて笑う奏くんに、「ふんす！」と胸を張るレグルスくん。

負けたとか思ってないんだからね⁉

「奏くんもレグルスくんも、子どもとしては『ちょっと鍛えてるかな？』くらいの筋肉の付き方ですよ。二人とも武道の修行もしてますしね」

「それなら私だって……」

「二人には戦うことを重視して教えてますが、鳳蝶君には戦うより逃げることを重視して教えてますからね。筋力の用途の違いです」

「なんでそんなに筋肉ついてるの⁉」と、叫んだ私に対して、ロマノフ先生は的確な解説をくれた訳ですが、それで私が納得するかと言えば、したくないのが人情だと思うんだよね！

そんな私ににこやかに奏くんが言う。

「若さまがぶき持ってたたかうようじゃ、それは負けだってお姫さまが言ってたんだろ？　おれたちが鍛えてるのは、若さまにぶきを持たせないようにするためだし、若さまはぶき持たなくても強いから良いんだよ」

「その話、誰から聞いたの？」

「ひよさま」

なんとレグルスくんは、あの難しい姫君のお話を解ってたんだ。凄い。

うちのひよこちゃんはやっぱり天才なんだよ！

ちょっと気分が良くなったというか、奏くんは拗《こじ》らせてる私の操縦《そうじゅう》が上手い気がする。お兄ちゃん力が高いよね。

そんな訳で、改めて体操してから浮き輪をつけて、波打ち際へ。

ざざーんっと打ち返す波に足を浸すとひやっとして気持ち良い。

「にぃに！　ちべたい！」

「うわぁ、これが海かー！　すげー！　冷てぇー！」

高い歓声にちょっと好奇心を刺激されて、手を波に突っ込んで濡らすと、少しだけ嘗《な》めてみる。

「しょっぱい！」

「まじ⁉」

「にぃに、うみはしょっぱいの⁉」

「凄く塩辛い！」

海なんだから塩辛いのなんて当たり前の筈《はず》なのに、凄くドキドキして心が弾む。

そうだよね、「俺」は海が塩辛いなんて知ってるけど、私は実際そうなのか知らないんだもん。

それが触れるし感じられるとか、凄いんだ。

ジャバジャバと波を分けてお腹の辺りまで浸かる。もっと先に行けるかなと思っていると、後ろから浮き輪をがっちり掴まれた。

「気持ちは解りますが、あまり沖に行ってはいけませんよ」

「う、はい……」

ってな訳で、ロマノフ先生に連れ戻されて波打ち際でちゃぷちゃぷすることに。

それでも充分楽しくて、足で水を跳ね上げると、飛沫がかかったのかレグルスくんと奏くんがきゃあきゃあ笑いながら、私に手で掬《すく》った海水をかけてくる。

だけじゃなく、側にいたタラちゃんやござる丸、宇都宮さんやロマノフ先生も巻き込んで、水掛け合戦になって。

「やったな、若さま！」

「レグルスくんも掛けたじゃん！」

「うちゅのみやがれーにおみじゅかけたからだもん！」

「やだー、ロマノフ様のお水を避けたらレグルス様に掛かっちゃったんですよぅ！」

「宇都宮さんは仕留め損ないましたが、ござるくんとタラちゃんは仕留めましたよ！」

「ゴザルゥゥゥ⁉」

「＊&#%£¢$¥℃‼」

きゃいきゃいわいわい遊んでると、何やってても面白くて！

お宿のひとがサービスでパラソルとお茶を持って来てくれて、休憩する頃には、もう皆びっちょびちょ。

「暑いですから、水分補給はちゃんとしなくちゃ、ですね！」と、キンキンに冷えたお茶に凍ったフルーツを浮かべたものを、宇都宮さんがグラスに注いでくれる。

それを一口飲むと、ざっと爽やかな風が吹く。

と、隣のビーチとこちらを隔てる岩場から、なにやらゴニョゴニョと人の話し声が。

ロマノフ先生や奏くん、レグルスくんと顔を見合わせて、耳をそばだてていると「きゃーっ⁉」と悲鳴が響き渡り、ロマノフ先生が眉を寄せた。

「隣にモンスターが出たようですね」

「え⁉　じゃあ、ここも危ないんじゃ……」

「向こうにジャヤンタ兄ちゃんたちいるぞ？」

にわかに騒がしくなったお隣の気配にこちらも緊張していると、更に岩を一枚隔てた向こう側が慌ただしく殺伐《さつばつ》としていく。

なんだか「クラブ」がどうとかこうとか聞こえてくるからロマノフ先生を見ると、先生は首を横に振った。

「どうやら人食い蟹《がに》が群で現れたようですね」

「人食い蟹、ですか？」

「はい。この辺ではギガントクラブと呼ぶ筈ですよ。それにしても群で、ですか……」

凄く深刻そうな顔で考えるロマノフ先生を他所《よそ》に、隣のビーチでは更に何かあったようで大きな怒声と悲鳴が続けざまに上がる。

これは何か緊急事態なのかも。

それは私だけじゃなく皆そう思ったようで、ロマノフ先生が頷いた。

「鳳蝶君たちはヴィラに避難していてください。あそこは昨日結界を敷きましたから、人食い蟹の大群くらいなら三日は凌《しの》げます」

「いつの間に⁉　いや、三日の籠城《ろうじょう》とかどんだけ⁉」

「まあ、そんなに時間はかかりませんが念のために見に行って来ます」

そう言うと、ロマノフ先生は私たちがヴィラに引っ込むのを見届けて、隣の浜へと向かって行った。

モンスターの襲撃なら仕方ないし、お隣さんとジャヤンタさんたちが無事だと良いけど。

ぼんやりとヴィラの縁側から、お茶を飲みながら白い砂浜を眺める。

どうもお隣の修羅場を思うと騒ぐ気にもなれず、私もレグルスくんも奏くんも、タラちゃんもござる丸も静かだ。

宇都宮さんもメイドから護衛に変わって、モップ片手に海を警戒している。

と、ざわりと皮膚《ひふ》が粟立《あわだ》つ。

それはレグルスくんも奏くんも、タラちゃんたちも感じたようで。

「若様、何か来ます！」

「宇都宮さん、危ないと思ったらヴィラに下がって。タラちゃんとござる丸は警戒配備！」

「はい！」

「ゴザルゥウゥ！」

私の声に、ござる丸とタラちゃんが瞬時に宇都宮さんの前に出る。

あの二匹にとっては、私の大事なものは皆守るべきものとして認識されているようで、宇都宮さんもその中に入っているのだ。

だからって命を棄《す》てて守るのじゃなくて、皆で逃げて帰ってくるようにって話なんだけど。

しかし。

「ねぇ、奏くんにレグルスくん。何で弓と木刀構えてるのかな？」

「ん？　そりゃあ、念のため」

「れーも、そう」

「危ないことしちゃ駄目だからね⁉」

奏くんはいつもの弓を、お正月に先生たちから貰ったポーチに入れてたらしく、レグルスくんも同じくひよこちゃんポーチに木刀を突っ込んでたようで、二人とも海に向かって凛々《りり》しくファイティングポーズだし。

兎も角、来るらしい何かに備えて海を見ていると、段々と波に紛れて、一体の岩のようなものが近づいてくるのが解る。

ズンズンと大きくなっていくそれは、浜に上がる頃にはハッキリと蟹の形が見て取れた。

形状的にはシオマネキのように片側のハサミが大きく、タカアシガニのように足がやたらと長い蟹で、だけど大きさは牛くらいとか、痺《しび》れもしないし憧《あこが》れもしない。ひたすら気持ちが悪いとしか。

「俺」もタカアシガニの形状はちょっと好きじゃなかったんだけど、今世の私もああいうの駄目だ。

それが群で襲ってくるなんて、お隣は地獄か。

うげっとなりながら蟹を見ていると、むっと奏くんが睨むように目を細めて、蟹の片側だけ大きなハサミを指差した。

「若さま、ひとがはさまれてる！」

「え⁉」

その言葉にレグルスくんもハサミを見て「おんなのこ！」と叫んだ。

「助けないと！」

と思ったのと同時に、肌に感じるゾワゾワが膨れ上がり、水面から巨大なタコ——小さな家一軒くらいの——が現れて、その八本ある筈の足の一本を、女の子を抱えた蟹へと伸ばした。

「やめろっ！」

叫んだ瞬間ぶわりと気持ちが昂《たかぶ》ったかと思うと、タラちゃんの糸がタコに絡み、蟹に伸びたその足が剣圧で切り飛ばされ、女の子を抱えた蟹のハサミが矢で射られて千切れ、ござる丸が海草で作ったカーテンの向こうでポーンと投げ出された女の子を宇都宮さんがキャッチ、その間に二体のモンスターに巨大な氷柱《つらら》がぶっ刺さっていた。

うん、まあ、私も魔術の勉強をしている身ですから？

攻撃魔術の初歩の氷柱ぐらいはお勉強でも出せてましたよ？

それでなんで「初歩の魔術でいいから！　足止めでいいから！」って思ってただけなのに、めちゃくちゃ大きな氷柱がぶっ刺さってるんだ……。

あれ、もしかして、私の感情、主に怒りやらで威力が変化したりするのかしら？

「……奏くん、レグルスくん、危ないことしちゃ駄目じゃん」

「え？　若さまに言われたくないぞ」

「にぃに、タコさんとカニさんにこおりささってるよぉ？」

なんでだろうね、お兄ちゃん知らないよ。

レグルスくんと奏くんの視線に目を逸らしていると、女の子を抱えた宇都宮さんが「三人とも危ないことしちゃ駄目です！　めー！」と叫んでたけど、聞こえない聞こえない。

と、パチパチと何処からともなく拍手があって。

浜を見ると白いお髭《ひげ》のお爺さんが、こちらに向かって拍手していた。

誰だろう？

グッサリ

渚のハイカラお嬢さん

日焼けした小麦の肌に、矍鑠《かくしゃく》とした雰囲気、腰も膝も真っ直ぐで、源三さんを彷彿《ほうふつ》とさせる白髭と長い白髪のアロハシャツに似た服とサルエルパンツのお爺さんは、近くに住んでる漁師さんだそうで。

「いやぁ、長いこと生きとるが、クラーケンが瞬殺なんぞ初めて見たわい」

「はぁ、あれクラーケンって言うんですか」

「うむ、長年この辺りを根城《ねじろ》にして我が物顔で暴れまわっておった奴じゃろうよ」

氷柱が刺さったタコとカニを眺めて、髭《しご》を扱きながらお爺さんが教えてくれたことには、何やら浜が騒がしいから見に来たら、人食い蟹が大群で二軒隣りのヴィラを襲ってたそうだ。

その群れをその二軒隣りで押さえられなくて、ジャヤンタさんたちが守ってる隣のヴィラに波《は》及《きゅう》してとんでもなく混乱して乱戦になった上に、蟹の数が多くてエルフ——これロマノフ先生のことだと思うんだけど——が参戦してようやくまともに戦える感じになったけど、それでも手が足りなくて、打ち漏らした一匹が私たちの浜に来ちゃったみたいな。

そもそも人食い蟹はクラーケンの好物で、大群で浜に上がってきちゃったのは、このタコに追いかけられていたからだろう。

こりゃヤバいと、お爺さんも避難場所を探してここに辿り着いたんだそうで。

「カニの大群に襲われても三日は持つ結界なら、クラーケンでも二日は持つ。このヴィラは他のどこより安全という訳じゃな」

「ふぅん。でも、じいちゃんよくそんなのわかったな？」

「まぁの。これでも色々あった身じゃて」

「ああ。お若い頃冒険者だったとか、そんなですか」

「そんなところじゃ」

ホッホッと笑うお爺さんは本当に好好爺《こうこうや》って感じ。だけど、同じような雰囲気の源三さんだって、昔は名うての冒険者だったって言うから、こちらではこういう雰囲気のお年寄りは、皆修羅場を潜った故のいい人なのかも。

「それにしてもお若いの、強いのう。弓はカニの関節の一番弱い部分を針の穴を通すが如くじゃし、剣圧は切られたのが解らぬほどの鋭い切り口じゃ。それにあの氷柱。見かけは派手じゃが氷結系攻撃魔術の初歩じゃな」

「あ、はい。高度な攻撃魔術って広範囲だから怖くて。味方に当たったらと思うと使えないというか」

「なるほどのう」

感心しきりというお爺さんの言葉に、逆に驚く。

奏くんやレグルスくんの技術はともかく、初歩の氷結系魔術だと見抜かれるなんて、本当に世界って広い。

それを実感したのか、奏くんもレグルスくんも首を否定系に振った。

「おれのじいちゃんはもっとすごいし、先生たちはもっともーっとすごいぞ」

「いつか、れーがかつけど！　かつけど！」

ひよこちゃん、若干おめめが据わってるのはなんでなの。

そんな二人の様子にこれまた愉快そうに、お爺さんは声をあげて笑う。

と、とてとてと宇都宮さんがヴィラの奥から戻ってきた。

「若様、お嬢様のお支度が調いましたのでお連れいたしました」

「ああ、ありがとう宇都宮さん」

「いえいえ、これも宇都宮のお仕事のうちですから！」

にこやかな宇都宮さんとは対照的に、その後ろから音もなく女の子が現れる。

なんというか、ヒラヒラしたドレスもそうなんだけど、隙のない身のこなしがただ者じゃない感じがするし、何より真っ白な髪から黒い羊の巻き角が覗いていた。

コーサラの十二氏族の一つには羊の家があるから、もしかしたらその家のお嬢さんかも。

そう思っていると、女の子がボソボソと口を開いた。

「……此度《こたび》は大義《たいぎ》であった」

「……えぇっと、はい。お怪我などは？」

「無い。捕まる前に辛《かろう》うじて魔術で障壁《しょうへき》を張ることは出来た」

「ああ、なるほど。だから濡れてなかったんですね」

「そうだ」

前髪が隠しているから、眼を見ることは出来ないけど、口が真一文字に引かれている当たり、まだ襲われた恐怖が残っているのかしら。

だとしたら知らない人に囲まれているのは苦痛だろう。

「あの、お名前をお尋ねしても？」

「聞いてどうするのだ」

「貴方を保護したことをヴィラの方に連絡して、ご家族に迎えに来ていただいた方が良いかと思って。ご心配なさっているでしょうから」

お隣からはまだ怒号や悲鳴が、轟音とともに聞こえてくる。

不躾にならないように彼女の姿を観察するに、夏用の素材を使ったロココとかいう言葉がピッタリなドレスには沢山のレースや刺繍《ししゅう》が施されていて、とても安物には見えない。

つまり、やんごとないお家のお嬢さんなんだろうことが見て取れる。

年の頃は、奏くんより上だけど宇都宮さんよりは下って感じかな。

眼を隠すような長い前髪、顔は口くらいしか見えないけど、この口元が実に雄弁。

今だってへの字口に警戒が滲《にじ》んでる。

「……」

「他意はないんです。とりあえず貴方がご無事で良かった。それを早く何方かにお知らせしたいと思っただけですし」

「ね？」とレグルスくんや奏くん、宇都宮さんを振り返れば、皆全力で首を縦に振ってくれた。お爺さんも笑いながら頷いてくれて、それを目にした女の子がちょっとだけ頬を染めてそっぽを向く。

多分お家で見知らぬ人間に簡単に名乗るなと言われていたんだろう。だからこっちを警戒してるだけで、本当はいい子なんだろうな。

「……その、礼をいう。家名は言えぬが……私はネフェルティティという……」

「そうですか。でしたらこちらも家名は置きますが、私が鳳蝶、私の横の金髪の子どもが弟のレグルス、茶色の髪の子が私の友人・奏、それからメイドの宇都宮です」

「れぐるすです、よんさいになったの！」

「よろしくなー！」

レグルスくんがおててのの指をぱっと広げて見せるけど、全部見せてるから「五歳」になってる。だから奏くんが後ろから、親指を隠すように握ってくれたんだけど、それが面白かったようでネフェルティティ嬢が少しだけ笑った。

宇都宮さんはお爺さんとお嬢さんにお茶を出してお辞儀すると、さっと私の後ろに戻る。

それと交代で、私たちがいる縁側の下からタラちゃんとござる丸が、ひょっこり顔を出した。

お嬢さんの口元が思い切りひきつる。

「モンスター!?」

立ち上がりかけたお嬢さんの剣幕《けんまく》に驚いたのか、タラちゃんとござる丸が縁側の下にひゅんっと引っ込んでしまった。

「あ、待って！　私の使役モンスターです！　私、魔物使いなので！」

「さっき、お前さん、その二匹にも助けられておったぞい？」

「あ、そ、そうなのか……。すまぬ、助かった」

私の説明に加えて、お爺さんの言葉に、ネフェルティティ嬢はハッとして二匹にも礼を告げる。

すると、二匹がおずおずと縁側から出てきて、タラちゃんが長い尻尾で砂に『よろしく』と書いた。賢《かしこ》い。

それに驚いた様子で、お嬢さんは小さく「よろしく」と返した。

人見知りだけど、本当に良いお嬢さんなんだな。

それは兎も角、まだまだお隣のヴィラの喧騒は続いている。

ロマノフ先生が行ってもまだ続いてるってことは、余程数が多いのだろうか。

「いやぁ、多分、景観を壊すなとかやかましいことを言われて、中々力が奮えんのじゃろうよ」

「へ？　私、喋ってました？」

「いいや、顔に『まだ終わらない』って書いてあったのでな。年の功《こう》じゃ」

「ははぁ、凄いですね」

フォッフォッとお爺さんが声を上げて笑う。

うーん、景観より命の方が大事だと思うんだけど、それはここにずっと住んでる訳じゃない私たちの言い分で、ここの景観を商売にしてる人には環境破壊は死活問題かも知れないもんね。

他者を慮《おもんぱか》るって難しいな。

隣の阿鼻《あび》叫喚《きょうかん》は、しかしこちらに波及する様子もないのは、先生やバーバリアンが防いでくれているからだろう。

こちらは潮騒《しおさい》と時々鳴く海鳥の声がＢＧＭだ。

そこに「ぐー、きゅるり」と、何だか違う音が不意に混じる。

「やべぇ、若さま。腹減ってきた！」

「れーも、おなかすいてきた」

「えー……どうしようかな？」

空を見上げれば太陽はいつの間にか、真上で燦々と輝いている。

おずおずと宇都宮さんが手を上げた。

「若様、私、お嬢様のことをお知らせついでに、何か買ってきましょうか？」

「あー……そうだね。でも今動くと戦闘に巻き込まれちゃうかな……」

そうなると宇都宮さんが危ないしな。

どうしたもんかと思っていると、ござる丸がぴょんぴょんとタラちゃんの上で跳ねる。

タラちゃんが砂に尻尾で『せんせい、しらせます』と書くと、二匹してシュタタタンッと岩場を跳ねて隣へ行ってしまった。

伝令はとりあえず出来たとして、お腹が空いたのはどうしよう。

考えていると、レグルスくんが蟹とタコを指差した。

「にぃに、あれ、たべられないの？」

「あれって……蟹とタコ？」

「りょーりちょーが、あれよりちいさいけど、おなじのおりょうりしてたよ？」

「えー……どうかな？」

「うまいんじゃね？　じいちゃんがデカい蟹はうまいって言ってたし」

「宇都宮、タコさん気になります！」

ヒソヒソと話していると、ネフェルティティ嬢が「あれを、食す⁉」とちょっと引いてる。

でもさー、蟹とタコだよ？

しかも獲れ立てピチピチだよ？

盛り上がっていると、お爺さんが縁台から立ち上がる。

「あの蟹もタコも、ここいらでも滅多に見られぬ高級食材じゃよ。旨《うま》いぞ？」

おぉう、良いこと聞いた！

奏くんとレグルスくんと宇都宮さんが「きゃー！」と円陣を組んで喜び、ネフェルティティ嬢はちょっと困惑気味。

そして私はスタスタと縁台から降りてしまうお爺さんを引き留める。

「どこに行かれるんですか？　お爺さんもご一緒に……」

「ほ？　ワシまでご相伴させてくださるのかの？」

「はい、だって色々教えてくださったし……」

折角だし、皆で食べた方が美味しいと思う。

そりゃ先生やバーバリアンの皆もいたら良いけど、まだ隣からは金属がぶつかる音や何か爆発したような轟音がするんだもん。

私の様子にお爺さんが白い歯を見せてニカッと笑う。

「気持ちはありがたいが、ワシは昼はもう済ませたでの。ワシの孫を呼んでくるからたらふく食わせてやっておくれ。代わりにその嬢ちゃんをお若いのが預かっとることを、宿の主人に伝えておこう」

「解りました。ところでお爺さん、お名前は？」

「ワシはマリウス、孫はロスというんじゃ。よろしくの」

「はい、お待ちしてますね」

「ではの」と飄々《ひょうひょう》とマリウスお爺さんは行ってしまった。


で、なんだけど。

氷柱がぶっ刺さった蟹とタコを、食べるとしてどうしたもんか。

タコは内臓を除いてから塩で揉んでぬめりを取らなきゃだし。

とりあえず食べるにしても浜から引き上げないといけない。

そうなると人手がいるよなぁ、なんて思っていると、ガサガサと隣との境界にある植え込みから、男の人が現れた。

マリウスお爺さんが着ていた服と同じ柄のサルエルパンツに、真っ白なタンクトップの出で立ちに、深い海のような眼、何より顔立ちにお爺さんの面影がある。

「えぇっと、ロスさんですか？」

「ああ、蟹とタコをご馳走してくれるってジイさんから聞いて来たんだが」

瞳と同じくらいの青さのドレッドヘア、胸板の厚さや腕の太さとかジャヤンタさんといい勝負だ。漁師さんって力仕事だもんね。

ロスさんの言葉に頷くと、私は「あれなんですけど」と氷柱で串刺しになっている蟹とタコを指差す。

私の指の指し示す先にロスさんは一瞥すると、おもむろに二体のモンスターに近づいた。

そして様子を窺うように氷柱や足を見てから、ニカッと笑う。

「やべぇな、これ。氷柱ぶっ刺さったとこから凍結してらぁ！」

「え？　もしかして、食べられないですか？」

「いや。上手く刺してあるから、内臓も壊れてないし、なんつうかこのまま浜で放っておいても一日二日は新鮮なままって感じだぞ！」

「なんなんだ、その無駄な超絶的技巧は……」

「ははは」じゃなくて「HAHAHA！」って感じで豪快に笑うロスさんとは対照的に、ネフェルティティ嬢からはドン引きしてる雰囲気が伝わってくる。

そんなに変なことなんだろうか。ちょっと凹んでいると、それを察したのかネフェルティティ嬢があわあわと言葉を紡ぐ。

「だ、だって、私はあれに食べられかけたのだ……！　それを食すなど……！」

それは確かに怖いし、こちらの神経が解らないと言われても仕方ない。

でもなぁ、蟹にタコだし、高級食材って言われたらやっぱり食べたいじゃない？

それは私だけではないようで、レグルスくんがポンっと手を打った。

「れーはたべてやっつけたらいいとおもうよ？」

「そうだな。食べて血肉にかえたら、それはカニよりおれらのが強いってことだもん。やっつけたことになるだろ？」

「あ、え、そう、か？　そういうものか？」

レグルスくんの提案に、奏くんが乗って、なんだか押され気味なネフェルティティ嬢。

まあ、言えば蟹は彼女を食べるつもりで捕まえたけど、その蟹もタコから命からがら逃げていた訳で、さらにそのタコを獲ったのは私たちだし、今この空間における食物連鎖の頂点は、一応私たちになる。

食べないのに殺すのは、食物連鎖の道理に反するんじゃないかしら。

つらつらとそんなことを言うと「そう、なんだろうか？」と、ネフェルティティ嬢はグラグラ揺れているようで。

「えぇっと、美味しいものは分けて食べたらもっと美味しいかなって思っただけだし、本当にダメそうなら無理しなくても」

「い、いや。食べて消化して血肉に変えて恐れを克服すると言うのも、一理あると思う」

真面目だ。

凄く真面目なその引き締まった唇に、彼女の覚悟が透《す》ける。

ならば私がやるのは一つだけだ。

「皆で美味しく頂きましょう！」

ぐっと握り拳を天に突き上げると「あいよ～」と軽く、何故かロスさんが蟹を脇に抱える。

そして「ふんっ！」と気合いを入れると、軽々と牛一頭はありそうな大きさの蟹を持って、先にネフェルティティ嬢を助けるために落とした鋏《はさみ》を拾ってから縁側へとやって来た。

「ここでいいか？」

「あ、はい」

上がり框《かまち》にドスンッと下ろされた蟹は、確かに氷柱が刺さったところから凍りついている。

さて、どうやって食べようかな。

しげしげと眺めていると、何やら外がガヤガヤと騒がしくなる。

そう言えば悲鳴と轟音はいつの間にか消えていた。

緊急事態が終わったのかも知れない。

すると、ロスさんが肩を竦《すく》めた。

「時間切れだな」

「え？」

「ここは一応高級宿屋だからな。俺みたいな現地人がいたら、怒られるんだよ。帝国貴族御用達を売りにしてるから」

「私たちのお客さんだとしても？」

「まあ、騒ぎがあったばっかだしな」

苦く笑うロスさんにちょっとモヤる。

それを横目に、ひよこちゃんがひょこひょこと、落ちた大きな鋏を拾って私のところに持ってきた。

観察してみると、身がぎっしり詰まってて、傷んでもない様子。

なので、私はそれをロスさんに差し出した。

「少ないですが、これをマリウスお爺さんと一緒に召し上がってくださいな」

「いいのか？　爪なんて身がぎっしり詰まってて旨いのに」

「だからです。ご馳走するって言ったのに出来ませんで、申し訳ないです」

「いやぁ、俺はたまたま行きがかっただけだしなぁ」

「でもお爺さんには色々教えていただきましたし」

遠慮するロスさんに、ひょこひょことひよこちゃんが近付く。

「おじいちゃんとたべて？」と下から見つめられて、ロスさんは観念したようで。

「解った、ありがたく受けとるよ」

「はい！」

蟹爪を抱えると、爽やかに笑ってロスさんは生け垣の中へと消えていた。

ガヤガヤと大勢の人の気配がする。

と、ぴょんぴょんと跳び跳ねるようにして、縁側とは正反対にある玄関から、ござる丸を背に乗せたタラちゃんが戻ってきた。

後から誰かがドタドタと走って部屋に入って来る。

その音に驚いて玄関の方を全員で見ると、メイド服を着た、ふくよかで羊角のあるおばさんが飛び込んできた。

「ネフェル様!!」

「ばあ、や……?」

ばっとネフェルティティ嬢が立ち上がる。

感動の再会ってやつかしら?

大股で駆け寄るばあやさんに、ネフェルティティ嬢もばあやさんの胸に飛び込むように抱きついた。

「お、お怪我は!? どこか痛いところは!?」

「ば、ばあやこそ! ばあやこそ無事で……!」

ぎゅっとネフェルティティ嬢を抱き締めながら、ばあやさんが嗚咽《おえつ》する。

抱き締められたネフェルティティ嬢も、おずおずとばあやさんの身体に腕を回すと、ぐすりと鼻を鳴らした。

と、そのばあやさんの後ろからロマノフ先生やバーバリアンの三人が、部屋へとバタバタ走り込んでくる。

ロマノフ先生やカマラさん、ウパトラさんは怪我もなく、髪が少し乱れた程度だけど、後に続くジャヤンタさんはちょっと苦しそうで。

よくよく見てみると、ジャヤンタさんは背中に人を背負っているみたいで、その後ろからも二人ほど肩を組んで付いてきてるのが解る。

「鳳蝶坊、ちょっと頼みたいんだけど」

「どうしました？」

「さっきの蟹の襲撃で重い怪我人が出た」

回復魔術なら得意です！

回復魔術って、前世の外科手術みたいなもので、怪我の度合いが大きいほど、使う魔力は多量だし、被術者の負担が大きくなる。

しかも、骨やら筋肉を無理に再生させたり繋げたりするから、凄く痛い。

怪我の度合いが大きく、掛けられる魔術が高度になればなるほど、被術者は苦痛を我慢しなきゃいけなくなる。

だからお医者さんは、骨折とかしても余程のことがない限りは、軽めの魔術をかけて、後は自然治癒に任せるそうだ。

けれども魔術の使用者の魔素神経が発達しまくってて神経の太さも相当だと、初歩の魔術でも高度な魔術のような効果が出せる。

そう、一応上級付与魔術師な私なら、初歩の魔術でもかなりの効果が期待できるという訳だ。

宇都宮さんやカマラさんが持ってきたシーツに、ジャヤンタさんが背負ってきた男の人を下ろすと、肩を組んで歩いて来た男性二人も、シーツに腰を下ろす。

肩で息をしてるんだから、結構な怪我をしているんだろう。

ネフェルティティ嬢がそんな彼らの怪我に怯えて、ばあやさんに一層しがみついた。

それを抱き締めて宥《なだ》めていたばあやさんの身体が、ぐらりと傾《かし》ぐ。

「ばあや⁉」

「……うぅ……」

苦しそうな声で脇腹を押さえるばあやさんの手を、ロマノフ先生がそっと取るとそこは血で真っ赤に染まっていた。

横たえられた人のお腹も赤黒くなっていて、猶予《ゆうよ》がない様子。

私は大きく息を吸い込むと、腹に力を入れた。

癒しのために選んだ曲は大いなる神の恩寵――アメイジング・グレイス。

身体に取り込んだ魔素が魔力に換わり、それを捧げる対価にあらゆる場所に揺蕩《たゆた》う精霊たちが、怪我人の傷を優しく撫でて癒していく。

そんなイメージを歌に乗せれば、彼らの傷口に光が降り注ぎ、赤黒かった腹が段々と元の皮膚の色に戻って、腫《は》れも治まる。

意識のある人たちも、徐々に傷が塞がったようで、痛みに歪んだ顔が少しずつ平静を取り戻そうとしていた。

歌が終わる頃には、もう大きな傷は誰の身体にもなく、倒れていた人の呼吸も平常に戻る。

ばあやさんも額に冷や汗をびっしょり掻いてたけど、痛みが消えたのか、ネフェルティティ嬢をぎゅっと抱きしめていて。

「ばあや、もう大丈夫なのか⁉」

「はい……ええ……もうばあやは大丈夫ですよ……」

泣きそうなネフェルティティ嬢がばあやさんのお胸に顔を埋める。

そんな光景の傍らで、横たえられていた人の瞼がそっと開いた。

「ああ、気がついたようですね」

「ここは……？」

意識の戻った男の人は、彫りの深い顔を怪訝に歪めて、覗き込んだロマノフ先生に尋ねる。

それに軽傷だった二人が跪《ひざまず》いた。

「隊長、大丈夫ですか⁉」

「気が付かれましたか⁉」

「ああ……お前たちも無事だったか……？」

隊長ということは、この二人の上司か。

無事を確かめあう三人に、バーバリアンの三人とロマノフ先生が事情を聞こうと、その側に腰を下ろした。

それは大体マリウスお爺さんが教えてくれたことと同じで、だけど彼らは蟹が大群で押し寄せた原因がクラーケンの襲撃のせいだとは知らない様子。

伝えようか伝えまいか迷っていると、ばあやさんとネフェルティティ嬢の姿が見えなくなっていて。

「ネフェルティティ嬢は……？」

「お嬢様はばあやさんのお怪我の確認のために私のお部屋に。レグルス様と奏くんがくっついてお世話してくださっていますので……」

「ああ、レグルスくん。何気にお世話好きだよね」

「はい。弱きを助けて、強きがいないから破落戸《ごろつき》を懲らしめるのが、最近のご趣味です」

「え？　ちょっと？　今なんか不穏なのが入ってなかった？」

「気のせいですよぉ。そういうゴッコが好きなお年頃じゃないですか〜」

「ああ、ゴッコね……」

ゴッコか。

そうそう、前世では仮面やら被った英雄がいて、子どもも大人も正義の味方のゴッコ遊びに興じる感じがあった……気がする。

レグルスくんもそんな歳だもの、英雄に憧れてそんな行動を取っても何にもおかしくない。

でも、うちには三人ほど本物の英雄がいるんだけど、誰の真似っこなんだろう。

あとで聞いてみようかな。

大人のお話は大人に任せて、私も宇都宮さんも、ネフェルティティ嬢とばあやさんの様子を見に行く。

パタンと扉を明け閉めする音に、レグルスくんとネフェルティティ嬢の顔が、私と宇都宮さんへと向けられた。

「ありがとう、鳳蝶……。どれほど感謝してもし足りない。本当にありがとう」

「どういたしまして。困った時はお互い様ですから。ところで、ばあやさんの具合は？」

話を向けると、ばあやさんはロッテンマイヤーさんを思わせる姿勢正しいカーテシーをした。

「お助けいただき、感謝の言葉もございません。私、ネフェルティティ様の乳母のメサルティムと申します」

「ご丁寧にありがとうございます、私は鳳蝶……」

「ああ、レグルスたちの紹介は済んでいる」

「そうですか。では私の後ろにいるのが宇都宮。当家のメイドです」

「宇都宮でございます」

水着姿ではあるけれど、いや、水着姿であっても、ロッテンマイヤーさん仕込みのカーテシーを、宇都宮さんは美しく決める。

使用人の態度は家の格を表すというから、宇都宮さんの姿勢の美しさは即ち菊乃井の家格なのだ。

逆にそれでも尊大さを維持してこちらに接するネフェルティティ嬢の姿もまた、家格を表している。つまり、どんな家の人間に対しても、そんな風に振る舞うことを許された家の出、王族なり大公家辺りが相当かな。

なんでもばあやさんとネフェルティティ嬢の話を、先に聞いてくれてた奏くんの言うことには、浜に蟹が現れた時にばあやさんはネフェルティティ嬢を守るために我が身を盾にしたそうだ。

「脇腹を鋏で引っかけられたとは思ったのですが……。それよりもネフェル様の方が大切ですもの。

無我夢中でしたわ」

「ばあや……ありがとう。イムホテップ達も私のためにあんな大怪我をして……！　私はばあやや
イムホテップの言い付け通り、平常心を装うだけで精一杯で……」

「ご立派でした、ネフェル様。ばあやも隊長も、お二人も、ネフェル様がご無事なだけで充分……。

後でお三方を労って差し上げてくださいまし」

「ばあや……！」

怖い思いをしたのはばあやさんも同じだろうに、痛みを忘れるほど一所懸命ネフェルティティ嬢を探していたのだろう。

連れて来た護衛の人たちも奮闘したけど、如何せん蟹の量が多すぎて止めきれず、垣根を越えたところでバーバリアンの三人が蟹の討伐に加わったそうで。

流石は三人、見る間に蟹の数を半分に減らしたところで、宿の人からマリウスお爺さんが言ったように「景観が～！」って言われて思うように動けなくなったところに、ロマノフ先生が参戦したらしい。

「早く片付けないと『ギガントクラブはクラーケンの好物だから襲いに来る』とエルフのお方が仰っていらしたのですが、そのうち当家の護衛三人が怪我で動けなくなりまして」

「そんで、バタバタしてるうちにつららが二つ空から落ちたのが見えたんだって。若さま、おれたちのしたことぜったいバレてるぞ！」

「……うん、そう思う」

別に叱られたりはしないだろうけど、危ないことしたのには変わりない訳で。

いやいや、緊急事態だったんだから！

内心で言い訳していると、縁側の方向から豪快な笑い声が聞こえてきた。

『なんじゃこりゃ⁉　アイツらクラーケンまで仕留めてやがるぞ、先生！』

『ええ……殺れないことはないとは思ってましたけどね……ええ……あの子たちですから……』

どこか棒読みなロマノフ先生の声に、私と宇都宮さんは揃って遠くを見る。

ひよこちゃんと奏くんは、海に向かって「ふんす！」と胸を張っていた。


蟹を食べてると、どんなにお喋りな人でも無言になってしまう。

あの後、やっぱり浜で凍りつくクラーケンや蟹のことをロマノフ先生に詳しく事情聴取されたけど、ネフェルティティ嬢の口添えもあって叱られることはなかった。

まあ、「危ないことはしちゃダメですからね？」とは言われたけど、どちらかと言えば「日頃の勉強や訓練の成果を出せましたね」と、誉めてもらえたくらい。

それは何でかって言うと、ネフェルティティ嬢の身の安全は無論のこと、人食い蟹が密集していたお隣にクラーケンに乗り込まれてたら、それはもう目も当てられないことになってただろうから。

大怪我をしていたネフェルティティ嬢の護衛たちは、最悪手当てが間に合わずお亡くなりになっていた可能性すらあったそうだ。

偶然とはいえ、私たちはネフェルティティ嬢御一行の命の恩人という訳。

因みに、なんで護衛三人の手当てを私にさせたかと言うと、そこには大人の事情が絡む。

「いえね、ネフェルティティ嬢はやんごとないお家の出でいらっしゃって、そのお家にバーバリアンの雇い主である麒凰帝国の大貴族さんが貸しを作りたかったようで」

「更にそのワタシたちの雇い主に、ロマノフ卿は貸しを作りたかったのよね？」

蟹爪から肉を剥がしながら説明してくれたロマノフ先生に、ウパトラさんは肩を竦める。

「あー……なるほど、私の人脈作りですね。ありがとうございます」

「いえいえ、どういたしまして。しかし、私が思うより遥かに大きな貸しを両者に作りましたね。上出来です」

モシャモシャと茹で蟹の足を鋏で切ると、綺麗に殻を外して渡してくれるロマノフ先生は、やっぱり優しいだけじゃなくちょっと怖い面もある。

でもそれが私のためだと思うと、ちょっとにやけてしまうから、私も大概性格が悪いよね。

ぱきりとジャヤンタさんが割った蟹足の、中身を引きずり出して奏くんに渡す。

そのホカホカに焼けた身を美味しそうに頬張りながら、奏くんが首を捻った。

「えぇっと、ジャヤンタ兄ちゃんのやとい主は、ネフェル姉ちゃんのばあやさんとかを自分が治してやったことにしたいから、ジャヤンタ兄ちゃんたちに治せって依頼した……ってことか？」

「そういうことだ。しかし、私もウパトラも治癒魔術は不得意でな。やれないことはないが、まあ、うん……」

「んで、若さまを頼ったんだな。若さまが代わりに治してやったんだから、ネフェル姉ちゃんに貸しを作ったのは本当なら若さまだけど、若さまを紹介してやったって貸しをネフェル姉ちゃんに作った……ってこと？」

「奏坊や、それは『言わぬが華』ってやつよ」

うーん、大人の事情。

でもこの状況だと、帝国の大貴族さんの貸しとやらは極小さくなるような。

それを目で問うと、ロマノフ先生はニヤリと口の端を上げた。

「お隣さんにとって、どちらの家の貸しが大きいかは然《さ》して問題ではないんですよ。『帝国』がネフェルティティ嬢御一行に貸しを作ったことが大きいのです」

「ああ、そう言う……」

驚いた。

彼女が外交問題に関わるほどの家のお嬢さんだったとは。

やんごとない身の上だとは、立ち居振舞いで何となく察していたけれど、あれはやはり自分より身分が上の人間が少ししかいない故のものだったんだ。

「彼女はコーサラのやんごとない姫君だったんですね……。あれ？　じゃあなんで蟹に捕まってたんだろ？」

「さて？　私たちと同じでバカンスに来て遊んでたら不幸な事故に巻き込まれたのかもしれませんねぇ」

つまり、ロマノフ先生にも事情は解んないってことね。

あの角を見るに彼女は羊の氏族だろうし、彼女の氏族はコーサラでは王族に近いってことかしら。モシュモシュと蟹肉を頬張るレグルスくんの、ハムスターみたいに膨れた頬っぺたをつついて呟くと、ジャヤンタさんが首を横に振った。

否定するだけして蟹足にかぶりつくジャヤンタさんの言葉を、カマラさんとウパトラさんが継ぐ。

「確かに角はコーサラの羊氏族に似ているが、彼女は違うよ」

「羊氏族の角は子どもの時は目立たないの。彼女の歳くらいなら、あんなに大きくはないわ。というかコーサラの民じゃないわ。多分別の国の娘《こ》」

「ははぁ……」

じゃあ、何処のお姫様なんだ。

貸しを作りたいということは、何らかの理由で帝国と揉めている国だろうか。

考え始めると、すっと口元に剥き身の蟹足が差し出された。

「にぃに、かにさんなくなるよ？」

「あ……」

気がつけばテーブルの上に山ほど盛られていた蟹足は、もう後数本。

因みに蟹味噌《みそ》は一人一つ当たるようになってるから大丈夫な様子。

騒動の終息後、大人は大人で事後処理をして、私たちはネフェルティティ嬢と、滞在中、一緒に蟹を食べるのと遊ぶ約束をして。

宿屋さんとお隣さんからのご厚意で、私たちは遅めの昼食を楽しんでる。

やっつけた蟹とタコは先生のマジックバッグに凍らせたまま保管して、明日にでも食べられるようにしてくれる場所に連れて行ってくれるそうだ。

七輪っぽい道具で蟹味噌を焼いて、ふつふつしたところに宇都宮さんが確保してくれていた蟹の身を投入すると、凄く美味しそうな匂いがしてくる。

「蟹味噌は大人の味なんですよ、レグルス様」

「おとなのあじ……！」

「これが、じいちゃんの言ってた……！」

おめめをキラキラさせるひよこちゃん、可愛い。

奏くんもぱぁっと顔を輝かせてる。

私も焼けてきた蟹味噌に、茹でた蟹の身を付けると、パクッとお口の中へ。

うへぇ、美味しぃー！

蟹食べてるときに難しいことを考えちゃダメだ。全部蟹に持ってかれちゃう。

和やかな雰囲気に、やがて不穏の色は褪せて、ゆっくり空気に溶けて消えたのだった。

翌朝。

バーバリアンの護衛していた大貴族御一行様は、同じ宿屋のちょっと遠いヴィラに居を移したそうで「帰りはおやつ時過《どき》ぎるかな」と言ってご出勤。

私たちは昨日の今日で海遊びもなんだからと、コーサラの観光に出ることに。

アロハとサルエルパンツも着なれて来た。

ロマノフ先生もアロハだし、宇都宮さんも色鮮やかなワンピースを着ている。

バカンス気分も再び盛り上がって来たところに、思わぬ来客があった。

それはネフェルティティ嬢にばあやさんと、昨日の軽傷だった護衛二人と、隊長と呼ばれた男性で。

ヴィラの応接間にお客様を招くとモジモジとネフェルティティ嬢が切り出した。

「その……今日はどこかに行くのか？」

「はい。コーサラの観光に行こうかと」

「そ、そうか……。その……ええっと……」

恥ずかしがってるのか、なんだか前髪で隠れている頬っぺたが少し赤いような。

ドレスの裾をイジイジするご令嬢を見かねてか、ばあやさんが少し身を前に乗り出す。

でも、それを隊長が制した。

「発言をお許しください。私は護衛隊長のイムホテップと申します。後ろに控えるのは部下のカフラーとジェセル。お見知りおきを」

「ご丁寧にありがとうございます。私どもは……」

名乗ろうとすると、イムホテップ隊長が首を横に振る。

もう名前は知っているし、昨日の大人の事情聴取でロマノフ先生から極太の釘を刺されたそうで、「エルフの大英雄がついているならこれより確かな身分保証はない」という判断から詮索はしないそうだ。

まあ、私は面倒にならなきゃ、別にいいけど。

それでこの訪問は、昨日のお礼とお願いのためだと言う。

「私は昨日の件の事後処理のため、話し合いに出向かねばなりません。私どもは昨日の襲撃で手負いになる体たらく。こちらの方々とご一緒する方が安全かと。厚かましいとは思いますが、我が主とのご同道《どうどう》をお願いに上がった次第です」

「……そうなんです?」

真面目に彫りの深い顔に苦悩を滲ませる隊長を見て、ネフェルティティ嬢に顔を向けると小さく頷く。

「で、でも、それだけじゃない。鳳蝶たちと一緒にいたら楽しいかと思って……その、迷惑なら断ってくれていい……」

「別に迷惑とは思わないですよ。ネフェルティティ嬢が私たちと遊びたいと思ってくださるなら、歓迎しますとも」

私の言葉にレグルスくんも奏くんも頷く。

するとネフェルティティ嬢の口元が、ふわっと綻んだ。

瑠璃《るり》と碧《みどり》に魅せられて

コーサラの気候は菊乃井の気候とはまるで違って、雨が多いそうだ。

菊乃井は夏は湿気が少なくて爽やかな代わりに、雨が少ないから油断すると水不足になったりする。

コーサラは夏は台風が多い代わりに、冬も暖かくて、なんなら半袖で過ごせる日もあるのだそうだ。

コーサラより南に行くと、朝夕は非常に寒くて、昼間は凄く暑いらしい。

ネフェルティティ嬢の風通しの良さげなモスリンとはいえ、レースがふんだんに使われ、刺繍がこれでもかとされた豪華でドレスの裾がたっぷりとしたローブ・ア・ラ・フランセーズは、そんな中を散策するにはかなり不向き。

だから宇都宮さんが買ったばかりのシャツとサルエルパンツをお貸ししたんだけど、お手伝いは断られたそうだ。

自分だけでお着替え出来るなんて、貴人っぽいのに珍しい……訳じゃないみたい。

「風習的な理由で王族も自分で着替えする国もありますね」

「そうなんですか？」

「ええ。肌を親や配偶者以外に見せるのははしたないとか、他にも言い伝え的なものが理由だったりしますけど」

「じゃあ、そんなところは子育ても自ら行う感じで？」

「幼い頃はそうですが、自分でお着替え出来るようになると家庭教師の出番ですね」

なるほど、ところ変わればなんとやらだね。

因みにシャツとサルエルパンツになったのは「普段出来ない格好をしてみたい」というネフェルティティ嬢のご要望に応じてだったり。

宇都宮さんのお部屋からネフェルティティ嬢が出てきたのを確認すると、お出掛けの準備は完了。

ヴィラの玄関から出ると、左右にネフェルティティ嬢の護衛として軽傷だった二人——カフラーとジェセルとか言う、やっぱり顔の彫りがかなり深い色黒男性——が立っていた。

お伴としてイムホテップ隊長が置いていったんだけど、怪我とか問題ないんだろうか。

尋ねると「自分たちは軽傷でしたし、もっと重いお怪我の隊長が働いておられるのです」って。

勤め人、辛い。

さて、これから観光なんだけど、その前に昨日の蟹とタコをモンスターから食材に変えてくれる場所に行くそうで。

前を行くロマノフ先生のマジックバッグの中に、ござる丸とタラちゃんが入り、タラちゃんから伸びた糸が私やレグルスくん、奏くん、宇都宮さんとネフェルティティ嬢にくっついて、迷子防止のセーフティネット状態。

で、歩きだそうとすると、ネフェルティティ嬢が私の真横に来たんだけど、その間にぐいぐいとレグルスくんが割って入ってきた。

!
どーん

「れーがにぃにとおててつなぐから、れーとおててつないだらいいよ」

「あ、ああ……」

おぉう、世話焼き発動。

そのレグルスくんの姿を見て、宇都宮さんと奏くんが生温く笑う。

それだけレグルスくんの世話趣味に付き合ってくれてるのね。

ヤシが左右に植えられた大通りを歩くと、団体さんだから自然と道が割れる。

木陰に出ている出店を見ながら進むと、大きな木造のヴィラと似た作りの建物の側で、ロマノフ先生が止まった。

建物に出てる看板は「冒険者ギルド」とある。

「クラーケンがもしかしたら討伐依頼対象になっているかもしれないので、ちょっと調べて来ますね。ついでに食材として切り分けてもらえるよう手配してきます」

「はい、よろしくお願いします」

シュタッとタラちゃんとござる丸が鞄から飛び出すと、ロマノフ先生はギルドの中に入っていった。

ヤシの木陰で先生を待っていると、ふわっと強い風が吹いて、シャツの裾がヒラヒラとそよぐ。

ネフェルティティ嬢の前髪も、さわさわと持ち上がった。

すると、そこには左右で色の違う——右はラピスラズリ、左はアクアマリンの瞳があって。

「ひぇぇ、美人！」

私の声に驚いたのか、ネフェルティティ嬢はハッとして直ぐに瞳を隠してしまう。

それを咄嗟に背伸びして、ネフェルティティ嬢の頬を両手で包んで邪魔してしまった。

「綺麗なんですけど！　なんで隠すんですか⁉」

「ッ⁉」

私、美人は男性も女性も好きなんだよね。

見てて飽きないもん。

大分誉められない趣味だけど、こればっかりは如何ともしがたい。

って言ったって、見てるのが好きなだけなんだけど。

「若様！　お嬢さんにいけません！」

「あ！　ごめんなさい！」

宇都宮さんが出した悲鳴で我にかえると、両手を慌ててご令嬢の頬から離す。

護衛の二人も凄く慌てて、私をネフェルティティ嬢から引き離そうと手を伸ばしていたようで、ござる丸とタラちゃんと宇都宮さんはそれを抑えてくれていた。

いやー、あんまりにも美人でびっくりしちゃった。

無作法な行動にネフェルティティ嬢は顔を赤くしていたけれど、ブンブンと首を横に振って。

「い、いや、驚いたが……謝らなくていい」

「でも女性にして良いことではありませんでした。本当に申し訳ありません」

「気にしないから……。それより、気持ち悪くないのか？」

「何がです？」

「……その、眼が……」

怒るどころか気にするなって言ったかと思うと、モジモジしながら気持ち悪くないのかって聞くって、どういう流れなんだろう？

頭に疑問符が浮かびまくったけど、先ずは肝心なことを話さなければ。

「気持ち悪いなんてとんでもない！　余りにも綺麗だから、ついつい隠すのが勿体なくて。不躾《ぶしつけ》なことをしました……」

「そうか……綺麗、か」

色違いの両目を伏せると、長い睫毛《まつげ》が顔に影を作る。

それも芸術的なラインで素晴らしいと思う。

じっと見ていると、奏くんが「ああ！」と何か思い付いたように手を叩いた。

「それってアレだ。『金銀妖瞳《ヘテロクロミア》』ってヤツだ」

「金銀妖瞳《ヘテロクロミア》？」

それはアレか。

前世では遺伝子の悪戯で起こるとされていた人体の不思議で、猫や犬に現れたら『オッドアイ』と呼び名が変わるヤツか。

ほぇー、奏くんたらよくご存知で。

私の内心を悟ってか、奏くんが肩を竦める。

「若さま、もしかして知らないのか？」

「何が？」

「あのな、おれたちの国では金銀妖瞳《ヘテロクロミア》って言えば、英雄の証《あかし》なんだぜ？」

「へ？　そうだっけ？」

そんな話、あったっけ？

怪訝な顔をすると、レグルスくんが何かを察したようで、後ろをはっと振り向く。

するとそこには苦笑いのロマノフ先生が立っていた。

「鳳蝶君には大分前に軽くそんな話はしたんですけどね。本当に興味のないことは覚えてないんだから」

「あー……ごめんなさい」

そういや私、あんまり麒凰帝国の歴史に関して知らないや。

その国に伝わる英雄譚は、歴史の縮図でもある。今度からはもうちょっと真面目に聞こう。

そう思っているとロマノフ先生が説明してくれた。

曰く、帝国の初代皇帝の親友が金銀妖瞳《ヘテロクロミア》で、初代皇帝が帝位に就いた際に、元々の皇帝の辺境の所領を任され、現コーサラの前にあった国が帝国建国のゴタゴタに乗じて帝国に攻め込んできたのを、寡兵《かへい》で滅ぼしたそうだ。

その後はよく辺境を安堵《あんど》したらしい。

しかし、その家も何代目かの当主の出来が悪かったそうで、既に断絶して久しく、辺境伯は違う血筋の人に任されているとか。

「なるほど」

「本当に君は落とし穴が凄いところにあるんだから。こちらもうっかり『知っている』と気を抜けないところではありますね」

うーむ、気を付けよう。

兎も角、気持ち悪いとかあり得ない。

ネフェルティティ嬢に満場一致で伝えると、とても驚いた顔をする。

いや、ネフェルティティ嬢だけでなく、護衛二人もなんだけど。

何なんだろう？

首を捻ると、私とレグルスくんを挟んでいたのが、レグルスくんと二人で私を挟むように手を繋ぐことになって。

「鳳蝶、次はどこにいくのだ？」

「次は……どこですか？　先生？」

「そうですね、コーサラ名所の『海底海神神殿』が近くのようですね」

海底神殿って名前だけでもワクワクしてくる。

海底に住む魚とか見られるんだろうか。

ポテポテとまたロマノフ先生の後ろに付いて歩き出す。

椰子の並木は街から少し出た小高い丘に続いていて、そこには遠目でも解るパルテノン神殿のような建物が鎮座していた。

彼処の建物から海底につながる道があって、自走する道……前世のエスカレーターとかそんな感じの……に乗って、海底の神殿に行くらしい。

さわさわと海風が気持ちよく、髪や裾を閃かせていく。

その度にネフェルティティ嬢が前髪を手で押さえつけているのが、凄く勿体ない。

それを後ろで見ていた奏くんが、小首を傾げつつ言った。

「なぁ、なんで隠すの？」

「え……あ、の……」

モニョモニョと小さな声で言うネフェルティティ嬢の言葉を待っていると、私と奏くんとご令嬢のやり取りに気付いたロマノフ先生が、何かに気がついたようで何か言おうとする。

しかし、それより早くネフェルティティ嬢が意を決したように口を開いた。

「その……私の国では金銀妖瞳《ヘテロクロミア》は不吉とされていて……気持ち悪いって言われるんだ……」

「へ？」

「何でだよ、おれたちには英雄の証だぞ⁉」

「それは……でも私の国ではそういう言い伝えなんだ……」

思いがけない言葉に絶句すると、脳内で「俺」の記憶が迸《ほとばし》る。

前世、とある国では神様の乗り物とされた存在が、そのとある国と敵対していた国では魔物とされていた。

もしや、これは。

押し黙った私を奏くんがワクワクした目で見詰め、ネフェルティティ嬢は俯《うつむ》く。

ロマノフ先生は私が何かを思い付いたと感じたのか、ご令嬢の護衛二人に何やらゴニョゴニョ話している。

レグルスくんが「にぃに？」と、私を呼んだ。

「もしかして……もしかして、ネフェルティティ嬢のお国は昔帝国の辺境を攻撃したお国では？」

「あ、長いからネフェルでいい。……そうだ。私たちの国は王朝が何度か変わってて定かではないが、そう伝えられている。い、今はちゃんと国交もあるが……」

「ああ、そうなんですね。じゃあ、やっぱりこの線かな……」

まあ、他にも何かあるのかもしれないけど、帝国では英雄の証がネフェル嬢のお国では不吉の証という。同じ事象に対して、二つの国で正反対の言い伝えだというなら、さっきの敵対していた国同士の例の線が一番濃い。

「他にも根拠があるのかもしれませんが」

そう前置きして、私は金銀妖瞳《ヘテロクロミア》が帝国では吉祥、ネフェル嬢の国では不吉とされている理由は、かつての辺境の争いが原因で、帝国の辺境伯は帝国では英雄だが、ネフェル嬢のお国ではモンスターみたいなものとされているのだろう。

ならばその辺境伯の特徴たる金銀妖瞳《ヘテロクロミア》が不吉の証と伝わってもおかしくはない。

そしてそのうち理由だけが風化して、金銀妖瞳《ヘテロクロミア》が不吉だという偏見だけが残ったのだ……と思うと伝えた。

「……そんなことってあるのか……」

「無くはないですよ。戦争した国同士なんて、国民感情最悪だし」

坊主憎けりゃ袈裟《けさ》まで憎いは、よくあることだ。

大方最初は「帝国の金銀妖瞳《ヘテロクロミア》は不吉」って言われてたのが、時間を経て「金銀妖瞳《ヘテロクロミア》は不吉」だけが残ってしまったのだろう。

人の感情の縺《もつ》れや諍《いさか》いの爪痕《つめあと》は、根深く残って迷信や偏見を生んでしまうのだ。

「なるほどな。おれ、若さまが勉強しろって言ってる理由が本当にわかった。勉強して、今みたいにちゃんと原因とか考えられたら、生まれつきのことで他人を変だって指差すアホなヤツにならなくて済むもんな。おれ、がんばるよ」

「これは、でも私が考えたことだから本当にそうか解んないよ。けど、一緒に頑張ろうね」

「おう！」

「れーも！　れーもがんばる！」

きゃっきゃやする私たちを、ネフェル嬢と護衛二人が唖然と見ていた。

戸惑って、夏

ぶわりと海風が吹いて、ネフェル嬢の長い前髪をはためかせていく。

下から現れたラピスラズリとアクアマリンの美しい瞳は見開かれ、驚愕に揺れていた。

「……れも、そんな……と、言って……なかった……！」

「へ？」

「誰も、そんなこと、言ってくれなかった！」

魂からの絶叫というか、凄い勢いで叫ばれて、今度はこっちがびっくり。

レグルスくんや奏くんもきょとんとしてる。

「あー……おれたちには、若さまが突然なのはいつものことだけどなぁ」

「なにそれ？　私、そんなにいつも突然？」

「にぃにはいつもしゅごいよぉ！　かっこいいのー！」

もうさぁ、ひよこちゃんの可愛さ無限大だよね。

きゃっきゃするレグルスくんの髪を撫でると、改めておててをつなぐ。

すると、護衛の二人が走ってきて、私の前に跪いた。

いや、あなた方が跪くのはネフェル嬢にであって私じゃないよ。

ちょっと驚く私に、護衛の一人・カフラーさん——浅黒い肌に、唇が厚め、焦げ茶の目をした厳つい人が、静かに口を開いた。

「なにゆえに、その様に思われたのでしょうか？」

質問の意味が解らなくて首を捻ると、片割れ——こちらも浅黒い肌をした、黒髪黒目の青年が言葉を足す。

「ネフェル様のお目が不吉な筈がない。我らはそれを解っております。しかし、何故不吉と言われるかまでは考えたことがなく……」

「ああ……いや……良くはないけど、言い伝えって何となく理由を深く考えないで伝えていくものですもんね」

私が「金銀妖瞳《ヘテロクロミア》」に対してああいう結論に至ったのは、知識と情報があったからだ。

知識というのは、対立する間柄のコミュニティでは、片方が善とするものを、もう片方が悪とすることがあるということ。

でもって情報というのは、過去金銀妖瞳《ヘテロクロミア》の人物がいたこと、その人物が帝国では英雄であったこと、その英雄が散々に打ち負かした国があること、そしてその国はネフェル嬢の故国であったこと。

この二つを併せると、対立するコミュニティは帝国とネフェル嬢のお国、金銀妖瞳《ヘテロクロミア》は帝国では攻めてきたネフェル嬢のお国を撃退した英雄の特徴で「善」＝「英雄の証」、迎撃されて滅ぼされたネフェル嬢のお国では敗北を招いた敵将の特徴として「悪」＝「不吉」となったという推論が成り立つ。

「……と、まあ、これだけのことなんですけど」

これだって推論の域を出ないのは、他の情報、たとえば「本当に金銀妖瞳《ヘテロクロミア》だった人物が他にもいなかったのか」とか、「その他の金銀妖瞳《ヘテロクロミア》の人物がネフェル嬢のお国に災厄をもたらさなかったか」とか、「実際金銀妖瞳《ヘテロクロミア》の人物がいるのといないのとで、何か災難が起きる確率が違うのか」とか、そういった物が不足してるからなんだけど。

もう少し情報があれば、完全に「金銀妖瞳《ヘテロクロミア》が不吉というのは迷信」って言い切れるのかもしれない。

そう告げると、二人はハッとした顔でネフェル嬢へと、今度こそ跪いた。

「今の話をイムホテップ様に申し上げます！」

「調べあげましょう！　そうすればネフェル様の憂いもきっと晴れる筈です！」

「お前たち……！」

なるほど、この二人はネフェル嬢の目を不吉だとは思わない派なんだな。ついでに言えば、ばあやさんやイムホテップ隊長もそうなんだろう。

そもそも大事なお嬢様に、その目を指差して不吉だと叫ぶ奴を護衛になんぞしないとは思うけど。

それでもネフェル嬢が目を隠していたなら、それはそう言う外圧があったってことなんだろうな。

まあ、でも、それは私が口出しするようなことでもないか。

でもとりあえず、これから観光名所に行くのに、前髪を垂らしてたら見えないものもあるだろう。

私はウエストポーチの中から、いつも作業時に使っているつまみ細工の試作が付いたピン留めを、ネフェル嬢へと差し出した。

「これから行く海底神殿は、魚や海底の様子が見えるのが売りなんだそうですよ。前髪を上げて見た方がよく見えます」

「あ、ああ……そう、か……」

受け取ったものの、モジモジとそれを手のひらに乗せたまま、ネフェル嬢は使おうとしない。

「……本当に……本当に気持ち悪くないのか？」

戸惑うようにピンを握りしめて俯くご令嬢に、奏くんが首を勢い良く横に振った。

「全然、カッコいいと思うぞ！」

「そうですよ。それに私達の先生はエルフさんです。あの綺麗なお顔を毎日見てるんですよ。その私達が綺麗だと言うんだから、相当ですよ」

掩護射撃になるか解んないけど、私達は常に綺麗な顔の先生たちに囲まれてるんだから、本当にちょっとやそっとの美形では驚いたりしなくなってる。それなのに、私が食いついたんだから、自信を持って欲しい。

それでもネフェル嬢はモジモジと、手のなかでピンを弄ぶばかり。

やっぱり前髪を上げるのは抵抗があるかなと思っていると、宇都宮さんがもそっと小さな声で私に耳打ちする。

「若様、お嬢様はピン留めをご自身で使われたことがないんじゃないかと。僭越《せんえつ》ながら宇都宮がして差し上げても、よろしゅうございますか？」

「ああ、そうか。気がつかなかったよ。よろしく、宇都宮さん」

「はい、承りまして御座います」

ペコッと私に頭を下げると、宇都宮さんはネフェル嬢の傍に行き、私に言ったのと同じことを告げ、髪飾りを受けとる。すると宇都宮さんの読みは当たったようで、ネフェル嬢は小さく頷くとピン留めで前髪を留めてもらった。

それを二人の護衛は心底嬉しそうな顔で見ていて。

ネフェル嬢も二人を嬉しそうに見ていた。

やっぱりネフェル嬢も前髪上げたかったんだね。

「では行きましょうか」と成り行きを見守っていたロマノフ先生が、再び歩き出す。

神殿はコリント様式だかドーリア様式だか、帝都の大神殿と似た造りだけど、何で海神だけを奉るのかと言えば、このコーサラの初代王家が龍人の一族——カマラさんやウパトラさんの祖先に当たるらしい——で、独立に当たって「この辺が実り豊からしい」と、海神の啓示があったから。

お言葉通り栄えたので、お礼に神殿というかご座所を用意したそうだ。

そんな話だけあって、外見もだけど中身も超豪華。

海の中を思わせる深い碧に塗られた壁、天井からは煌めく巨大なシャンデリアが吊り下がり、まるで星の耀きだ。

ロマノフ先生に引率されて、神殿の玄関部から奥に進むと、巨大な動く階段、まあ所謂エスカレーターのような物が下へ下へと伸びていて。

同じものがもう一つ横にあるんだけど、それは海底から地上に戻る用らしい。

ここから下に移動するんだけど、危ないからレグルスくんと手を繋ぐと、反対の手をネフェル嬢に掴まれる。

「私、乗ったことない……」

「ああ、そうなんですね。でも、三人で乗れるかな？」

大人二人半くらいの幅があるから、子ども三人でなら乗れるだろうけど、私が結構幅とっちゃうからなぁ。

そう呟くと、ネフェル嬢が「幅？」と繰り返す。

「は、幅？　幅は大丈夫だと思うが？」

「えー……そうですかね？」

「ああ、余裕があるくらいだと思うが」

「余裕……は、ないでしょ？」

おかしいことを言うなぁと、ネフェル嬢の顔に書いてあるけど、それはお互い様だよ。

まあ、乗れば解るかと思って三人で、エスカレーターの一段目に足を乗せた。

「え？」

「ほら、余裕じゃないか」

スカスカという程ではないけど、普通に三人で苦しくない程度にきちんとスペースがあるんだけど。

「若さま、やせて大分たつのに、まだ太ってると思ってんのな？」

「痩せてる？　私、痩せてるの？　標準よりちょっと太めとかじゃないの？」

「ちょっと何を言ってるのか解らないんだが。腕が私より細くて標準より太ってるなら、私は肥満体型ってことになるぞ？」

「ひょえ!?」

後ろからの奏くんの言葉に、ネフェル嬢が自分の腕と私の腕を並べて比べる。驚いたことに、私の腕の方が細かった。

やべぇ、筋トレしないと。

いやいや、そうじゃなくて。

「え？　大分前からこれって、私、大分前から痩せてたの⁉」

「おう。なんだ、あんだけやせたって言われてたのに、若さま気付いてなかったのか？」

「いや、痩せたって言っても標準よりちょっと太めの認識だった……！」

「若さま、帰ったら目の医者行こうな？　おれ、ロッテンマイヤーさんに言っとくよ。こわかったら付いていってやるからさ」

「やめてー⁉」

なんてこった！

ネフェル嬢はスラッとしてて、背も低くはないしスタイルも良さげに見える。

その人より、腕が細い！

どおりで腹筋割れてないはずだわ。

鍛え方が足りなかった！

私の動揺はエスカレーターの速度には全く関係なく、一番下へとさくっと着いてしまう。

衝撃がまだ抜けない間に、海底海神神殿のご座所へと至ると、そこには大きな像が安置されていて、帝都の神殿と同じく、これまた大きなお布施を入れる鉢が鎮座していた。

お布施の相場って確か……と記憶の底から引っ張り出そうとすると、ロマノフ先生が鞄から小さな布袋を出して、私に手渡す。

「クラーケン討伐の報酬ですよ。金貨が二十枚。他にも質の良い真珠《しんじゅ》と珊瑚《さんご》と鼈甲《べっこう》も報酬として預かっています。余程あのタコに困らされていたようですよ」

「なにそれ怖い」

受け取ったは良いけど、値段が怖すぎる。

私と同じく奏くんも宇都宮さんもドン引きしてるようで、レグルスくんだけは初めて自分で稼いだお金に顔を輝かせていた。

何処かの某とか言う甲斐性無しの、ぶっちゃけ父上だけど、そのせいで小さいのにお金の大事さが解ってるとか、賢いって誉めて良いのか、凄いって誉めて良いのか。

とりあえず甲斐性無しは後日絶対絞める。

どことは言わないけど絞める。

それはおいといて、報酬はあの時浜にいた全員で山分けしようかと思ったんだけど、まず宇都宮さんが「私は職務を遂行しただけですので」と辞退して、ネフェル嬢も「私は寧《むし》ろ報酬を払わなければいけない側だ」と固辞《こじ》。

そういやあの時浜にいたマリウスお爺さんと、お孫さんのロスさんが、何処に住んでるのか聞き忘れてたな。

まあ、二人は地元の人だというし、お金をコーサラで使えば、巡り巡って二人にも届くだろう。

奏くんとレグルスくんにそう言うと、二人も同意してくれた。

だから、代表して金貨を一枚、鉢の中に入れようとした瞬間、ガラスを張ったように透明な海底神殿の壁がパァッと輝き出す。

そして、私達一行以外、大勢いた参拝客の全てが、凍りついたようにその動きを止めた。

キラキラと光の粒子が現れて、やがて人の形を取る。

眩しいながらも薄目をあけていると、その形は徐々にハッキリして来て、一際強く目映《まばゆ》い光を放つと、一瞬にして収まった。

「よう、お前たち！　早かったな！」

降り注ぐ聞いたことある声に頭上を仰ぐと、いつぞやの「ＨＡＨＡＨＡ！」って感じの笑い声とドレッドヘアに三叉槍《トライデント》――。

「ロスさん⁉」

「おう！　昨日ぶりだな、お前ら！　俺の正体に早くも気付くたぁ、百華やら氷輪《ひょうりん》が目ぇかける筈だぜ！」

えーっ⁉　どういうことかなぁ⁉


小麦色を少し濃くしたような肌色の、逞しい裸の胸板には、腰布から伸ばされた布がかかり、腰帯は玉で飾られ、耳や首には豪奢な宝石の飾り、筋肉の張り詰めた腕や、手首足首には金の環。

見るからに只者でない偉容に、私も皆も唖然と空中に浮かぶ人を見上げる。

「え？」

「え……って、え？」

私もロスさん（暫定）も、目を合わせて、お互いぽっかーんだ。

「え？　なに？　お前ら、気付いてなかったの？」

「え？　気付く？　気付くって何ですか？　あの、ロスさん……ですよね？」

「そうだけど……あちゃー……」

ふよふよと浮かぶロスさんが、顔を片手で覆い天を仰ぐ。

その様子に、こっちもふと冷静になると、色々見えてくるものが。

マリウスお爺さんのお孫さんのロスさん、それが海底神殿に現れた。

因みに海神様のお名前はロスマリウス様、これってもしかして。

「もしかして、ロスさんとマリウスお爺さんってロスマリウス様でいらっしゃる……？」

「今か!?　今気付いたのか!?」

「あ、はい！　その……」

ロスマリウス様の勢いに押されながらも、私はロスさんがヴィラから帰った後のことを話す。

怪我人が出たこと、それがあと僅かで手遅れになるところだったこと。

そう言った諸々のお陰で、ゆっくり昨日のことを振り返る余裕が無かった。

そんな話を腕組みしながらも聞いて、ロスマリウス様はニカッと笑う。

「なるほどなぁ。大変だったな坊主たち」

「はい、でも、一人も死者は出なかったそうなので」

「それは不幸中の幸いだったな。怪我をしたものも身体を労るがいい」

「お見舞いのお言葉、ありがとうございます」

胸に手を当ててお辞儀をすると、レグルスくんが同じようにお辞儀し、奏くんが見様見真似で同じポーズを取る。

ネフェル嬢は呆気に取られていたけれど、私がお辞儀したので我に返ったようで、美しくカーテシーを。宇都宮さんも同じくだ。

「良い、面をあげろ。俺は礼儀正しい子どもは嫌いじゃないが、あまり畏まったことは好まん」

その言葉に一斉に顔をあげると、やっぱり昨日浜に来た時のようにロスマリウス様は豪快な笑顔だ。

その笑顔のまま「あのな」と切り出されたのは、何故昨日ロスマリウス様が、マリウスお爺さんとロスさんの姿で浜に現れたかってことで。

私達が来ることは事前に姫君や氷輪様からお聞きになっていたそうで、くれぐれもよろしく（意訳）と頼まれたのだそうな。

「んで、浜の様子がおかしかったし、とりあえず頼まれてるし、お前たちに何かあったらあの二人が五月蝿《うるさ》そうだと思ってな」

「それで様子を見に来てくださったんですか？」

「ああ。でもただ見に行くのもつまらねぇしな。ジジイの姿で行ったらどんな対応するかと思って？」

人間はとかく見た目に左右されやすい生き物だ。

私達が突然現れたロスマリウス様を老人だと無碍《むげ》にするなら、様子見したら後は義理は果たしたんだし放って置こうと思ったそうだけど、現実は違う意味でヤバいと思われたそうだ。

「お前ら警戒心ガバガバで、ジジイは逆に心配になったぞ。クラーケンを瞬殺出来る力はあっても、そこガバガバだと意味ねぇじゃねぇか」

「あー……そのー……」

確かに。

確かにそうなんだけど、なんだろうな。

あの時は蟹やタコが浜に現れた瞬間には悪寒みたいなものを感じたんだけど、マリウスお爺さんが来た時には、そんな嫌な感じが無かったんだよねー。

それをどう説明したもんかと思っていると、奏くんが唇を尖らせる。

「マリウスじいちゃんからは、おれのじいちゃんと同じでヤな感じがしなかったからだよ。ヤバい奴はヤな感じがする。じいちゃんはおれに『ちょっかん』を信じろって、いつも言ってる」

「ほ、小僧は直感持ちか。そんならまあ、及第点をくれてやろう」

つまり奏くんは直感のスキル持ちで、敵味方の判定が付くってことか。

あれ、じゃあ私が感じたゾワゾワもそうなのかな？

これは後でロマノフ先生に聞こう。

閑話休題。

兎も角、予想以上に私達が人懐こく、更に蟹やらタコを一緒に食べようと言い出して驚いたんだけど、「食わせてくれるってんなら断る理由もねぇやな」と、それなら若い姿で沢山食べられた方がお得ってことでロスさんに変身したんだけど、結果はあんな感じ。

「俺ァ、様子を見に行っただけなのに土産を貰っちまったのさ」

海の神様に海の物を差し上げるって、目茶苦茶不敬なんでは？

ひゅっと息を詰めた私に気がついたのか、私の心を読まれたのか、ロスマリウス様は「HAHAHA！」と景気よく笑われた。

「海の物だろうが山の物だろうが、俺は旨いものは好きだから充分供物《くもつ》になるぞ！」

「く、供物……？」

「そう、供物だ」

ニヤッと口の端を上げると、日に焼けた肌に白い歯がよく映える。

いや、でも、あれはマリウスお爺さんにアレコレ教えてもらったお礼だから、供物とは違うような？

私も奏くんも、ネフェル嬢も宇都宮さんも、頭に疑問符を浮かべているようだったけど、レグルスくんが口を開いた。

「くもつじゃなくて、おみあげだもん……です。おじいちゃんと、ロスさんにわたしたの」

「そうだな。お前たちはそうなんだろうが、受け取った俺が供物だと思ったらそれは供物だ。そういう道理だから、ここはそういうことにしておけ」

「にぃに、どおりってルールのこと？」

「うん、そうだよ。レグルスくん、そういうこと解るの？」

「ん、ルールはわかる！」

「はーい！」と元気よくお手々を上げるレグルスくんに、空中をふよふよ漂っていたロスマリウス様が、少し高度を下げて、ひよこちゃんの頭に手を伸ばした。

金の綿毛みたいな髪に指を差し込んで、わしゃわしゃと撫でると、ちょんっとレグルスくんの額をつつく。

「おし、賢いぞ。ルールだから、そこは納得しておけ」

「はい！」

整っていた金の髪がぐしゃぐしゃになったけど、撫でられるのは好きなようで、レグルスくんはきゃっきゃしてる。

可愛いよね、うちのひよこちゃん。

和んでいると、ロスマリウス様はレグルスくんから離れ、再び空中に高く浮く。

「おっと、話が逸れた。本題に入ろう。お前たちは俺に供物を捧げた。それはまあよくある話だから、後で適当に海の幸をそれなりにくれてやろうと思ったんだが、ちょっと状況が変わってな」

「はぁ、状況……」

何だろう？

奏くんと顔を見合わせていると、ウゴウゴとレグルスくんが抱きついてくる。

「なぁ、もしかしてあのタコ食いたいとか？」

「いや、そんな……まさか……？」

モショモショこちらが内緒話してるのも、きっと神様には筒抜けだろう。

ネフェル嬢も「タコ食べたいはないと思う」と話に入ったところで、ロスマリウス様がわざとらしく咳払いをして。

「お前ら……いや、旨いもん食えるならそれに越したこたぁねぇが、今回は違うぞ。お前らが殺ったクラーケンだが、あれには海に住まう俺の子達が苦労させられていてな」

「ロスマリウス様のお子達？」

「ああ、人魚の一族なんだが……」

お話によると、あのタコはここ十年くらい、あのヴィラの付近の深海を根城にしていて、近くを通る生き物や船を捕まえては餌にしていたらしく、そのせいで人魚の一族も捕食されて犠牲者が出たり、商船を破壊されたりするから流通が滞ったりと、かなりの被害を被っていたそうだ。

ギルドで貰った報酬は、ここ十年依頼を出しては上乗せしてきた物が、繰り越し積み上がった結果で、それだけあのクラーケンを倒すのが困難だったことを示していた。

「頭の良いヤツでな。自分より強い気配を感じたら、深海の溝に隠れて倒す方法が無かったんだが、今回蟹の群にお前たちの気配が紛れて解らなかったんだろう」

「ははぁ」

「それに俺は俺の子達が全滅しそうなら兎も角、単なる食物連鎖に介入は出来ん決まりでな」

なるほど、神様でも守らなければいけない法《のり》があるのか。

それと状況と何の関係があるんだろう。

ロスマリウス様の次のお言葉を待つ。

「それで本題だ。俺の子達に、お前たちがクラーケンを倒したことを話したら『礼をしたい』と請われた」

「報酬はギルドから受けとりましたよ？」

「それはあのクラーケンがたまたま討伐依頼を出されていただけの話で、それがなければお前らはタダ働きだろうが」

そうかな？

でも別にあの時はネフェル嬢が襲われてて緊急事態だったからで、それさえなければクラーケンも蟹もスルーしてたような気がしないでもない。

行き当たりばったりで、お礼をされるようなことは何も無いような気がする。

皆そう思っているようで、ちょっとビミョーな顔をしてたのか、ロスマリウス様が「ふん！」と鼻を鳴らした。

「お前らの気持ちは兎も角、俺の子達は礼をしたいと言っている。だからお前らがどう思っていようと、俺の子達の歓待は受けてもらうぞ」

そうロスマリウス様に胸を張られて、しおしおとした雰囲気でネフェル嬢が一歩下がる。

いや、これで仲間外れとかない。

そう思って下がっていくのを宇都宮さんと目配せして阻止すると、ネフェル嬢が目を見開く。

ひゅっとロスマリウス様が眉をあげた。

「何処へいく気だ。お前も来るんだぞ」

「え、いや、しかし、私は助けられただけで……」

何もしていないと言い淀んだネフェル嬢に、ロスマリウス様は持っていた三叉槍《トライデント》を肩に担いで、首を横に振った。

「お前が捕まってなきゃ、この小僧どもはクラーケンや蟹を放置したさ」

「だろ？」と視線を向けられて、大きく頷く。

「だって先生が大人しくしとけって言ったもん」

「あぶないことは『め！』だもん！」

「ですねぇ」

「僭越ながら宇都宮も浜辺のお掃除より、若様たちの安全第一ですし」

「だってよ」

ロスマリウス様は「正直な奴らめ」とククッと苦笑してくれたけど、実際そうだよ。

誰かが困ってなきゃ、降りかからない火の粉までは払いに行かない。

唖然とするネフェル嬢をそのままに、ロスマリウス様は更に続ける。

「まあ、それでな。お前の話もしたら『さぞかし怖い想いをしただろう。けれどそれで海を嫌いにならないでほしい。海の素晴らしさを見て、心を癒して欲しい』と言われた。だからお前も連れていく。お前らに否やは言わせせん、神の決めたことは絶対だ！」

そう言って三叉槍《トライデント》を天に向かって掲げたかと思うと、カッと先端が光る。

目映さに目が眩んで瞬きをしている間に、私たちの周りを大きな泡が取り囲んでいた。

それを見たロスマリウス様は一つ頷くと、鉾の先端で私たちの後ろを指す。

後ろに何かあったっけ？

不思議に思って振り返ると、そこには「またか」みたいな顔をしたロマノフ先生が跪いていた。

同様にネフェル嬢の護衛の二人も。

「日没までには返す」

「承知致しました」

「「ははーっ！」」

わぁ、帰ったらどう話そうかなぁ？

海の神様と、渚のお嬢さんと、菊乃井のアンファン・テリブル

前足には水掻き、胴体と後ろ足が魚の尾鰭のようになった海の馬・ヒッポカムポスが牽く四頭立ての戦車《クアドリガ》が、水を掻き分け海底を進む。

頭上を青や赤の鱗《うろこ》の美しい魚や、ヒレがリボンのようにたなびく魚、頭のコブが帽子のように見える魚、それから鰯《いわし》の群れや、それを餌にするペンギンぽいのが行き過ぎるのを、私たちは口を開けたまま眺めたり。

なんて綺麗なんだろう。

レグルスくんなんか、上を見すぎて頭が重くてぐらつくのを、宇都宮さんが支えるほどだ。

そう言う私も、上を見すぎてるタラちゃんを抱えてるし、奏くんもござる丸を抱っこしてくれている。

そう、私たちが海底神殿を泡に包まれて出ていこうとした時に、二匹がロマノフ先生のバッグか

ら飛び出て泡の外に縋り付いたのを、ロスマリウス様が「中々の忠義ものだな」って感心して泡の内側に入れてくれたんだよね。

普通の使い魔は神様の気配があったら、いかに主に何かが差し迫ってても本能から来る恐怖で竦み上がって動けないらしい。

でもタラちゃんとござる丸は、それを捩じ伏せて私に付いてきた。

「見上げた根性だ」とロスマリウス様は白い歯を見せつつ、二匹を誉めてくださったんだよね。

お家に帰ったら沢山ご飯あげようっと。

んで、私たちは気泡ごと戦車《クアドリガ》に乗って何処に向かっているかというと、コーサラの遥か沖の人魚族の集落で、そこにはロスマリウス様の娘さんである人魚族の太母様がいらっしゃるそうだ。

だかだかとお馬さんが水を駆ける度に大きなうねりが生まれて、フグやらハリセンボン、海老やイカが舞うようにその流れを泳いで渡る。

段々と見上げる水の色が濃くなっていくのは、深く潜って行ってるからかな。

しんしんと降るマリンスノーが幻想的だけど、これの正体とか今は気にしちゃ負けだ。

「……海とはこういうものなんだな」

あえかに唇を震わせて、ネフェル嬢が呟く。

そっと窺い見た色違いの瞳は、恍惚《こうこつ》と感動に揺れていた。

「どうだ？　怖いか？」

ロスマリウス様が戦車を御しながら、ネフェル嬢へと尋ねる。

その目には深みがあって、おおらかな笑みが口の端に浮かんでいた。

静かにネフェル嬢が首を横に振りながら、言葉を紡ぐ。

「怖い……と思っていました。でも、凄く綺麗で……」

「うむ、それでいい。海の美しさに畏れを抱くのは当たり前のこと。だが恐怖することはない」

「はい」

「海は命を内包して、ただそこにあるだけ。恵みと呼ぶのも人間なら、恐怖を抱くのも人間の性だ。そして俺はそれを赦《ゆる》す」

やがて光が遥か遠くになって、海面を見上げている筈なのに夜空の下にいるような気分になった頃、お馬がひたりと止まる。

目の前には豪華な、螺鈿《らでん》で細工してあるのかキラキラと輝く巨大な門が聳え立っていた。

「開門！」とロスマリウス様が一言叫べば、巨大な門が観音開きに開き、そこをまた戦車《クアドリガ》が進む。

左右に巻き貝を象《かたど》った街灯がある大きな道を行くと、正面には栄螺《さざえ》のような象牙色の建物が見えて来て。

その建物の足下に到着するとまた門があったけど、今度は何も言わずとも開いて、栄螺型の建物の中に招き入れられたかと思うと、私達を包んでいた気泡がぱちんっと破ける。

建物の中には一滴の水もなく、空気もあって驚いていると、沢山の着飾った女の人が現れた。

「帰ったぞ」

そうロスマリウス様が声をかけると、皆一斉に「お戻りなさいませ」とひれ伏す。

すると一人、薄桃の長い髪の毛を結い上げて、美しく織られた布を身体に巻き付けるようにした――前世で言うところのサリーみたいな巻き方なのかしら――女性が、すすっと前に出てきてそっと胸に手を当てた。

「お戻りなさいませ、お父様」

「うむ、帰ったぞ。言っていたチビたちを連れてきてやった。日没には家に帰さなければならんが、お前たちの心尽くしで楽しませてやれ」

「ありがとう存じます」

ぺこりとロスマリウス様に頭を下げると、薄桃の人が戦車から降ろしてもらった私達の前でゆったりとお辞儀する。

「お初にお目にかかります。わたくしは海神が娘にして人魚族の族長・ネレイスと申します。この度はわたくしどもの招待を受けてくださり、ありがとう存じます」

「お招きありがとうございます。私は……」

名乗ろうとしたところで「うふふ」と微笑むネレイス様に、人差し指で唇を押さえられた。

「父からお聞きしてます。でもここには名を知ることで、呪《まじな》いをかけることも出来る呪術師も住んでいるので、お名前を預かるのはよしておきましょう。あなた方のお国は我らと敵対はしていませぬが、実は関係が良いとは言えぬのです」

「そうなんですね……。それなのに歓迎してくださって、ありがとうございます」

「いいえ。あなた方はわたくしどもの恩人。お名前の件は、わたくしたちが悪心を抱かぬための用心と、お許しくださいましね」

柔らかな微笑みを、柔らかそうな唇に乗せて、金の瞳を細める美しい人に、私たちは頷く。

帝国ってもしかして、孤立し始めてるんだろうか。

いや、単に人魚族含めたコーサラと拗れ始めてるだけなのかも知れないけど。

そんなことを考えていると、「あ」っとネレイス様がネフェル嬢の顔を見て息を呑む。

さっとネフェル嬢の顔色が青くなったけど、対照的にネレイス様の頬が赤くなった。

「まあ、なんと美しい瞳でしょう！　それぞれ海の色をしていらっしゃるのね！」

「え……」

「夜明け前の瑠璃の海、夜が明けた碧の海。貴方は海に祝福されているのだわ！」

「素敵！」とはしゃぐネレイス様に、ネフェル嬢は一瞬ぽかんとして、それから耳も頬も真っ赤に染める。

あー、解るぅ。

美人に誉められたら一瞬唖然とするし、その後むず痒いよねー。

解るわー。

「もっとよく見せて」と迫るネレイス様に、あわあわするネフェル嬢は何か可愛い。

それは私だけの感想じゃないみたいで、奏くんや宇都宮さんも、ほわっとした顔で和んでいる。

と、ツンツンとレグルスくんは私の裾を引いた。

どうしたのかと下を向くと「きゅるり」と小さくレグルスくんのお腹が鳴る。

それを敏く捉えたロスマリウス様が、パンパンと手を打ち鳴らした。

「ちびの腹の虫が鳴いてるぞ。旨いものをたらふく食わせてやれ！」

そうして侍女さんたちに連れられて、私たちは客間に案内されたんだけど、これがまた！

天井には鼈甲や珊瑚、他にも宝石が嵌《は》め込まれた海の様子のモザイク画が広がり、光るクラゲがシャンデリアのように並んで漂ってたり、同じく光る魚やイカがネオンのように明るく宮殿を照らしていたりするんだもん。

豪華絢爛《ごうかけんらん》で目がチカチカしてきちゃったくらい。

螺鈿やシーグラスで作られたモザイクタイルの床に、目にも鮮やかで細かい紋様が沢山の絨毯を敷いて、クッションが沢山置かれたローソファー。

そこに座れば真正面に置かれた、緻密な刺繍のクロスの掛かったローテーブルに、これでもかってくらいのご馳走が並べられて。

見たことあるやつから、ないやつまで、物凄く美味しそうなものばっかりで、本当に凄い！

フィンガーボウルで手を洗うと、それぞれ手を合わせて頂きます……の筈だったんだけど、宇都宮さんがちょっとまごつく。

「あの、私、やっぱり使用人ですし……」

「でもお客様として招いていただいたんだから、ここは一緒に食べようよ」

「うちゅのみやもいっしょでいいよね……ですか？」

尋ねたレグルスくんに、ネレイス様は「勿論」と頷いてくれた。

それを見てお礼を言うと、宇都宮さんも揃って今度こそ頂きます……なんだけど、手を合わせて「頂きます」と言うとネフェル嬢が固まる。

「今のは？」

「今の……？　ああ『いただきます』のことですか？」

「私の国にはああいうのはないんだが……」

「ネフェル姉ちゃんの国式で良いんじゃね？」

「そうか……。うん、そうする。でも今のはどんな意味があるんだ？」

小首を傾げると、さらりと白い髪が揺れる。

もう前髪をあげていることは気にしていないのに、何かホッとしていると、私の隣に座ったロスマリウス様が立てた片膝に頬杖をつきながら。

「あれは『命を頂戴します』ってことさ。肉も魚も野菜も果実も、元はと言えば命の塊。それを食すというのは、他者の命を自らに取り込むこと。命は誰にも一つきり。それを貰うというのだから、礼を尽くして当たり前だろうよ」

「命を頂く……」

呟いたかと思うと、ネフェル嬢は私達のしてたことを真似して、食事に向かって手を合わせる。

すると胡座《あぐら》のロスマリウス様が、ニカッと歯を見せて笑った。

「さて、飲み物は行き渡ったな？　乾杯するぞ！」

言われて、虹色に光るグラスをそれぞれ手に取ると、「乾杯！」とロスマリウス様の音頭《おんど》に合わせて、グラスを掲げる。

これが宴会の始まりなようで、銅鑼が鳴らされたかと思うと、着飾った女性や楽器を持った男性がワラワラと部屋に入ってきた。

チターやリュートに似た、でもどこか違う音や、帝国でされている発声とは違う方法で歌われる歌は、どれもエキゾチックで本当に外国に来たんだなって感じる。

ご飯だって、もちもちの白いお饅頭の中身がお肉だったりお魚だったりするのや、焼売《シウマイ》に似た蒸し物、鮑《あわび》や蛤《はまぐり》をお野菜と一緒に煮たスープもあって、凄く美味しい。

食べてる間も歌だけじゃなく、ダンスや曲芸を見せてくれたり、手品や吟遊詩人が詩を吟《ぎん》じてくれたりで、物凄くオモテナシされて。

段々とお腹が一杯になってくると、今度は色んなお話を聞かせてもらった。

人魚族は陸で生活出来ない訳じゃないし、陸に上がれば普段は魚みたいになってる下半身も、人間のそれに変化するとか、この建物は陸から来た人を歓待するための建物だとか。

料理だって特別仕様の料理で、人魚族は知る人ぞ知る美食家一族で、その本気の結晶が今テーブルに並んでいる料理なんだそうな。

そんなことを聞くと。

「ロマノフ先生やお家の皆にも食べさせてあげたいな」

「うん、じいちゃんや紡、父ちゃんや母ちゃんにも食わせてやりたい！」

「そうだな。ばあややイムホテップ、それに待ってるあの二人にも……」

「れー、ジャヤンタたちにあげたい……」

「宇都宮もロッテンマイヤーさんやエリーゼ先輩、ヨーゼフ先輩、料理長さんと御一緒したいです……」

モショモショと話していると、ネレイス様とロスマリウス様が顔を見合わせて頷き合う。

そしてパンパンと手を打つと、宴の終わりをロスマリウス様が告げた。

陸ではもうかなり良い時間で、帰る前に連れていきたいところがあると、ロスマリウス様は仰った。

なんだろう?


再び気泡に包まれて、戦車《クアドリガ》で海を進む。

今度は凄く静かな海で、ゆらゆらと珊瑚の合間に小さな魚が見え隠れするくらい。

時折魚がロスマリウス様にご挨拶するように、近寄ってきては、ロスマリウス様はそれに手を振り返す。

そのうちに景色が変わって、木の大きな破片がゴロゴロと水底に転がるようになってきた。

目を丸くしていると、ロスマリウス様がニヒルに笑う。

「ありゃあ、難破船だ。沈んで大分経つ」

「難破船……」

「かいぞくせんとか⁉」

「いや、商人の船さ」

ああ、海賊って海のロマンだよね。

沈んで大分経つという言葉通りに、漂う木片には藻やフジツボがびっしりついていた。

見回せば船室の壁だったと思われる木の板の隙間をぬって、白いイルカが群で近づく。

その突き出た口に革の袋を、私達の頭数だけ吊り下げていて。

それをロスマリウス様が手を振ると、気泡の中に頭だけを入れて、私達に渡してくれた。

「土産だとよ」

「へ？　あれだけ歓迎してくださったのに！」

「いいさ、気持ちってやつだから受け取っとけ」

良いんだろうかと思いつつ、お礼を言うと静かにロスマリウス様は頷く。

景色は変わり続けて、少し周りが暗くなるとともに、何やら巨大な白い角のような物がチラホラ。

じっと見ているると、なにかに気付いたのかレグルスくんが、ツンツンと私の服の裾を引っ張った。

「にぃに。れー、しろいのどこかでみたきがする」

「うーん、私もそう思ってた」

「ああ、おれも。特に筒みたいなのにトゲトゲがついてるのとか……。どこだったかな」

もうちょいで何だか思い出せそうなんだけど、喉元で引っ掛かって出てこない。

魚の骨でも刺さったみたいで気持ちが悪いなぁ……と、思ったところで何か閃いたのか、宇都宮さんが「ああ！」と声をあげた。

「お魚の骨ですよ！　あの突起のある筒みたいなの、お魚の背骨です！」

その言葉にまじまじと白い角やら筒やらを見てみると、たしかに骨っぽい。

「魚の骨とは、ああいう形なのか」とネフェル嬢が呟いたのもある意味ショックだけど、骨が転がる海の底もかなりショッキングな光景じゃないかな。

じっと見ているとロスマリウス様が、あれは鯨や海龍の骨なのだと教えてくれた。

だかだかとそんな場所を駆け抜けると、急に辺りが明るくなる。

真昼のような明るさになった矢先、狭まった海溝を抜けると、今度は大きく開けた場所に出た。

そこには陸にあった神殿に使われていたのと同じ柱が何本も建っていて。

立派な柱の前で戦車《クアドリガ》が停まると、ロスマリウス様が柱の前に降り立つ。

「息災か」

慈しむような声でロスマリウス様が、誰もいないのに問いかける。

すると、柱の向こうに見えていたエメラルドの山がずるりと動いた。

そして大きな大きな蛇に似た、しかし角や髭の生えた頭が山から現れ、ゴロゴロと猫が喉を鳴らすのに近い音が降ってくる。

「これはティアマト、海に住まう古龍だ。ここで墓守《はかもり》をしてくれている」

「墓守」

その言葉に辺りを見回せば、花の置かれた木の杭や石柱が乱立していた。

小さなものから大きなものまで、特に小さなものには花輪や貝殻が供えてある。

「大きいのは大人、小さいのは子どものさ。人魚族の子らが眠ってる」

ぽつりと溢れた言葉に、労るように海の古龍が、その頭をロスマリウス様に寄せる。

海に住まう人魚や陸の龍族は、ロスマリウス様の娘さんの嫁ぎ先と聞いた。

その一族は家族として、海神の加護を皆持ってるという。

「あのな、俺は神だ」

「はい」

「神は食物連鎖の仕組みを作った。だからそれを阻んではならん」

皆頷く。

食べなきゃ死ぬのは人間だけじゃないし、動物だってそうだ。

その仕組みを作っておいて邪魔するなら、なんでそんな仕組みを作ったたって話になる。

だから神様といえど、そこに手出しは出来ない。そういうことだろう。

「だけどな、人魚族は俺の子ら……正確には孫とかになるんだろうけどよ。俺の家族なんだよ」

小さな墓は子どものもの、大きなものは大人の墓。

ここにあるのは全てロスマリウス様の子どもの墓なのだ。

「お前らが倒したあのクラーケンは賢い奴でな。人魚を狙う時は、必ずお前らくらいのちびを狙うんだ」

ロスマリウス様のお話によると、最初はレグルスくんくらいの小さな子が犠牲になり、その次は私と奏くんくらいの兄弟が犠牲になり、更にその姉が二人の仇討ちをしようとして帰って来なかったそうだ。

陸で私達が彼のクラーケンを討った時、亡くなった子ども達が還ってきて、自分達の復讐を遂げたのかと、一瞬柄にもなくロスマリウス様は思ったという。

「ありがとよ。お前らが仇を討ってくれたお陰で、俺もネレイスもクラーケンという種を恨み、憎しみの果てに滅ぼさずとも済む」

「そんな……私達は偶々、ネフェル嬢が捕まってたからで」

「ああ。異国の子、お前にも怖い想いをさせたな。あの時お前を助けることも俺には出来たが、もしやコイツらならお前を助けるためにあのクラーケンを討ち取るやもと、放置した。赦せよ」

衝撃の告白に、一瞬ポカンと口を開いたネフェル嬢だったが、ブンブンと首を振る。

「あ、あの時、直ぐに姿を現されたのは、彼らが駄目だったら助けるためにいてくださったからでしょう？　それに、私も少しですがお気持ちが解る……と思います」

「もしも」とネフェル嬢は言う。

もしもあの時、ばあやさんやイムホテップ隊長達が、蟹に食い殺されていたなら、きっと自分はあの蟹を殺し尽くそうとするに違いない、と。

それはクラーケンを憎むロスマリウス様の気持ちと、同じとは言わないが近いのではないか。

それを聞いたロスマリウス様はほろ苦い笑みを浮かべた。

「俺はクラーケンを、いや、クラーケンだけじゃない、生き物を他の生き物を食らうことで生き長らえるように作った。それなのに、自分のちびどもを食い殺されたからって、あるべくように振舞ったクラーケンを憎む。お前のそれは、俺の身勝手とは違うさ」

ポンポンと頭を撫でられてネフェル嬢が俯く。

人には人の悲哀があって、神様には神様の悲哀があるのだ。

そうして、それを完全に理解することは出来なくても、悲しみに寄り添うことは出来る。

祈るために胸の前で手を重ねて握ると、同じくレグルスくんも奏くんも宇都宮さんも手を組んだ。

ネフェル嬢も手を組むと、誰ともなく黙祷を捧げる。

と、私の肩にロスマリウス様が手を置かれた。

「祈ってくれるのもありがたいが、なにか一曲歌ってやってくれ。俺のちびどもは歌を歌うのも聞くのも、楽器を奏でるのも好きでな」

「はい」

死者への弔いは、即ち生者への慰め。

遺された側は、逝ってしまった誰かの面影を追いながら生きていく。

すぅっと大きく息を吸うと、魔素神経を意識して、一音目を声に乗せた。

神々の世界に迷い込んだ少女が、謎の少年や周りの人々に助けられながら、生きる力を養い、奪われた名前と両親を取り戻すアニメ映画のテーマ。

穏やかな曲調に、生きることの不思議やその先にある死の不思議を柔らかに謳った曲だ。

緩やかに歌が終わりを迎える。

「ありがとよ」

そう言ったロスマリウス様の目元は、僅かに赤くなっていた。

深々とマリンスノーが降り積もる。

白い白い世界に水の蒼が揺らめいて、この世の果ての景色ってこんなだろうかと思うほどの静けさ。

沈黙が耳に痛くなって来た頃、ロスマリウス様がどかっと御者の席に腰を下ろした。

「辛気臭くなっちまったな、悪い」

「いえ」

言葉もないんだけど、ずびっと洟《はな》を啜る宇都宮さんに、レグルスくんがハンカチを貸してあげて、つまりは宇都宮さんの涙が私達の総意だ。

「おれも楽器とか出来たら良かったかな」

「私もだ。笛くらい習っておけば良かった」

奏くんもネフェル嬢もしゅんとしてる。

でもロスマリウス様は「気持ちだけで充分だ」と、もう豪快さを取り戻して「ＨＡＨＡＨＡ」と笑った。

そして、ニッと今度は悪戯を見つかった子どもみたいに、悪い顔をする。

なんだろうな？

「まあ、座れよ」と言われて、戦車《クアドリガ》の床に腰を下ろす。

「ところでよ、鳳蝶。お前、領地に学問を敷きたいらしいな？」

「え？　ああ、はい。そうです」

「何故だ？」

突然の問いかけに驚きつつ、もう何度も色んな人々に話してきたこと、芸術と学問や暮らしの関係性についてお話すると、顎を一撫でしてロスマリウス様は目を細める。

そんなロスマリウス様と私の間を、ネフェル嬢の視線が行ったり来たり。

右往左往する彼女の目線に興味を引かれたのか、レグルスくんがネフェル嬢に問いかけた。

「どうしたのぉ？」

「いや……なんだか……私より鳳蝶は小さいのに、色々考えているんだな……と」

「にぃにはぁ、しゅごいんだからー！」

ぴこぴこと金の綿毛のような髪の毛を揺らしながら胸を張るレグルスくんに、ネフェル嬢が神妙に頷く。

もう、ひよこちゃんたら可愛いんだから！

思わず緩んだ頬を、ロスマリウス様が長く節が逞しい指先でつつく。

「コイツは今ちょっと権力闘争とか色んな事情を抱えた特殊例だから、気にすんな。お前も歳の割には魔術が使える類だ、自信を持つといい」

うん、そう。

私はちょっとズルしてるから、比べちゃ駄目だ。

頷くと、今度は頬をロスマリウス様の指が摘む。

「最初はそれが上げ底になったかも知れんが、その後の努力は間違いなくお前自身の力だ。その辺りを卑下するのは、自戒とは違うぞ」

ムニムニと頬を揉まれて、言葉も出ない。

というか、神様皆様、こちらの心の中なんか駄々漏れなんですね。

ぶにぶにと一頻《ひとしき》り揉んで気が済まれたのか、頬から手を離すとロスマリウス様は「しかし」と、難しい顔をされた。

「それだけじゃねぇんだろ？」

「う、まあ、はい。それだけではないです」

でも何故それを気にされるんだろう。

心の内にある疑問を読まれたのか、ロスマリウス様は「ふん」と鼻を鳴らされた。

「お前な、俺は海神《わだつみ》でもあるが、魔術と学問の神でもあるんだ。魔術と学問を志す者は、大概俺を信心するんだよ。それは俺の力を増すことにも繋がる」

「あー……」

「お前、さては俺が魔術と学問の神でもあるのを忘れてたな？」

全くその通りです、申し訳ありませんでしたー！

青ざめると、呆れたような顔をしたロスマリウス様の手で、髪の毛をグシャグシャに混ぜ返される。

「百華の言う通り、妙なところで抜けてやがるなぁ。まあ、いいさ。変に媚びられるよりましだ」

「本当に、申し訳ありませんでした！」

「おう、詫びは受け取ったからもう良いぞ」

鷹揚に手を振られるロスマリウス様にほっとする。

私、本当にこういうとこ命取りだよね。気を付けよう。

うーむ、帰ったらロマノフ先生に、神話の話とか教えてもらおうかな。

「失敗から学ぶのは良いことだ。師によく教えを請うといい」

「はい」

「で、だな。学問を敷きたい目的は結局なんなんだ？」

「それは……」

口を開こうとした矢先、元気よく「はーい！」と奏くんとレグルスくんが手をあげた。

「おう、ちびども。なんで勉強した方がいいと思う？」

「あのねー、だれかをしらずにかなしませたりしないためだよー……です！」

「相手と意見がちがっても、それがどうしてか考えればわかり合えるかもだし。そのためには相手のことを知らなきゃいけないし、こっちのことを相手に説明できる力が必要だけど、それは勉強しないと身に付かない力だからだ！」

争いは知識不足と不理解から起こる。

それを二人なりに解釈すると、そういうことになるんだろうか。

奏くんとレグルスくんの答えをロスマリウス様は興味深そうな顔で聞きつつ、私に視線を向ける。

「争いは知識不足と不理解から起こります。そして大概の争いは、知識を得て、その知識を基にお互いの事情を語り合い、妥協点を探せば往々にして解決するものでもあります。勿論、そうでないことも沢山ありますが」

「そうさな。武器を握る前にやれることは沢山ある。しかし、それだけでは片付かないから、戦なんてものがあるんだが」

「はい。しかし、歴史を学んだり相手の事情を知識として得ることで、戦以外の選択肢を増やすことも可能かと」

知識や情報が少ないと、視野が狭まる。視野が狭まると、選択肢が必然的に少なくなり、それ以外の手段は無いものだと思い込んでしまいがちで、極端から極端に走ってしまうことになりかねない。

つまり外交で話し合いを重ねて折り合いを付けられず、戦争という極端な手段に出るというようなことが起こる。

それは誰にも不幸しか呼ばない。

その不幸を回避する手段こそが、知識を得て相手を理解しようと努めることなのだ。

国とかいう大きなことじゃなく、個人レベルでもしないで済む喧嘩は、しないに越したことはない。

話し合って解り合えなかったとしても、解り合えないことが解るんだから、喧嘩するような接触を減らすことも可能だ。

私の解答を聞くロスマリウス様の表情は、なんだか試験の結果を見ているロマノフ先生のそれに似ている。

ロスマリウス様がフッと吐息で笑った。

「知の力で争いを無くすなど、神なる俺にも出来んことを、ちっぽけな人の身で挑むか。まあ、いいんじゃねぇの？　やってみな、骨は拾ってやるからよ」

「いや、無くすまではやっぱり無理かと」

「おいおい、志はでかく持てよ！　ちっさく纏まんな。モテねぇぞ！」

モテるのは別にいいかなぁ。

あ、荷物は沢山持てるようになりたいかもしれない。帰ったら筋トレしよ。

兎も角、ロスマリウス様からは「やってみろ」というお言葉を頂いた訳だし、色々頑張ってみようか。

帰ったらやること沢山出来ちゃったな。

そんな風にちょっとぼーっとしてたら、急にネフェル嬢に両手を掴まれた。

「鳳蝶は一体何と戦ってるんだ？　どうしたらそうなる？」

「いや、戦ってる訳ではないような？」

「ロスマリウス様はお前は権力闘争の真っ最中だと……」

「ああ……。強いていうなら両親ですよ。あの浪費癖の酷いのを隠居なりなんなりさせて、領主の座から蹴落とさないと、うちが破産する」

うちの領地の現状を話すと、ネフェル嬢が絶句した。

「そんな領主がいるのか……」と呻くように呟くのを聞く限り、彼女の周りはきちんと責任ある行動をとる大人が多いのだろう。

手本になる誰かがいるのは良いことだけど、それならなんで彼女は目を隠していたのか。

もしや私よりネフェル嬢の方が、知識不足と不理解をどうにかする必要があるんでは？

そう口にすると、ネフェル嬢が口を閉ざした。

「いや、だって、あなたを苦しめている金銀妖瞳《ヘテロクロミア》が不吉だって言い伝えも知識不足からくる偏見には違いないでしょ。それを駆逐するには何故そんな言い伝えが出来たかを調査して、言い伝えが根拠に乏しくて意味のないものだって周知してもらわなきゃいけないんだから」

「そうか……！」

「あとね、あなたが目を隠していたのは、あなたの目を指差して『不吉』だって言う人があったからでしょう？　それも身内じゃなくて、外の人だ。違います？」

「いや、違わない……。私がこんなだから、両親が悪く言われないように目を隠して争いを避けてただけで、両親は隠さなくて良いって言ってくれていた」

「でしょうね。でもあなたにそういうことを言う人は、あなたが金銀妖瞳《ヘテロクロミア》じゃなくても何かしら粗を探しては色々言うもんです。取り合わなくていい。だけど、そもあなたを指差す行為も、不理解のなせる業《わざ》だ」

　不理解とは、無理解の上に、更に理解しようとする姿勢すら持たない、或いは持てないことを指すと私は思っている。

　金銀妖瞳《ヘテロクロミア》を持つことがどういうことか理解がないのが無理解で、金銀妖瞳《ヘテロクロミア》を持った彼女が「不吉だ」と指差されてどんな気持ちになるのか想像すらしないのが不理解だ。

　翻って、自分が生まれつきのことでどうにもならないことに指を指されたならどんな気持ちになるかを想像できる人間は、ネフェル嬢を指差すことなどしない。

　そんな話を黙って聞いていたかと思うと、ネフェル嬢はぎゅっと私の手を握る力を強めた。

「そうか……。私の敵は知識不足と不理解だったのか……」

「いや、まあ、知識不足と不理解は敵というより、解消していく問題とか、そんな方向がいいんじゃないですかね」

それに知らなくて良いことってのが、世間には時として存在する。

知るべきこと、知らなくて良いこと、教えたらまずいこと、それぞれを判断できるようになることが、大人になるってことかもしれない。

「ともあれ、誰もが学問を気楽に受けられるようにならなければ、知識不足の解消は無理だし、学問することで学ぶ姿勢を身につけて不理解も解消して欲しい。だから私は領地に学問を敷きたい。それが結論です」

「うん、まあ、いいんじゃやねぇの？　行き詰まったら海に来いや。旨いもので相談に乗ってやるよ」

サムズアップするロスマリウス様は、やっぱり学問と魔術の神様ってよりは、どう見ても気っ風のいい海のヤンチャ青年に見えた。

「……なるほど、そんな事情があったんですね」

「かー、坊達はなんか凄いな！」

ヴィラのリビングで、ロマノフ先生は溜め息を吐き、ジャヤンタさんはお腹を抱え、カマラさんとウパトラさんは遠い目をして、ネフェル嬢のばあやさんとイムホテップ隊長、それから二人の護衛は神妙な面持ち。

あれからロスマリウス様には海底神殿に送ってもらったんだけど、そこには護衛の一人・ジェセルさんが連絡したそうで、バーバリアンの三人と、ばあやさんにイムホテップ隊長もいて。

ロスマリウス様が「じゃあな」と空に消えた後、ロマノフ先生の「ではお話しましょうか」という言葉で、ヴィラへと帰って来て直ぐにお茶を飲みながらの事情聴取が始まったのだ。

といっても、代表して私が喋ってるだけなんだけど。

人食い蟹の群の騒動の時、マリウスお爺さんとお孫さんのロスさんと出会ったこと、そのマリウスお爺さんとロスさんはロスマリウス様が変身して現れた存在だったこと、私達が倒したクラーケンはロスマリウス様やそのご息女のネレイス様にとっては我が子の仇であったことなどなど。

「我らが父なる海神が、そんなにお心を痛めておられたとは……」

「そうね。もっと頻繁に地元に帰って話を聞くべきだったわ。ありがとうね、坊や達」

「ありがとう」

カマラさんとウパトラさんは、ロスマリウス様の血を引く龍族。

ロスマリウス様がどれほど一族を愛しているか知っているからか、二人揃ってお礼を言われた。

しかし、ロマノフ先生の表情は固い。

「鳳蝶君、せめて私達にはそのマリウスお爺さんとロスさんに会ったことだけは伝えておくべきでしたね。奏君に直感があったとしても、それを凌ぐ気配の隠蔽手段はあるんです」

「まあ、現地の人間がここに許しもなく入ったら、良い顔されないのは確かだけどな。大方爺さん達の立場を慮ってのことだろうけど、世の中善人の顔した悪党はいるもんさ」

「それは……申し訳ありませんでした」

そうだよね、「ほう・れん・そう」は基本だもんね。

素直にごめんなさいと皆で頭を下げると、くしゃくしゃと頭を撫でられる。感触からしてロマノフ先生の手だろう。

「なんにせよ、ロスマリウス様やそのご息女様のお慰めになると良いですね」

「はい」

「お疲れ様でした。海の中は楽しかったですか？」

「はい！　凄く綺麗でした！」

「ね！」と奏くんやレグルスくん、ネフェル嬢や宇都宮さんに話をふれば、それぞれ「綺麗だった！」とか「あおかった！」とか、そんな歓声が上がる。

そんな中、ネフェル嬢がおずおずとばあやさんを手招いた。

「これ、人魚族の人達から頂戴した。お土産だそうだ」

「左様ですか。よう御座いましたね、ネフェル様。ネフェル様が海を嫌いにならぬようにとのお心遣い、ばあやは海神様に御礼申し上げたく存じます」

「明日、一緒に神殿に行こう。ばあややイムホテップ隊長、ジェセルやカフラーのことも、労ってくださった……」

「なんと……有難いことで御座いますねぇ」

ネフェル嬢が嬉しそうに頷くと、ばあやさんは勿論、厳めしい顔をしていた隊長さんも二人の護衛も、表情を緩ませる。

なので、私達も頂戴したお土産を先生やジャヤンタさん達に差し出した。

「えぇっと、私達もお土産を頂きまして」

「そうなんですか。では開けてみても？」

「いいよー！」

にこにこなレグルスくんから、お土産の袋を受け取ったジャヤンタさんが、カマラさんとウパトラさんにも見せるように、袋の口を開く。

一枚の紙切れが何処からともなく現れた後、袋が消えてどんっとテーブルの上にご馳走が広がった。

それに奏くんが大きな声を上げる。

「あー！　海のなかで食べたごちそうだ！」

「本当です！　若様、これあの宮殿で頂いたお食事ですよ！　しかも出来立てのほっかほかっぽいです！」

ひぇ！

確かにテーブルにある料理はどれも海の宮殿で食べたものだし、湯気もほこほこ立っている。

残りの袋を見ながら、ロマノフ先生が感嘆の溜め息を吐いた。

「流石は魔術の神様でいらっしゃる」

「え？」

「こういうのはヴィーチャの方が専門なんですが、今見ただけでもかなり高度な術がいくつも袋に掛けられていますね」

「そうなんですか？」

「ええ。臨時授業をしましょうか」

　というわけで、ロマノフ先生に解説してもらうと、袋にはざっと見ただけでも、私達の居場所を探知する魔術に、マジックバッグの魔術と転移魔術が使われているそうで、転移魔術は私達が袋を開けたタイミングで発動するように仕掛けられていた……らしい。

　更に中身を残して袋が宮殿に転移するのと同時に、ロスマリウス様のお手紙が探知した私達の元に転移してくるって魔術も掛けられていた。

　そもそもの話をすると、マジックバッグの魔術自体が、空間拡張やら時間停止やら言う複雑な魔術の複合だから、種類で言うならかなりの魔術が使われていることになる、とか。

「これだけの魔術を、それも複数の袋に仕掛けるなんて、まさに神業ですね。ヴィーチャならもっと詳しい解説をしてくれるでしょうから、帰ったら聞いてみるといいですよ」

「ふぇー！　神さますげぇな！」

「それにとてもお優しくていらっしゃる」

　ネフェル嬢が袋と同時に現れた手紙を読むと、袋は私達それぞれに料理を食べさせたいと思った人の分だけ出てくるそうで、例えばレグルスくんの袋にはジャヤンタさんやウパトラさん、カマラさんの分の料理が入れてあるそうだ。

　ネフェル嬢にはばあやさんやイムホテップ隊長に二人の護衛、それからご両親の分、奏くんには源三さんと奏くんのご両親と弟くんの分、宇都宮さんには屋敷で働く宇都宮さんが仲間だと思った人達の分、そして私にはエルフ先生達とロッテンマイヤーさんの分の料理が入っているそうな。

でもそれだけじゃないそうで、これにはカマラさんとウパトラさんが悲鳴をあげた。

「ちょっと。お父様ったら、子どもになんてものを……」

「いや、それだけ感謝しているということなんだろうが……」

よく似た双子が、それぞれに色違いの目を見合わせて眉間を揉む。

その視線は私達それぞれが持つお土産の入った袋に向けられていて、手紙を読んだネフェル嬢も、喜びに紅潮していた顔色を青く変えた。

「あ、鳳蝶、た、大変だ！」

「はい？」

「それぞれの袋の底に、あのティアマトという古龍の爪に牙に角、髭に鱗が、どれか一つ入っているそうだ！」

「へぇー……え？」

確かドラゴンの鱗とかって、結構なお値段がする素材じゃなかったっけ？

ぎぎぎと錆び付いたように首を巡らせて、視線でロマノフ先生に尋ねると、先生は思い切り重々しく頷いた。

「どれも武器や防具の材料ですし、単なる龍でも入手は難しい代物です。まして古龍となれば……爪一つだけでも鳳蝶君のお家一つくらい余裕で傾きますね」

「ひょえっ⁉」

あわわわわ！

とんでもない品物に、ロマノフ先生の言葉の意味が解る面々は、私も含めて真っ青だ。

しかし、カラカラとジャヤンタさんが笑う。

「確かティアマト様って名前の龍だよな？　二百年に一回若返って、牙から爪から全部生え変わるんだったか。凄いモン貰ったな！」

つまり、二百年ものの魔力が角だの牙だの髭だのにこもってる訳ですよ。

そう言えばレグルスくんの分の袋は開けちゃったんだよね。

はっとしてテーブルに並べられた料理を見ると、皿と皿の間にいつの間にかどーんっと効果音が付きそうなほど堂々と、白く鋭い牙が鎮座していた。

食卓に料理と共に牙が並んでるとか、超シュール。

つか、なんでレグルスくんには牙なんだろう。

他の袋には何が入ってるのかな？

そう思ってると、ロマノフ先生が「もしかして」と呟く。

「どうしたんですか？」

「いや、龍の牙は刀に使われることが多いんです。レグルス君のお土産に龍の牙なら、奏君のは多分髭かと。宇都宮さんは……爪か角かな？」

なるほど、そういうものなのか。

頷くとカマラさんが説明を引き継いでくれる。

「ああ、龍の髭は弓の弦の最高クラスの素材だしな。角は槍の柄に最適だし、爪なら穂先《ほさき》によく使われてる」

「でも宇都宮、モップは使えても槍はちょっと……」

「じゃあ、角が妥当ですかね」

それなら私とネフェル嬢の手元には何が残るんだろう。

鱗は砕いたらビーズにできるっていうし、凄くワクワクするんだけど。

まあ、そんなこんなでこの日は解散。

バーバリアンの皆と海の宮殿の食事を分け合って、和気《わき》藹々《あいあい》と過ごした。

次の日は昼近くまで寝てて、起きてからもぼんやりしてたんだけど、お仕事から帰ってきたバーバリアンの皆の元気がなくて。

「悪《わり》ぃなぁ、俺らの雇い主がもう明後日に帰るって言い出した」

ジャヤンタさんの話では、なんでも移動したヴィラの景観がそれほど良くなく、更に雇い主さんの小さなご家族が海を怖がって帰りたいと言い出したそうな。

明日は荷造りとか諸々があるけど、明後日にはもう帰ると決まった、と。

「いえいえ、連れてきていただいてとても楽しかったです。ありがとうございました!」

「ありがとな、ジャヤンタ兄ちゃんたち」

「ありがとー！　たのしかったー！」

お礼を言うと、バーバリアンの表情が和らぐ。

すると、宇都宮さんが「あ！」と手を上げる。

「ネフェルお嬢様方にもお別れを言わなきゃですね！」

ここで出会った友達とも、お別れの時が来たようだ。

このままでは終わらんよ、夏

「そうか……鳳蝶たちも帰るのか……」

「ということは、ネフェル嬢も？」

「ああ、本国に連絡が行ったようだ。父上と母上がいたく心配されているそうで……」

と、言ってネフェル嬢が「あ」って顔をして、ちょっと気まずげに目線を落とす。

訪れたネフェル嬢のヴィラのリビング。

ソファにかける彼女の正面にいるのは私、つまり親と不仲な子ども。

まあ、私は別にあの人達なんかどうでもいいんだけど。

私の感想はいいとして、ネフェル嬢もやっぱり明後日には帰国の運びになったそうで、朝イチで海底海神神殿にご挨拶に行った後、イムホテップ隊長にそう言われたとか。

「折角友人になれたというのに、お忍びの旅ゆえ私の家名も名乗れないなんて……」

「お忍びの旅だったんです？」

「ああ。私の家は少し特殊で、本当なら気軽に旅行なんて出来ないんだ。しかし、自分が子どもの頃にした不自由な思いを私にはさせたくないと、父上が私だけでもと海に来させてくださって……」

「なるほど。まあ、うん正直に言うと、私たちが貴方をお助けしたことを色々利用しようと思っている人がいるようです。でも、私たちはそんなことのために貴方をお助けした訳じゃない」

「ああ、解っているとも。立場というものが私にも鳳蝶にもある。同じように私に貸しを作って、その支払いを父上に求めたい者にもそれがあるのは解っている……と思う」

大人びた瞳で語るネフェル嬢に私も頷く。

人脈作りとか立場の強化とか、外交の切り札になりそうな貸しを作るのは、守りたい何かを守り、貫きたい意思を貫くためには必要な手段で、非難されるようなことではない。

離れても私たちは友達で、二度と会えなくても一緒に過ごして共有した気持ちは嘘じゃなし、彼女が助かって嬉しいと伝えた言葉は紛れもなく真実だ。

固くネフェル嬢と握手して、私が手を離すと今度はレグルスくんがその手を握る。それも終わるとネフェル嬢は奏くんに手を差し出す。

それに奏くんが少し迷う素振りを見せた。

「あのさ……。おれ、きぞくじゃなくて……」

「何処かの国の身分なんて、今の私には関係ない。だってお忍びだ」

フッと唇を上げると、ネフェル嬢は自ら奏くんの手を取って握る。そしてその手を宇都宮さんにも差し出すと、宇都宮さんは私に視線を投げてから、ネフェル嬢の手を「僭越ながら」と握った。

本当に、お別れなんだな。

ちょっと目の奥が熱くなって来るのを堪えていると、奏くんがあわあわと口を開いた。

「あ、あのさ！　タコとカニ、一緒に食お！」

「へ？」

「だ、だって、約束したじゃん！　こっちにいる間に一緒にタコとカニ食べるって！」

そう言えば初日のどさくさに紛れて、そんな約束をしたような。

タコとカニはいつでも食べられるように、冒険者ギルドで食材の姿にしてもらったはずだし……。

人魚族の子どもたちの話を聞いて、あのタコにはちょっと複雑なものがあるんだけど、でも尚更あれをちゃんと食べなきゃ、食べられた子たちの命が無駄になってしまう気がする。

私だけじゃなく、ネフェル嬢や皆も同じく想ってるみたいだ。

「食べると言ってもどうやって……」

「えぇっとな、若さまの家でやるパーティーみたいにしたらいいと思う！」

「バーベキューパーティー？　それならコンロとか用意しないとね」

バーベキュー用の火自体は、魔術でなんとか出来るとして、コンロとか串とかあるんだろうか。

宇都宮さんに目配せすると、すっと音も立てずに彼女が退出する。

待つこと暫し、宇都宮さんが私に耳打ちするには、バーベキュー用のコンロ等々ちゃんとあって貸し出ししているそうな。

そして食材も頼めるし、自分たちで用意してもいいという。

今から準備すれば、明日のお昼にバーベキューは出来ると思う。

カニはコンロで焼いても良いし、茹でて食べても良い。

でも、タコはどうやって食べようか。

茹で蛸は聞いたことあるけど、焼きタコなんて……と思って、ふっと浮かんできたものが。

いや、でも、あれは準備がいるし、間に合うかな？

考えていると、ひよこちゃんと奏くんがじっとこちらを見ていて。

「どうかしたの？」

「若さまがだまった時は、なんかスゴいこと考えてる時だってひよさまがいうから」

「にぃに、つぎはなにするのー？　れー、てつだうからね！」

キラキラと期待に満ち溢れた目で見られて、平静でいられるだろうか。いや、無理（反語表現）。

レグルスくんがワクワクした様子で、身体をピコピコ動かすのを見て、ネフェル嬢が笑う。

これは、頑張るしかないかな。

「奏くん、ちょっと相談なんだけど」

「おう、おれは何をしたらいい？」

そう言ってくれる奏くんに、彼がロマノフ先生から貰ったマジックバッグに入れてる鉄板を出してもらう。

それからその鉄板に、球状の小さな窪みをいくつか作ってもらった。

ボコボコのそれに、奏くんは見覚えがないという。

後はこれが私の思うように使えるかなんだけど、それは試してみなきゃなんともだよね。

それなら早速やってみよう。

そんな訳でネフェル嬢に声をかける。

「これから明日バーベキューが出来るように先生たちにお願いしに行ってきます。準備しなきゃ」

「ああ、それなら私も行く。明後日には帰ってしまうんだから、一緒にいられるときは一緒にいたい」

柔らかな笑みを浮かべるネフェル嬢は、相変わらず私のピンで前髪をあげている。

夜明けの海の瑠璃色と、夜が明けた後の碧色の、それぞれ美しい瞳に、私やレグルスくん、奏くんに宇都宮さんの笑顔が写って綺麗だ。

「じゃあ、皆で」と歩き出すと、ばあやさんが玄関で美しい礼をして送り出してくれる。


とことこと向かったのは浜辺。

宇都宮さんに頼んで、竹串、油を染ませた小さなガーゼと、小麦粉を水で溶いたものを少しだけ宿屋の厨房から貰って来てもらうと、奏くんが作ってくれたデコボコの鉄板を魔術の火で熱くする。

鉄板の球状になってる部分に油をたっぷり塗ってから、小麦粉を水で溶いたものを流し込むと、たちまちジュワッと音が立った。

「鳳蝶、これはなんだ?」

「ちょっとした実験です。上手くしたら、美味しいものが食べられますよ」

水で溶いた小麦粉が、ふつふつと熱で固まってくる。

竹串でちょっとつついてみると、少し柔らかいけれどきちんと鉄板に触れている部分が固まって来ているのが解った。

中はまだやわやわのとろとろだけど、これならいけるかな？

すっと竹串を鉄板に沿わせると、気合いを込めて「えい！」と焼けた小麦粉を引っくり返す。

すると綺麗な半円が現れて、レグルスくんが「わー！」と歓声を上げた。

「にぃに、まんまる！　ボールみたい！」

「へー、あのボコボコ、こんな風にするために付けたのか！」

「そうだよ。これでタコが美味しく食べられる……と思う」

だけどこれだけじゃ足りないんだよね。

でも足りないなら足りるようにすればいいし、私が出来ないなら出来る人にお願いしに行けば良いわけで。

その足で今度は私達のヴィラに向かうと、お目当てのロマノフ先生はソファで本を読んでいた。

斯々然々と事情を話すと、ロマノフ先生は柔く微笑む。

「私にバーベキューパーティーの手配をして欲しいということですね？」

「はい。お願いできますか？　他にも調達して欲しい物もあったりするんですが」

「はい、勿論。君のしたいことを手伝うために、私はいるんですから」

「ありがとうございます」

「ありがとー、ちぇんちぇ」

「「ありがとうございます！」」

私がお礼にぺこりと頭を下げると、レグルスくんもふわふわの綿毛みたいな頭を下げる。

同じくネフェル嬢や奏くんも宇都宮さんもお礼をすると、ロマノフ先生は「どういたしまして」と晴れやかに言ってくれた。

「で、何が必要なんですか？」

「えぇっとですね……」

何か書くものを探していると、すかさずレグルスくんがひよこのポーチから姫君に頂戴した羽ペンとお絵描き用の紙を出してくれる。

それに必要な材料とスパイスや調味料を書いて、ロマノフ先生に渡すと、紙を一目見て苦笑した。

「鳳蝶君。『料理長』とありますが、これは……」

「菊乃井《うち》の料理長です」

「なるほど。これは確かに私でなければ用意が出来ませんね」

「はい、お願いします！」

そう言えばロマノフ先生の手が頭に伸びて、ワシワシと撫でていく。

一頻り撫でると、先生は立ち上がり「では」と言って、光に包まれて姿を消した。

転移魔術の発動に、ネフェル嬢が目を丸くする。

さて、私達は先生が戻ってくるまでにやれることをしないと。

ヴィラのキッチンに行くと包丁もまな板もあるし、ちょっと大きな鍋もあった。

料理が出来る環境は整っているみたい。

それならと、何故か他の部屋も探検みたいに観て回ること暫く。

リビングのど真ん中にキラキラと光の粒が集まったと思うと、それが眩しく輝き、閃光が収まるとそこにはロマノフ先生と大荷物を背負ったコックコートの料理長、そして同じくコックコートにちょっと目付きが悪くて眉毛のないお兄さん、それからロマノフ先生の半分くらいの背丈だけど、幅が先生の二倍くらいありそうなずんぐりした髭もじゃお爺さんが現れた。

眉なしのお兄さんは、菊乃井の街の宿屋のフィオレさんだけど、ずんぐりした髭もじゃお爺さんに心当たりがない。

すると、傍にいた奏くんが「モッちゃんじいちゃん！」と嬉しそうに叫んで、たっと髭もじゃお爺さんに駆け寄った。

お爺さんも飛び付いてきた奏くんを抱き止めて、ガハガハと笑っている。

「モッちゃんじいちゃん？」

「かなー、だれぇ？」

「じいちゃんの友達のモッちゃん！　おれにかじを教えてくれた人！」

モッちゃんと呼ばれたお爺さんが、ゆったりとお腹を揺らして笑う。

「俺はモト、この子んジイさんとは幼馴染みったい。いまだに、アイツ、俺んこと『モッちゃん』って呼ぶとよ。まぁ、俺も源ちゃんって呼んどるっちゃけど」

「ははぁ、そうなんですか」

なんだか、千客万来です。

一年前からは比べられないほど、今の菊乃井の街の宿屋や料理屋は忙しい。

毎日毎日、ちょっとずつお客さんが増えていき、それに伴って物の出入りも増え、景気もかなり上向きになってきた。

しかし、この四の月、菊乃井の名物であるカレーの基たるカレー粉が、帝国なら何処でも買えるようになったし、カレーの基礎のレシピは菊乃井の秘伝ではなくなった。

とは言え、菊乃井の味を再現するのは一朝一夕で出来るものではないし、菊乃井にはカレー粉を使った他の料理もある。

だから、まだまだカレーや他の珍しい料理目当てのお客は来るだろう。

でもそれに安穏としていると、いつか足を掬われかねない。

ちょっと前から政を取り仕切ってる街興しに協力的なお代官様の言うことには、エストレージャの武闘会準優勝とラ・ピュセルちゃん達のコンクール最優秀賞の経済効果がそろそろ出てくるらしい。

それならこの機会に、宿屋や料理屋の名物に梃入《てこい》れしよう！

「って相談に来てたンすよ。悔しいッスけど、俺より料理チョーパイセンは料理も上手けりゃ、アイデアも俺より上だし」

「お前、パイセンって呼ぶなよ。まあ、そんな訳で相談に乗ってたところに、ロマノフ卿が若様がお呼びだってんで、物はついでだと思って連れて来たんです」

「ああ、なるほど。じゃあ、丁度良かったかも」

「マジっすか!? やべー、俺、持ってるわ！」

運が良いかは知らんけど、来たならフィオレさんにも働いてもらおう。

そんな訳でフィオレさんがやって来た理由は解ったけど、じゃあモトさんは？

そんな視線を向けると、モトさんはくっついてる奏くんの頭を撫でて。

「俺は奏が鍛冶に興味ば持ったみたいやけん、暇もできたし、鍛冶を教えちゃろうて思うて、源ちゃんの家ば訪ねたったい」

だけど源三さん宅には誰もいなくて、モトさんは仕方なく源三さんの勤め先である私の屋敷に来たんだそうな。

すると屋敷の玄関先で源三さんに出会って、奏くんが私達兄弟と海に行ったと告げられて。

しおしおとお家に帰ろうかと思った矢先。

「転移魔術でこん若作りのジイさんエルフが飛んできてくさ。奏と海におる若様が、屋敷の料理人ば呼んどるってやけん迎え来たって言うとよ。源ちゃんは若様がまぁた面白いことば考えたからやろうて言うけん、そいやったら、そん面白かことに俺も混ぜてもらおうて思うて、一緒に来たったい」

「……若作りのジイさんエルフ!?」

「鳳蝶君、そこに食いつくのは止めてください」

そう言えばロマノフ先生は最低でも二百歳超だっけ。

たしかレグルスくんもお屋敷に来た頃に、ロマノフ先生はお屋敷の誰よりも歳上って話をしたら

「おじいたん?」って、凄い顔して呟いてたっけ。

でも、エルフの年齢行方不明ぶりは種族として仕方ないとしても、ロマノフ先生が見た目通りでないのを何故知ってるんだろう?

源三さんが説明したのかな?

訊ねようとすると、レグルスくんがモトさんの服……何だろう、素朴なシャツに革っぽい素材のツナギ、ゴーグルには歯車の意匠が付いていて、ツナギのポケットからは手拭いが垂れているんだけど、その手拭いをくいくいと引っ張った。

「なんでちぇんちぇがおじいたんってしってるの?」

「ああ、エルフのジジイとは俺が洟垂れの頃から付き合いばあっとよ」

「一族で言えばもっとですよ。君のお祖父様には私が洟垂れ小僧呼ばわりされてましたし」

ひぃ、壮大。

つまり、モトさんとロマノフ先生は昔馴染みってやつか。

そしてモトさんは源三さんと幼馴染み。それなら源三さんとロマノフ先生も実はお知り合いだったのかしら?

疑問を口に出すと、モトさんが首を横に振る。

「うちは鍛冶屋ったい。商売をする以上、客の素性は他所《よそ》には漏らさんとよ」

「ああ、なるほど」

守秘義務は暗黙のルールとして存在するんだな。

感心していると、奏くんが半球の窪みが付いた鉄板をモトさんに見せる。

「これは？」

「料理の道具だってさ。若さまがこういうのほしいって言うから、おれが作った！」

「ほ！　これが料理の道具⁉」

「おもしろいだろ？　これで水で小麦粉をとかしたのを焼いたら、ボールみたいなパンができあがるんだぞ！」

「ほほぉ！　そりゃ面白い！」

しげしげと窪み付の鉄板を眺めて、ああでもないこうでもないと、奏くんとモトさんは二人して楽しそうだ。

それを見て、料理長が顎を撫でる。

「なるほど、今度の料理はあの窪みのある鉄板を使った料理ですかい」

「うん、そう。お願いした材料は持ってきてもらえましたか？」

尋ねると、大きな荷物を指差してフィオレさんが胸を張った。

「勿論ッス！　トマトにセロリ、玉ねぎやらリンゴやら、それからスパイス各種、小麦粉に産みたて卵、他にも仰せのは全部！　ロッテンマイヤー姐さんと、パイセンと一緒にかき集めました！」

「お前、姐さんとかロッテンマイヤーさんの前で言うなよ。兎も角、ご用命の物は全て持ってきました」

「重かったでしょう。ありがとう」

「どういたしまして」

にこやかに話していると、ネフェル嬢が遠慮がちに近づいてくる。

ここで知り合った友達で、明後日お別れすることになったから、明日は盛大にバーベキューパーティーをしたいと料理長に説明すると、彼とフィオレさんは恭しくネフェル嬢に頭を下げた。

「旅の良き思い出になりますよう、精一杯努めさせていただきます」

「ッス、俺もガンバります！」

「ああ、よろしくお願いする」

優雅に微笑むネフェル嬢に、ポッとフィオレさんの頬が染まる。

ネフェル嬢の眼を見て「綺麗だ……！」ってめっちゃ感動してるし。

さて、その勢いで頑張ってもらいましょうか。

「じゃあ今から説明するので、フィオレさんは窪みを使った料理を、料理長にはそれに合うソース作りを手伝ってもらいます」

「「はい！」」

Allez cuisine!《料理始め》

って、わけでまずは時間のかかるソースから。

玉ねぎは薄切り、リンゴやらニンニク・生姜はすりおろし、トマトにセロリはみじん切りにするんだけど、量が多いと面倒なので魔術で作った鎌鼬《かまいたち》をフードプロセッサー代わりにする。

「魔力制御が見事だとは思うが、正直才能の無駄遣い……いや、うん……まあ……いいか」

「うちでは使えるもの何でも使うのが当たり前なんで」

ネフェル嬢の遠い目にキリッとサムズアップすると、レグルスくんが「れーもやーりーたーいー！」と騒ぎ出す。

「レグルスくんは卵割って？」

「はーい！」

「フィオレさん、ボウルに小麦粉とお出汁とレグルスくんが割った卵を入れて、だまが出来ないようにかき混ぜてください。シャバシャバになりすぎないように注意してくださいね」

「ウッス！」

歓声を上げてお手伝いを始めたレグルスくんをフィオレさんに任せると、次は奏くんが「おれは？」とスタンバイ。

なのでロマノフ先生に視線を向ける。

「ロマノフ先生、タコの足を一本の半分くらい、奏くんに渡してください」

「解りました。重いですから気をつけて」

そう言ってロマノフ先生がマジックバッグから取り出したタコの足の半分は、体格のいいモトさんの足より太い。

それを受け取ると奏くんがちょっとよろめいたのを、すかさずモトさんが支えた。

「こりゃあ、でかい」

「うん、家よりでかかったんだぞ！」

「そりゃあ、お前……タコっていうより、クラーケンじゃないか」

「うん、まあ、そうだけど。タコだからタコだ！」

うん、タコだからタコだ。

食材にしてくれているというだけはあって、タコの足はちゃんと柔らかく茹でてある様子。

「奏くんはその足を、鉄板の穴ぼこに入るくらい小さく切ってくれるかな？」

「おー、まかせろ！」

魔術で風が起こると、あっという間にタコが小さく刻まれて、肉片が山と積まれる。

そんなことをしている横では、料理長が炒めていた玉ねぎが、やっぱり魔術で水分を抜いたりしたお陰で飴色になっていた。

そんな光景にネフェル嬢がシャツの袖を捲る。

「わ、私も何か手伝う！」

「そうですか。じゃあ、切った野菜を炒めた玉ねぎと一緒にお鍋に入れてください」

「よし、解った」

料理長が持ってきた寸胴鍋に、野菜と飴色の玉ねぎをネフェル嬢が投入したのを確認して鍋へ。

それから出汁を沢山入れて煮込む。

「スパイスをそんなに使うなんて、贅沢なソースだな……」

「いずれ、スパイスもお安く出回るようになると良いですよね」

スパイスが安く手に入るようになると、家庭料理の幅が広がる。

すると食卓が色鮮やかになって、家族の話題が増える。

話題が広がる食卓を囲む家族は、きっと仲良く豊かに過ごせている筈だ。

そんな家庭が沢山ある国は、豊かで平和な国だろう。

なにせ家庭は最小単位の社会、世相を映す鏡なのだから。

菊乃井がそうなるように、私も頑張らなきゃ。

「小麦粉と卵と出汁、混ぜあがったッス！」

「にぃに、できたよー！」

ネフェル嬢との会話が途切れたタイミングで、フィオレさんとレグルスくんが、わいわいと騒ぐ。

生地になる出汁と卵と小麦粉の混ざったものが入ったボウルを受け取って、奏くんからもタコを受けとると、窪みのついた鉄板をコンロにかけて、油を馴染ませて。

ちりちりと鉄板が熱くなったところで、窪みに生地を流して、間を置かず細かく切ってもらったタコを生地の中に入れていく。

「ははぁ、この鉄板、そういう風に使うのか」

「はい、これで生地の外側が焼けるのを待ちます」

すっと静かに宇都宮さんが竹串を差し出すのを受けとると、それを窪みと生地の間に差し込む。

生地が熱でしっかり固まってるのを確認してから、竹串で生地と鉄板の間に隙間を作ると、気合いを入れて——。

「おりゃっ！」

くるんっと窪んでいる方が上に来るように上下を反転させると、そこには見事な球状に焼けた生地があった。

そして形を整えて焼き上がりを待つ。

頃合いを見てくるくるとまた上下を入れ換えると、お月様みたいなまん丸が現れた。

そう、タコが真ん中に入った、丸い粉もん。

前世の俺曰く、タコ焼きの完成だ。


外はかりっと、中はとろーり。

それが美味しいタコ焼きの必須条件だ。異論は認める。

鉄板には九つの窪みがあって、順次くるくると反転させてまん丸なタコ焼きを作っては、ずっと宇都宮さんから差し出される皿に置く。

味付けは本当はタコ焼きソースとマヨネーズがいいんだけど、今のところどっちもないから、前世の「俺」のお勧めの醤油をたらりん。

ボールみたいに焼けたそれに、一番先にお箸を付けたのはレグルスくんだった。

湯気の上がるそれを一口で食べようとしたのを、慌てて止める。

「レグルスくん、熱いからふうふうしてからね」

「あい！」

レグルスくんは良い子のお返事をして、ふうふうと息を吹き掛けて、冷ましてからタコ焼きに噛りつく。

だけどふうふうしたぐらいではそんなに冷めないから、ちょっと噛ると「あちち」とあわあわ。

それでも食べ進めると、とろりとした中身に歯応えのあるタコに行き当たったようで、はふはふしつつちたぱたと足踏みしながらタコ焼きを咀嚼する。

小さなお手々で口を覆って、暫し。

こくりと喉を動かすと、ぱぁっと顔を輝かせた。

「かりってしててぇ、とろってしててぇ、あちちでおいしかった！」

「そう？　もっと食べる？」

「たべるぅ！」

「はーい！」とお手々を上げたレグルスくんを見て、次にタコ焼きを渡した奏くんとネフェル嬢が、顔を見合わせてタコ焼きを食べる。

反応はレグルスくんと似た感じで、熱さにはふはふしながらも、食べてしまうと顔が輝く。

「こんなの……初めてだ！」

「ふぉー！　おもしろい！　うまいし、おもしろい！」

キャッキャはしゃぐ二人を見て、今度はお皿に乗せたタコ焼きをロマノフ先生とモトさんがお箸で摘む。

それから、ソースが一段落付いた料理長とフィオレさんが手を伸ばし、最後に残った二つは私と宇都宮さんで。

「材料、たったあれだけでこんなの出来るンスか！」

「これはまた、新しい食感ですなぁ」

「うぅ、美味しいですぅ……！」

「これは……長く生きていますが、珍しい食感ですねぇ」

「酒の肴《さかな》にもなりそうやね！」

概ね好評なようだし、これで明日のバーベキューでタコを美味しく皆で食べられそう。

そう伝えると、モトさんが恰幅のいいお腹を揺らす。

「これだけやったら足りんかろうけん、鉄板をもう二枚作っちゃろうかね」

「じゃあ、こげつきにくくしようぜ！　そしたら何度も焼けるだろ？」

「おう、よしよし。焦げ付きにくくて丈夫なやつにしちゃろうね」

「わぁ、ありがとうございます！」

そうだよね、一回で九つしか焼けないとなるとちょっと少ないもんね。

でもそれなら千枚通しも欲しい。

そう言うと奏くんが「おう！」と引き受けてくれた。

そして何処から出して来たのか、鉄板を片手にモトさんと奏くんは部屋の隅で試行錯誤を開始。

私達はタコ焼きソースの開発をしなきゃ。

コンロの火を止めて、またフィオレさんに卵とボウルを用意してもらう。

「次は何をするんだ？」

「ソースをもう一種類用意します。卵を黄身と白身に分けてもらえますか？」

「了解ッス」

こればっかりはレグルスくんにはまだ難しい。

ボウルに卵黄が入ると塩を少し、それからお酢を入れると、そのボウルをレグルスくんに渡す。

「レグルスくん、かき混ぜてくれる？」

「あーい！」

「ネフェル嬢はボウルを支えてくれますか？」

「ああ、任せろ」

するとレグルスくんが小さく旋風を起こす魔術を使って、ボウルの中をかき混ぜ始める。

レグルスくん、剣の方も天才なら、まだ小さいのに魔術は幼年学校で初期に習うくらいのは使えちゃうんだよね。

卵黄と酢と塩が上手く混ざって、もったりしてきたら今度は油を少し注いで、またかき混ぜてもらう。

すると徐々に油と卵黄が混ざって固くなって来たのか、小さな旋風では混ざりにくくなったようで、レグルスくんが困り顔だ。

「レグルス、次は私に代わってくれないか？」

「やりたいの？　いいよー」

「ありがとう」

ネフェル嬢の申し出を快く受け入れたレグルスくんは、今度はボウルを押さえる側に回る。

そしてネフェル嬢は、レグルスくんの旋風よりは少し威力のあるのを、ボウルの中に起こした。

ぐるぐるとかき混ぜられるボウルに、また油を注ぐ。

それから混ぜること少し。

もったりした中身がかなり固くなって、角がみょんと立つようになった。

そこで一旦旋風を止めてもらって、ソースをちょっとだけ箸で掬って嘗めてみる。

舌先に感じるのは程よい酸味とこってり感。

「マヨネーズ！」

ちゃんと出来た喜びに、ちょっとはしゃいじゃった。

そうなると、早いとこタコ焼きソースが欲しくなる。

試食したそうなレグルスくんやネフェル嬢に、これはソースだから単品で食べる物じゃないと説明しつつ、料理長とフィオレさんにボウルを渡すと、私はソースが煮られている鍋を見た。

料理長もフィオレさんも、マヨネーズの味見を少しすると「おお……」と、ちょっと呻く。

鍋の中身は沸騰していたから、火を弱めてローリエやセイジ、タイム、シナモン等々を細かくしてドボン。

それからまた煮なきゃなんだけど、これがまた時間がかかるんだよね。

沸騰してきたら今度は醤油や砂糖、お酢、塩コショウを鍋に投入。

「にぃに、まだー？」

待ち疲れて来たのか、レグルスくんが私の周りをそわそわと回り始める。

すると、料理長がレグルスくんに目線を合わせて屈んだ。

「美味しい物は時間がかかるんですよ。畑に種を植えてから、野菜が生《な》るまで何日もかかるように」

「そうなの？」

「はい」

納得したのかしないのか「そっか！」と、レグルスくんは大人しくネフェル嬢と、奏くんとモトさんの作業を見に行った。

しかし、ソース作りは本当に時間がかかる。

圧力鍋が欲しい。

そういや圧力鍋の原理って、鍋を密閉することで水蒸気を逃がさないようにして、大気圧以上の圧力で中身を煮る……んだっけ？

魔術で上手いこと出来ないもんかな？

ああでもない、こうでもないと、悩みながら格闘すること暫く、どうにか鍋を密閉して、ある程度温度が上がったら少しずつ蒸気が逃げるよう魔術で細工することに成功！

鍋から、閉じ込めた蒸気が全て逃げるまで、もう一度タコ焼きを焼く準備を始めると、奏くんとモトさんが部屋の隅からキッチンへとやって来た。

「出来たぞ、若様」

「モッちゃんじいちゃんが、こげつきにくい加工にしてくれたぞ！」

「わぁ、助かります！」

「おれは千枚通し作った！」

「ありがとう、奏くん！」

タコ焼きプレートと千枚通しを二人から受け取ると、それをフィオレさんと料理長に渡す。

「菊乃井の名物にするなら綺麗に丸く焼く技術は必須だし、フィオレさんが他の人に教えるんだから出来ないとダメですよね」

「ウッス」

「料理長も、明日のバーベキューパーティーで出す料理ですし、練習あるのみです」

「そうですね。若様のレシピを菊乃井の料理人が作れないなんてあり得ません」

そう言うと二人ともタコ焼きプレートをコンロに掛けて、油を馴染ませる。

手順は私のやったのを見ていたからか、すんなり生地を窪みに流し込んで、タコを一欠片ずつ入れていく。

二人がタコ焼きを焼く間に、私は鍋の方へ。

勢い良く出ていた蒸気が、やがて細くなって出なくなると、中身を覗く。

すると野菜はすっかり溶けているように見えた。

けど、まだ出来上がりじゃない。

鍋の中に旋風を起こすと、ミキサーの要領で残った野菜を潰してから、ソースを一度濾《こ》す。

そしてそれを再度火にかけて煮込むと、ソースはやっと完成だ。

けれど、それで出来たのはウスターソースであって、タコ焼きソースとは違う。

別の鍋に作りたてのウスターソースと、持ってきてもらった禍雀蜂《テンペスト・キラービー》の蜂蜜、それからお水をちょっと足して煮詰めて。

とろみが付いてきた頃、多少割れたり凹んだりしつつも、料理長とフィオレさんが焼いたタコ焼きが出来上がる。

お皿に盛られたタコ焼きに、出来たばかりのタコ焼きソースとマヨネーズをかけると、匂いにつられてキッチンへと戻ってきたレグルスくんにそれを渡す。

「たべていいの？」

「熱いからふうふうしてね？」

「はーい！」

宇都宮さんがさっと差し出したお箸を受けとると、レグルスくんはさっき熱いと学習したからか、タコ焼きを割ってソースとマヨネーズが付いたところをふうふうして、少し冷ましてから口に運ぶ。

それでも熱かったのか、ハフハフしつつ、良く噛んでタコ焼きを呑み込んだ。

「あまくてしょっぱくて、ちょっとすっぱい！　とろとろ！」

「美味しい？」

「うん！　おいしー！」

レグルスくんのキラキラ輝く笑顔が、タコ焼きの味を物語っていた。

出来立てのタコ焼きに出来立てのソースとマヨネーズをかけたのが、レグルスくんだけじゃなく、皆に行き渡る頃。

ヴィラの外からドタドタと誰かの走ってくる音が聞こえたかと思うと、勢いよく玄関扉が開いた。

「ああっ！　やっぱりなんか食ってる！」

ズザッとスライディングの要領で、リビングまでジャヤンタさんが飛び込んで来ると、その後ろからは肩で息をしながらカマラさんとウパトラさんが入って来る。

「ちょっ……じゃやっ……」

「まっ、まてって言って……っ！」

こりゃ大変だ。

コップにお水を二杯汲むと、慌てて宇都宮さんと二人でカマラさんとウパトラさんの傍に行く。

その間にもジャヤンタさんは這い寄ったレグルスくんに、しょっぱい顔をされつつタコ焼きを食べさせてもらっていた。

「うまっ！　これ、うまっ！」

「もー、ジャヤンタ、おぎょうぎわるいー！　ちゃんとすわって！」

「おう、悪い悪い」

そう言うと、ジャヤンタさんはちゃんと床に胡座《あぐら》をかいて座り、それを確認した奏くんが焼きたてのタコ焼きの皿とお箸を渡す。

水を渡したカマラさんとウパトラさんも一息ついた様子で、目線だけでジャヤンタさんが食べている物が何か、私に問うた。

「あれはタコを出汁と卵で溶いた生地でくるんで焼いた物なんですけど……」

「タコ……クラーケンを入れたの？」

「はい。美味しいですよ？」

「私達にも頂けるかな？」

「どうぞどうぞ」

私が頷くより早く、宇都宮さんがタコ焼きを貰ってきてくれて、それを二人に渡す。

皿を渡された二人は、辺りを見回すとレグルスくんや奏くんの食べ方を見習って、箸でタコ焼きを割って、ソースとマヨネーズを付けて口へと運んだ。

するとウパトラさんはパアッと顔を輝かせ、カマラさんは少し驚いたような表情になる。

「なにこれ!? 甘いのにスパイスが効いてる！」

「ああ、そうだな……」

美味しいとは言ってくれたけど、カマラさんがちょっと首を捻ってる。

どうしたのか訊ねると、マヨネーズとソースが少し苦手だと思ったそうだ。

「それならお醤油もポン酢もありますよ？ ポン酢はおネギと一緒のが美味しいかも」

「そうだな……。じゃあ、醤油もポン酢も試してみようか」

私の提案に頷いたカマラさんを見て、すかさず料理長が醤油とポン酢を用意してくれる。

それをジャヤンタさんがたらりと涎を垂らして見ていたので、レグルスくんがジャヤンタさんからお皿を取り上げて、空いたそのお口にタコ焼きをまた突っ込んだ。

「むぐ……、いやぁ、良いとこに帰ってきたな！」

「本当にね。でも突然全速力で走り出さないでよ」

「まったくだ」

「どうしたんですか？」

「うん、あのな……」

ジャヤンタさんの言うことには、本日の護衛業務の終了後、帰ろうとしたところを雇い主さんに呼び止められたそうだ。

用件はコーサラだけの護衛契約を変更して、帝都への帰路も護衛を勤めて欲しいとのこと。

雇い主のご家族の一番小さな娘さんが、今回のモンスター襲撃で怯えきってしまって、その時守ってくれたバーバリアンにどうしても一緒に帰ってもらいたいそうだ。

「連れがいるからって断ったんだけど、そこんちのお嬢も坊達と同じくらいでさ」

「そうなると無碍にも出来なくて……」

「ここは持ち帰って相談させて欲しいと、一旦戻ろうとしたんだよ。そしたらヴィラの近くで急にジャヤンタが『ヴィラから旨いもん食ってる匂いがする！』って走り出してしまってな」

ジャヤンタさんの全力疾走には、カマラさんもウパトラさんも敵わないらしくて、魔術で身体強化して走って来たそうだ。

「短距離なら絶対に負けないのに」ってカマラさんが歯噛みする辺り、何処から走って来たんだろう。

思わず生暖かい笑みを浮かべた私を他所に、ジャヤンタさんはレグルスくんからもう一度皿を受け取って、自分でモリモリタコ焼きを食べ始めた。

お陰でどんどんタコ焼きがなくなっていくのを、必死で料理長とフィオレさんが焼き足す。

そのせいか、最初はぐちゃっと丸くなっていなかったタコ焼きが、どんどんと丸くなっていって。

「それにしても面白い料理ね？」

「名前は？」

あー……「タコ焼き」でいいかな？

それとも新しい名前を付けるべきか考えていると、いつの間にか傍に来ていたネフェル嬢が「えへん！」って感じで胸を張った。

「これは『たこパ』と言うんだ！」

「……たこパ？」

うぅん、なんだそれ？

ついつい怪訝な顔をしてネフェル嬢を見ると、彼女も不思議そうな顔で私を見る。

それから小鳥のように小さく首を傾げて、宇都宮さんを指差した。

「宇都宮が『たこパだー！』って喜んでたけれど、違うのか？」

「えぇっと……」

いや、たこパって「俺」の記憶だと「タコ焼きパーティー」の略なんだけど。

そう言えば宇都宮さんは「そこで諦めたら試合終了ですよ」なんて言葉も言ってたし、ちょっと怪しいところがあるんだよなぁ。

彼女も転生者なんだろうか？

ついついじっと彼女を見ていると、慌てたように手を振る。

「や、宇都宮、『タコでパーッとだ〜!』と思って、そう言おうとしたんですけど、カミカミしちゃいまして……やだー! 恥ずかしい!」

「あ、あぁ、そう、なんだ……」

むーん、怪しい。

怪しいけど、今追及するのも違う気がするから、とりあえず保留。

だけどその言葉を料理名だと思って「どやぁ!」と胸を張ったネフェル嬢は、ちょっとしゅんっとしちゃってる。

ここは宇都宮さんの言葉に乗っておこうか。

「じゃあ、『たこパ』にしましょう。今付けました、これは『たこパ』です」

「そうか。『たこでパーッとする料理』で『たこパ』だな!」

それこそ顔をぱぁっとキラキラさせて、ネフェル嬢が頷いた。

これで良いのだ。

何処かのパパさんが、記憶の中でそう言ってる。

腕を組んで頷いていると、奏くんがとことことやって来た。

「料理長のおっちゃんが『生地がもうすぐ無くなります』って、若さまに伝えてくれって」

「おぉう、それじゃあ生地を追加で作ってもらおうかな」

でもジャヤンタさんの食いっぷりを見てると、追い付かなさげ。

これはまずいかもと思ってキッチンに顔を出すと、三つあったタコ焼きプレートのうちの一つがすっかり空になっていた。

うーん、間繋《まつな》ぎにあれをしようか。

私は手が空いたフィオレさんに声をかける。

「フィオレさん、ニンニクあります？」

「はい！　スパイスの一部として持ってきたッス！」

「じゃあ、それをみじん切りにしてくださいな」

「ウッス！」

「それが出来たら、油と塩コショウと混ぜて、プレートに流し入れてください」

「解ったッス！」

みじん切りにしたニンニクとオイルと塩コショウを混ぜたものを、タコ焼きプレートの窪みの半分くらいまでいれると、それを火にかけてもらう。

熱せられた油とニンニクの香ばしい匂いが出てきた頃、オイルを入れた窪みにタコ焼き用に切ったタコを一つずつ落として。

「オイル煮ッスか？」

「そうだよ」

「おお、これ使うとちょっとずつ出来て便利ッスね……」

これを生地が出来るまでの繋ぎで食べておいてもらおう。

するとヌッとキッチンに影が指す。

なんだろうと思うと、モトさんが立っていた。

「酒が進む匂いがするばい」

「ああ、ニンニクの匂いですかね？」

「旨そうな匂いやなかね。俺《おい》が作った鉄板ば役に立っちょるみたいで何よりたい」

「本当に助かってます。ありがとうございます」

「よかよか、礼には及ばん。若様が面白いことをしんしゃあってのは、本当だったけんね」

ガハガハと笑うモトさんに、ぎゅっと奏くんがしがみつく。

「おれがさいしょに作ったんだぜ！」

「おうおう、奏。ようやったばい！　偉《えら》か！」

大きな手が、奏くんの頭を撫でる。

源三さんといい、モトさんといい、奏くんがおじいちゃん子になるのも解るなぁ。

ほや～っと、その心暖まる光景を見ていると、ドタドタとキッチンに近付く足音がした。

モトさんが奏くんを引っ付けたまま振り返ると、足音の主のジャヤンタさんが、レグルスくんを小脇に抱えて、お代わりしに来たのかお皿を持って立っている。

しかし、その顔は鳩《はと》が豆鉄砲食らったみたいな、なんか凄くびっくりした表情だ。

「えっ⁉　アンタ、なんでここにいんの⁉」

「なんでいるかって、そげなん……奏とその友達の若様兄弟が面白いことばするってやけん、参加しに来たとよ。ついでに言ったら奏の爺ちゃんの源ちゃんは俺の幼馴染みたい」

「は⁉　マジ⁉」

パクパクと口を動かすジャヤンタさんの腕から、レグルスくんが抜け出す。

そしてモトさんを指してるジャヤンタさんの手を引っ張って下ろさせた。

「ジャヤンタ、ひとをゆびさしたらめー！」

「お、おお、そうだな」

レグルスくん賢い上にお行儀良いとか、本当に天才！

じゃ、なくて。

今のやり取りを見るに、モトさんとジャヤンタさんは知り合いな様子。

「ジャヤンタ兄ちゃんとモッちゃんじいちゃんは、しりあいなのか？」

「ん？　ああ、こん悪ガキが駆け出しの頃からの付き合いたい。俺は武器も作るけんね」

奏くんが訊ねるとモトさんが頷く。

まあ、世の中広いようで狭い。

唖然としているジャヤンタさんに、料理長が出来上がったタコのオイル煮……アヒージョを皿に入れて渡すと、奏くんを下ろしたモトさんが、ジャヤンタさんの肩を抱いてカマラさんやウパトラさんのところへ。

ジャヤンタさんと知り合いということは、カマラさんやウパトラさんともそうなんだろう。

そこにロマノフ先生も加わった。

仲良くお酒でも飲むのかしら。

気が付くと大人は大人同士、子どもは子ども同士で固まって、大人はアヒージョを子どもはタコ焼き改めてたこパを、和気藹々と楽しんでいた。

そこに玄関を控えめだけど、たしかに叩く音がする。

宇都宮さんが誰何《すいか》すると、どうやらネフェル嬢のばあやさんとイムホテップ隊長に護衛のお二人さんのよう。

扉を開けると、宴会状態の室内に一瞬驚いた様子を見せた隊長だったけど、瞬時に真面目な顔つきに戻った。

「ネフェル様」

「どうした、イムホテップ？」

「それが……」

言い淀むイムホテップ隊長の肩にそっと触れ、ばあやさんがネフェル嬢の手をそっと優しく握る。

「急なことですが、お父上様とお母上様が大層ご心配なさっておいでで……。やはり明日の昼にはこちらを発つように、と」

けっして大きくはないのに、無視できない声が部屋に響いた。

あなたと私と星と花

決まってしまったことは、悲しくても仕方ない。

貴族の子女というのは、そういう時さっと腹が括れる生き物でもある。

でなくて、どうやって顔も知らない、会ったことすらない相手との政略結婚なんか呑み込めるのか。

これはそこまで大きなことじゃないし、ネフェル嬢のご両親の心配もごもっともなことだ。

静まり返った室内に、ネフェル嬢の「解った」という言葉が、よく響く。

そうとなれば私に出来ることなんて少ない。

「それなら蟹も食べてしまいましょう！」

これくらいなもんだ。

寂しくない訳じゃないんだけど、だからって大人を困らせることも出来ない。

そんな訳で、ロマノフ先生にマジックバッグから食材にしてもらった蟹を出してもらうと、それを料理長とフィオレさんに渡す。

意図が解ったのか、料理長はフィオレさんを助手として、それを料理し始めた。

そこからお酒は抜きだけど、宴会が始まる。

ウパトラさんやばあやさんが宿の人に野菜やお肉を頼んでくれて、タコだけじゃなくキノコのアヒージョやら、タコ焼きの生地にタコじゃなくてベーコンと醍醐《チー》を入れてみたり。

ワイワイガヤガヤとばあやさんやイムホテップ隊長、護衛のお二人も楽しそうだ。


そして夜も更けた頃。

夜風の気持ちいいヴィラの縁側で、私とネフェル嬢は星を見上げていた。

膝にはおネムで船を漕ぐレグルスくん。

奏くんはモトさんと、たこパ用プレートの改良について、浜で絵を描きながらのお話し合いで、宇都宮さんは大人組に混じってフィオレさんや料理長と楽しくご飯中だ。

凄く大きな月が、水面をキラキラと照らす。

静かだ。

「鳳蝶」

「はい」

「私は国に帰るけど、ここでのことはきっと一生忘れない」

「私もです」

夜目にも鮮やかな、ネフェル嬢の瑠璃と水宝玉の瞳が少し潤んでいる。

彼女の前髪には私が作った紅梅のつまみ細工が付いたピン留め。

地図には大人が線を引いてしまっているけど、空に国境はないし、見上げればいつだって同じ月や星を見ることが出来る。

そう思いながら夜空を眺めていると、不意にネフェル嬢が立ち上がった。

そして月の近くに一際輝く星を指差す。

「鳳蝶、あの星を鳳蝶に贈ろう」

「へ？」

「私は帰ったら、私のやり方で知識不足と不理解をなんとかしてみせる。その約束と、ここで鳳蝶たちと出会った記念、それから大人になったら必ずまた会う。その誓いの証に、あの星を鳳蝶に贈る！」

流石、どこかの名家のご令嬢。

言うことがとても詩的だ。

てか、何で私になんだろう。

代表してってことかな？

でも私、大人になる前に人生が終わってる寂しい可能性があるんだけど……。

まあ、いいか。

知識不足と不理解をどうにかし隊の隊員が増えるのは、良いことだもんね。

お礼を言うと、ネフェル嬢がまた隣に座る。

すると、私の足元に控えていたタラちゃんとゴザル丸が、ちょんちょんと私の足をつつく。

下を向くと丁度ござる丸の頭と思われる場所から生えてる葉っぱが見えたんだけど、青々と繁ってる葉っぱの間からにゅっと大きな蕾のついた茎が覗いていた。

こんなの付いてたっけ？

じっと見ていると、蕾はふっくら膨らんで、やがてポンッと弾けた。

現れたのは月下美人のような形の、虹色に光る花。

なんぞ、これ？

綺麗なんだけど、突然現れた花に、私もネフェル嬢も唖然として固まる。

そんな私とネフェル嬢に、タラちゃんが尻尾で土に文字を書いてくれたことには、この虹色に輝く花はマンドラゴラの花だそうな。

頭に花を咲かせたござる丸が、得意気に胸を張りつつ、私の足をちょんちょんつついて、花を差し出すように頭を傾けた。

「えぇっと？」

「ゴザルゥ！」

「ああ、摘めってことかな？」

「ゴザル！」

ちょんちょんと手のような枝……根っこ……ちょっと解んないから手でいいや。

手で頭の花を指して、それからネフェル嬢へとその手を向ける。

これはつまり。

「解ったよ。ござる丸、ありがとう」

「……？」

ぷちりと花を摘むと、ござる丸が手で、人間なら胸に当たる部分に触れるようなお辞儀をする。

うちのモンスターたちは皆ロッテンマイヤーさんの薫陶を受けてるのか、微妙に礼儀正しい。

兎も角、ござる丸の花を「どうぞ」とネフェル嬢に差し出すと、彼女は美しい瞳を見開いた。

「いいのか？」

「はい、私からも約束の証に。知識不足と不理解を、出来る範囲でなんとかしていきましょう」

「ああ、必ず！」

大人になって会えるかは、正直解らない。

解らないから、再会の約束は出来ない。

だから約束するのは、知識不足と不理解を乗り越えていくこと。

花を受け取ったネフェル嬢は、けれどちょっと困ったように小首を傾げた。

「どうしました？」

「いや、どうやって枯らさずに持って帰ろうかと……」

「ああ、そうですね」

どうしようかな？

二人で花を見ていると、今度はタラちゃんが私の足をつつく。

どうしたのか声を掛けると、尻尾をまた動かして地面に字を書く。

目を落とせば「わたしのいとでつつんだらいいとおもうです」と。

「糸で包む？」

「ああ、タラちゃんの糸には魔力が籠るし、私が魔力を渡せば強度のある籠を作れるってことかな？」

「そうです」と言わんばかりに、タラちゃんの尻尾が揺れた。

なら早速。

タラちゃんの頭に手を置くと、私は花を包むスノードームのような入れ物をイメージする。

魔力がタラちゃんに流れ込むのと同時に、イメージも伝わったようで、即座にタラちゃんが糸を生成して、くるくるとネフェル嬢の持った花に被せられるよう、丸いカバーのような籠を編む。

そうして出来た丸い花籠に、改めて私が魔力を通すと、糸が透明なガラスのように変化した。

そうしてネフェル嬢から花を受けとると、すっぽりと花籠を被せて、下から入り口を塞ぐように魔力を通して、ようやく完成。

するとござる丸がタラちゃんにゴニョゴニョと、何かを言った。

それを受けてタラちゃんがまた字を書く。

「んー……マンドラゴラの花は、魔力を与えると根を張ります。花籠に魔力を沢山込めると、花籠に根を張って、そこから同胞が増えます……ですって」

「そうか！　私は魔力は多い方なんだ。枯らさないようにゴザルの仲間を増やしてみせるぞ！」

「そうなんですか、よろしくお願いしますね」

「ああ、任せて欲しい」

ぎゅっと大事そうにネフェル嬢は、花籠を抱き締める。

波の音は静かで、月の光に虹色の花が照り栄えていた。

朝方、ごそごそする気配で目を覚ますと、奏くんと私に挟まれて眠っていたレグルスくんが、私をじっと見ているのに気がついた。

しんと静まった部屋のなか、奏くんの寝息が大きく聞こえる。

声を出さずに口だけ動かして「どうしたの？」と尋ねると、レグルスくんは大きく開いた雨戸を指差した。

「にぃに、たいようがまっかなの！」

小声だけど、なんだか嬉しそうな声に身体を起こすと、確かに雨戸の向こうに広がる海から、太陽がゆっくり顔を出すのが見える。

「見に行こうか？」

「うん！」

小さく問いかけると、レグルスくんが素早くベッドから降りて私の手を取る。

引かれるようにして手を繋ぐと、奏くんを起こさないように抜足差し足で雨戸へ。

そこから縁台に出て、サンダルを履くと、二人で白い砂浜へと降りる。

サクサクと砂を踏んで歩く音に目を輝かせたり、寄せ来る波に驚いたりと、レグルスくんは凄く忙しい。

波打ち際で小さなカニを捕まえると「あげるー！」と持ってきてくれて。

「にぃに、うみたのしいねぇ！」

「そうだねぇ」

「またにぃにと、うみこれる？」

キラキラと目を輝かせるレグルスくんに、けれど私は返す言葉が見つからない。

いつまで、こうやって仲良くいられるんだろう。

そんな私の戸惑いを察したのか、フワフワした金髪を揺らして小首を傾げた。

「おおきくなったらこれる？」

「どう、かな……？」

そんな日はきっと来ない。

そう思う反面、必ず君と——。

「また、来ようね」

私の言葉にレグルスくんは満面の笑みを浮かべた。


その昼、ネフェル嬢が帰るというのでお見送りに。

と言っても彼女のヴィラに行くんだけど、奏くんが作った「たこパ用プレート」とたこパとソースとマヨネーズのレシピを書いたメモを持参した。

それを渡すと、本格的にネフェル嬢の目が決壊しちゃって。

「帰っても……たこパを作ってもらう……！」

「はい。私たちも家に帰ったらたまに作ってもらいます」

「おれのプレート、あの後モッちゃんじいちゃんに協力してもらって、強化したんだ」

「れーもてつだったよ！」

「ありがとう！　宇都宮も、買った服をもらってしまって……」

「いいえ、お嬢様の一時の思い出になれば宇都宮も嬉しいです」

一人一人握手して、ネフェル嬢はヴィラの中庭へ。

そこにはばあやさんやイムホテップ隊長、護衛のお二人が既に待っていた。

「皆様、我が主が大変お世話になりました。ありがとうございました」

そう言って頭を下げるばあやさんやイムホテップ隊長たちに、一緒に来たロマノフ先生が「こちらこそ」と返礼する。

と、ヴィラの縁側から見えていた空が曇った。

雨が降るのかと思ったら、まるで前世の怪獣映画とやらに出てくるモンスターの吠える声のような音がして。

バサリと羽音もすると、大きな爬虫類のような肌質の物が降りてきた。

ドラゴン。

「それじゃ、さよならは言わない。また会おう！」

笑顔を残して、ネフェル嬢はドラゴンの背に乗る。

飛んでいくドラゴンの姿が見えなくなるまで、私も皆も、その飛び行く先をじっと眺めていた。

そして大きな別れの後に、また小さな別れが一つ。

「悪いな、坊達を連れてきたのは俺らなのに」

「仕方ありませんよ。小さなお嬢さんが怖がってるんだもの」

「おれたちは先生がばびゅんって連れて帰ってくれるけど、そっちはそうじゃないんだろ？」

「れー、だいじょうぶだよ。ジャヤンタたちは、おんなのこをまもってあげて？」

やっぱり怯える小さな女の子を放ってはおけない。

バーバリアンの三人が出した結論に、私たちも頷く。

二週間の帝都までの旅路を、彼らは雇い主と共にするという。

それから菊乃井まで、馬車なら十日余り、徒歩ならそれ以上の期限付のお別れだ。

「服を作ってもらうんだから、その後は菊乃井に絶対に戻るわ」

「道中で材料を調達するかもしれないから、少し遅れるかもしれないけれど、必ず戻るよ」

「はい、お待ちしてます」

ジャヤンタさんとウパトラさん、カマラさんと、固く握手すると、ニカッと三人とも笑顔だ。

夏休みが、終わる。

初めての海は、出会いと別れが寄せては返す波のように訪れる場所だった。

菊乃井繁盛、万々歳

行きはよいよい、帰りもよいよい。

ばびゅんっと行って、ばびゅんっと帰ってきました、我らが菊乃井。

ネフェル嬢が帰ってしまった日、あの後、私たちは市場でお土産を沢山買い込んで、その翌日のお昼過ぎ、コーサラを雇い主御一行様と一緒に出立するバーバリアンを見送って、ロマノフ先生の転移魔術で屋敷の玄関へと戻って来たのだった。

その日一日は旅の余韻やら色々で、ぼへぇっとして私もレグルスくんも奏くんも、それだけじゃなく宇都宮さんもタラちゃんもござる丸も、まるで使い物にならなかったんだよねー。

ロマノフ先生も旅疲れか、ちょっとぼんやりしてたぐらいだし。

ロッテンマイヤーさんやヴィクトルさん、ラーラさんにも、色々話したいこととかあったんだけど、心の整理が追い付かなかった。

だから一日待ってもらって、次の日、漸くお茶を飲みながら話をすることが出来たんだけど。

ラーラさんとヴィクトルさんが静かに紅茶のカップをテーブルに置いた。

「あーたん、ロスマリウス様にもお会いしたの……」

「はい」

「そうか。うん、まあ、そうなる気はしてたけどね……」

「お優しい方でしたよ」

ほくほくしながらお土産の話をすると、二人して天を仰いでから、ロマノフ先生を見る。

「言いたいことはだいたい解りますけど、不可抗力ですからね」

「まだ何にも言ってないよ、アリョーシャ」

「どうりであのマジックバック、目が痛くなる筈だよ。アリスたんに見せてもらったけど……あれはもう、なんか、凄いとしか言えないな」

ヴィクトルさんは、宇都宮さんがお土産や向こうから持って帰ってきた物を整理しているところに出くわして、一足先にロスマリウス様のマジックバックを目にしたそうだ。

だけど、あまりにも多重に掛けられた魔術とその複雑さ、それから情報量の多さに目が痛くなったらしい。

それで宇都宮さんの肩を借りてリビングまで来て休んでいたところに、私がロマノフ先生とラーラさんとお茶しに来たそうだ。

私達の方はヴィクトルさんがお部屋にいなかったから、先にリビングに来たんだけど、そこで合流した感じ。

二人は私がコーサラであったことを話し終わるまで、時々ロマノフ先生の方に視線を投げたりしてたけど、じっくり聞いてくれていた。

「それにしても」と、ラーラさんが肩を竦める。

「ロスマリウス様にお墨付きを貰ってくるとはね」

「うん。『骨は拾ってやるからやってみろ』って、最大級の賛辞だと思うよ。結果をきちんと見ててくれる、つまり見守ってくれるってことだもん」

「ああ、そうか……。そうですね」

相談にも乗ってくれると仰ってたし、これはかなり心強い。

それに外国に、それも結構大きなお家にも同志が出来たわけだし。

そう思うと凄く有意義な夏休みだったよね。

バーバリアンの三人が菊乃井に戻ってきたら、頑張って良い服を作ろう。

そう決めて、私も宇都宮さんが淹れてくれた紅茶を口に含むと、リビングの扉をノックするのが聞こえる。

入室の許可を求める声に「どうぞ」と一声かければ、ロッテンマイヤーさんが背筋の伸びた美しい礼をして、部屋に入ってきた。

「若様、冒険者ギルドのギルドマスターより使いが参りました」

「あれ、なんだろう？」

「街興しの新たなメニューについて……とだけ言えばおわかりいただけると」

「ああ、はいはい。解りました」

多分フィオレさんがローランさんに、たこパの話をしたんだろう。

フィオレさんと料理長は、あのパーティーの後、夜更けにモトさんが作ったプレートを二枚持って、ロマノフ先生に菊乃井へと送ってもらっていた。

料理長は次の日には私が用意したレシピでウスターソースの再現と、たこ焼き……もとい、たこパ用ソースとマヨネーズの再現に挑んで成功させたそうな。

フィオレさんもきっとその再現に挑んでいるのだろう。

新しい菊乃井の名物になるものなら、私も協力しなくちゃ。

ロッテンマイヤーさんに出掛ける用意をお願いすると、「あ」とヴィクトルさんが呟いて、それからゴホンと咳払いした。

「あーたん、ちょっとお話があるんだけど」

「はい？」

「あーたん、料理長のお鍋に魔術かけたでしょ？」

「魔術……？」

言われて思い出したのは、ソースを作るために魔術でお鍋を圧力鍋状態にしたことだ。

思い当たったので頷く。

するとヴィクトルさんが、苦く笑った。

「またこの子は新しい魔術作っちゃって……。解析するのに、凄く時間かかったんだから！」

「へ？」

「『へ？』じゃないよ。なんなの【圧力鍋《オトキュイズール》】って。鍋にしか使えない魔術作ってどうするのさ」

「えー……美味しいものが作れます？」

「そのためにあんな複雑な術式組んだの？　ロスマリウス様のマジックバッグと同じくらい複雑なんだけど」

「いや、そんなつもりはなかったんですけど……。捏《こ》ね繰り回してたら、なんか出来た的な」

だって圧力鍋の仕組みなんてうろ覚えだったんだもん。

だから、色々考えて魔術を使ったんだけど、そのせいで結構複雑な術式になったらしい。

料理長が帰ってきてソースを作ろうとしたら、鍋に違和感を感じたそうで、たまたまご飯時にヴィクトルさんやラーラさんにお話して、ヴィクトルさんが何となく鍋を見に行ったら、私の魔術が掛かってたそうだ。

「異世界の便利なお鍋の仕組みを聞いたんですけど、よく解んなくて」

「なるほど。一応解析した時に無駄な術式は省いて最適化したのを構築したから、後でまた教えるね」

「はい！」

圧力鍋あると煮物するとき助かるんだよね。

これも夏休みの成果だ。

ほくほくしていると、またノックが聞こえる。

椅子から立ち上がって扉の方を見ると、私のウェストポーチを持ったロッテンマイヤーさんと、首からひよこちゃんポーチを下げたレグルスくんがいた。

「にぃに、れーもいっしょにいく！」

「うん、良いよ」

「さて、じゃあ、私達も御一緒しましょうか」

ロマノフ先生が立ち上がり、ラーラさんやヴィクトルさんも立ち上がる。

一週間も留守にしなかったのに、ラーラさんやヴィクトルさんとお出掛けするのも久々な感じだ。

ヴィクトルさんの転移魔術でぽーんっと街に飛ぶと、早速冒険者ギルドへと向かう。

街は一年前よりはずっと賑わっていて、特にフィオレさんの宿屋やラ・ピュセルがコンサートをしているカフェ辺りが振るっているようだ。

ギルドの扉も以前は古かったけど、ちょっと新しい木材に変わっている。

扉だけでも換えられる程度には利益が出ているようで何より。

「こんにちはー」

「こんにちは！」

声をかけて扉を開けると、中はがらんとしていて、受付のお姉さんのウサミミがぴょこんとし、ローランさんが苦い顔でギルドの中央に佇んでいて。

玄関から差す外の光で、ローランさんが私達に気がついたのか、こちらに近づいてきた。

「ああ、若様……！」

「どうしたんですか？」

「盗賊が天領と菊乃井の間に出たらしくってな。今動ける冒険者が全員で追っ掛けてる」

ローランさんの言葉に、ロマノフ先生もラーラさんも表情を固くする。

菊乃井の安全は兵士たちが守ってるんだけど、その権限は菊乃井の領内にしか及ばない。

ローランさんの話によると、盗賊たちは小賢しくて天領の側近くで暴れているらしく、菊乃井の兵士に出来るのは襲われた人達の救出だけで、盗賊が出た第一報が来るのと同時に、代官のルイさんが冒険者ギルドに捕縛依頼を出したそうだ。

冒険者はどこの領にも属さない代わりに、どこの領でも依頼さえあれば犯罪者の捕縛が出来る。

なので賞金稼ぎができるんだけど。

なんだか修羅場に来ちゃったな。

「じゃあ、新メニューの件は後日にした方が良いですかね」

「ああ、いや、それはフィオレが聞きたがってるから、フィオレのところに行ってやってくれや。今日中に片付きゃ俺も行くからよ」

「解りました」

「では」と挨拶して踵を返そうとすると、レグルスくんがツンツンと私の裾を引く。

「どうしたの？」

「とうぞくってわるいひと？」

「うん、そうだよ」

「わるいひと、つかまえにいかないの？」

じっと見つめてくる青い瞳。

私達は子どもだから……って言うのは簡単だけど、私達は単なる子どもじゃない。

どう言おうかと思っていると、ポンッと両肩を叩かれた。

ラーラさんとロマノフ先生が、真剣な目で私やレグルスくんを見る。

「君たちはまだ守られて良い歳です。ここは大人に任せておいてください」

「ひよこちゃんが強いのは知ってるけど、危ないことをして怪我をしたら、まんまるちゃんもボク達も悲しい。行ってくるから、帰ってくるのを待っててくれるかい？」

「あい！」

良い子な返事をするレグルスくんにほっとすると、二人は冒険者ギルドから馬を借りて現場に向かう。

それを見送ると、ヴィクトルさんに頭を撫でられた。

「子どもってだけで守られてて当たり前なんだ。だから君達がどんなに強くても、僕達は避けられるなら戦闘なんてさせないよ。そんなのは大人に任せなさい」

「……はい、ありがとうございます」

ヴィクトルさんが手を私に差し出す。それを握ると、反対の手でレグルスくんの手を握る。

ロマノフ先生のとはまた違った、けれど大人の大きな手。

私もレグルスくんも、守ってくれる人たちがいるのだ。


ポテポテと歩くこと暫く、フィオレさんの宿屋に着いた。

以前来た時は寂れて泊まり客より軽食のお客さんの方が多かったらしいけど、厩舎を見ると何頭も馬がつながれていて、二階も通りに面している窓に人影が引っ切り無しに映っている。

「こんにちは」と挨拶してドアを開けると、中がしんとしてお客さんの視線が私達三人に注がれた。

しかしそれも一瞬、後はまたガヤガヤと賑やかで、受付から私達を見たフィオレさんの優しそうなお母さんがパタパタと迎えに出てくる。

「まあまあ、よくお来しくださいまして……」

「フィオレさんが私に用事があると聞いたものですから」

「あらあら、あの子ったら！　若様を呼びつけるなんて……！」

「いえいえ、先日出張料理をしてもらいましたから」

玄関先で話すのもなんだからと奥に通される。

するとバタバタと厨房からフィオレさんが走ってきたようで、肩で息をしつつやって来た。

「さーせんっ！　オレの方から出向かないととは思ったッスけど、どうしても宿から出られなくて」

「忙しいのは何よりですよ。私も散歩になりますし」

焦りながら話すフィオレさんにお水を勧めると、一気にそれを飲み干して、フィオレさんが一息つく。

大きく息を吐き出した彼に、レグルスくんがキラキラした顔を向けた。

「またたこぱたべられるのぉ？」

「たこぱ？」

「にぃにがつくった、おいしいの！」

きゃっきゃはしゃぐレグルスくんは可愛いけど、たこパが何か解らないヴィクトルさんは首を捻り、当のフィオレさんの顔は暗い。

どうしたんだろう？

目で問うと、「実は」とフィオレさんが話し出す。

「タコが菊乃井では結構な値段で、高くなっちまうッス。安くて旨いのが売りの街の宿屋じゃあンまり出せそうになくって」

「それならたこじゃなくてベーコンやチーズを入れて作ったらどうです？」

「それだと『たこパ』じゃねぇッスよ」

「ああ……じゃあ、別の名前を考えて、たこパは特別メニューにしたらどうです」

「自分もそれを考えたッスけど、そンなら師匠のお許しが欲しいッス。弟子の分際で師匠のレシピを、勝手に改編したり改名するなんて許されねぇ！」

「ああ、そういう……」

なんという義理堅さ。

眉が無かったり、目付きが悪かったりして、取っつきにくそうな見掛けに反して、フィオレさんはそういうところはきっちり筋を通そうとする人だ。

「私の方は構いませんよ。ベーコンまんまる焼きでも蘇《チーズ》まんまる焼きでも、お好きな名前にしてください」

「あざっす！」

被ってたコック帽を取って最敬礼するフィオレさんの頭には旋毛が一つ。

そう言えばソースは再現出来たんだろうか。

ウスターソースを自力で作ろうとしたら、凄い時間が掛かる。

圧力鍋があれば時短にはなるけど、魔術を掛けたのはうちの鍋だけだ。

聞いてみれば案の定、ソースは目茶苦茶時間が掛かって、それもたこパを安く出来ない理由だとかで。

「ソース自体はトンカツにかけたって美味しいので、需要はあると思うんですよ。後はソースを作るのに掛かる人件費さえどうにかなったら、安価でウスターソースは使えるかと思いますが、どうです？」

「ッス。カレーのお陰で大量に買い付けるから、若様が見つけてきた商人のジャミルさんがスパイスは帝都より安くしてくれるんで、それがどうにかなれば……！」

そうか、ならやるしかないな。

ヴィクトルさんを振り返る。

すると「解ってるよ」と返事をくれた。

「えぇっと、君は魔術使える？」

「料理人なンで、火の初歩程度は」

「じゃあ大丈夫だね。ソース作るのに使う鍋持ってきてくれる？」

「なンすか？」

突然鍋を持ってこいと言われて、フィオレさんが無い眉を寄せる。

私は彼にうちの鍋に掛けた魔術を説明して、より簡易に使えるように調整したのをヴィクトルさんがかけてくれると伝えると、パァッとフィオレさんの顔が明るくなった。

「このエルフさん、そんな凄い人なンすか⁉」

「うん。私のもう一人の先生だよ。ロマノフ先生とヴィクトルさん以外にもあと一人いるんだけど、その人は今盗賊退治に行ってるから今度紹介するね」

「あざっす！」

深々とヴィクトルさんにも頭を下げると、フィオレさんは厨房に駆け出した。

その背中にヴィクトルさんは肩を竦める。

「夏休み取る筈なのに働いちゃって。あーたんはもっと遊んで良いんだよ？」

「遊んでて出来た魔術ですもん。美味しいものが食べられるなら、バンバン使いますよ」

「君は趣味と労働が綯《な》い交《ま》ぜになってるのが問題だよね」

そうかな。

私、人が言うほど働いてないと思うけど。

つまみ細工もネックウォーマーみたいな小物も、趣味の延長線上にあるだけ。

最初に作り方とか教えて会社を立ち上げはしたけど、そこからはロッテンマイヤーさんや先生方、ルイさんやその他の私の知らない人達が頑張ってくれて、ようよう成り立ってるし。

街興しだって同じで、メニューこそ考えたけど、それで勝負してるのはフィオレさん達、街の人達だ。

そう言うと、ヴィクトルさんが首を否定系に動かす。

「領主の仕事は直接労働するだけじゃなく、そのための環境を整えたり、食扶持《くいぶち》になるような事業を起こしたり、そこに適した人材を配置することも含まれる。その点を言うなら、君はその歳で君のご両親より遥かに義務を果たしているんだから、立派だし誉められて然るべきだよ」

「うーん、あの人達と比べられても……」

「あー……ねー……」

あの人達が勤勉と正反対なのは周知の事実。それと比べて立派だと言われたところで……。

苦笑するとヴィクトルさんが目を逸らしつつ、レグルスくんに水を向ける。

「れーたんは、あーたんのこと、どう思う？」

「にぃにはいつもしゅごいよ！　にぃにはぁ、れーのすちなのたくさん、たぁくさん、つくってくれるのぉ！」

両手を大きく振って「沢山」をアピールするレグルスくんは、とっても可愛い。

レグルスくんが喜んでくれるなら、それで良いや。

ほわぁっとしていると、レグルスくんが手を広げたまま抱きついてくる。それを抱き締め返していると、鍋を抱えたフィオレさんが戻ってきた。

「これなンスけど」

「はいはい。じゃあ、あーたん見ててね」

「はい」

「はーい！」

私の真似してレグルスくんも鍋を見るし、当然フィオレさんも期待を込めて、ヴィクトルさんの鍋に触れる指先を見る。

何かを小声でゴニョゴニョと唱えると、ヴィクトルさんの指先から出た光が淡く鍋を包んだ。

魔力が鍋に馴染むと、光は鍋に吸収されて、やがて消える。

「はい、完成」

軽いヴィクトルさんの声に、弾かれたようにフィオレさんが鍋に駆け寄ると、具合を確かめるようにペタペタと触れる。

鈍い光を放つ鉄の鍋を、よくよく見て撫で回して、そしてガバッと勢いよく、ヴィクトルさんへとフィオレさんは頭を下げた。

「あざっす！　本当に助かったッス！」

「どういたしまして。使い方を確認して、不具合があったら菊乃井のお屋敷に連絡してよ。すぐ見に来るから」

「はいッス！」

嬉しそうに笑うとフィオレさんはすぐに鍋を厨房へと持っていく。

丁度作りかけのソースがあるそうで、それで試してみたいそうで、【圧力鍋《オトキュイズール》】の魔術が掛かった鍋に中身を早速移し替えた。

待つこと暫し、圧力鍋効果で煮えた鍋の中身を濾すと、完成したソースを味見してフィオレさんが頷く。

「ウスターソース、まだあと少し煮詰めないとッスけど、出来たッス！」

「やったー！　たこパまたできるー！」

万歳するフィオレさんと、同じくきゃっきゃとはしゃくレグルスくんと。

二人のはしゃぎ方が似ていて、私とヴィクトルさんは顔を見合わせて笑ってしまった。

推し活推進と、やって来た騒乱

さてさて、新たな菊乃井名物の目算が立ったところで、私たちは休憩に入るフィオレさんの邪魔にならないように宿屋をお暇《いとま》することに。

お茶も出していないと引き留められたけど、多忙なフィオレさんが休めなくなると気になってお茶が飲めないと言えば、素直に休憩に入ってくれた。

それで私たちはというと、ラ・ピュセルのカフェへ。

彼女たちは元気に今日も歌っていた。

ラ・ピュセルの歌のレッスンは、ヴィクトルさんが二日に一回担当してくれている。

なので、カフェに来た私達に、ラ・ピュセルの五人は気兼ねなく声をかけてくれた。

「ああ、なんか街が騒がしいと思ったら、やっぱり盗賊退治やってるんですね」

「ラーラ先生が向かわれたなら、盗賊なんてすぐに捕まりますよね！」

「ラーラ先生、お強いもの！」

「そうそう、ラーラ先生ならきっと！」

女の子が五人もいると、物騒な話題も華やかだけど、ラ・ピュセルのラーラさんへの期待値が半端ない。

なんで？

目だけで私の疑問はヴィクトルさんに伝わったようで、ぽりぽりと頬を掻きながら教えてくれたことには、五人のダンスレッスンはラーラさんが受け持ってくれてる。

それは私も知ってたんだけど、実はダンスだけじゃなく、護身術も教えているそうだ。

なるほど、つまり五人はラーラさんが物凄く強いのを知ってるわけね。

そりゃあ期待値も高くなるわ。

納得して一人頷いていると、いつも控えめな美空さんが、テーブルに三人分のお茶を置きながら、小鳥のように小首を傾げた。

「襲われた方々は大丈夫でしょうか？」

「どうだろう？　盗賊が出て誰かが襲われたけど、菊乃井の兵士が救出しか出来ないから、冒険者に捕縛を依頼したとしか聞いてなくて」

「そうなんですか」

「無事だと良いですね」

リュンヌさんの言葉に、祈るように残りの四人が胸の前で手を組む。

彼女たちはかつて、不法な奴隷商人の手から、この街の冒険者ギルドの手配によって助けられた過去を持つ。

そんな自分たちと襲われた人とを重ね合わせて、無事でと祈らずにはいられないのだろう。

本当に無事だといい。

ラ・ピュセルに倣って私もレグルスくんも、胸の前で手を組んで祈ると、暗くなった雰囲気を払うように、凛花さんが明るい声を出した。

「そうだ、若様！　ちょっとご相談があったんです！」

「はい、なんでしょう？　衣装とかアクセサリーのことですか？」

「あ、じゃなくて……」

もじもじと五人で顔を見合わせて、肘でお互いをつつきあう。

それを受けてステラさんが、私の前に一歩出た。

「あの……宿屋さんの特別メニューみたいに、カフェにも名物になるメニューが欲しくて……」

ここはラ・ピュセルのカフェってだけでも、菊乃井では有名だけど、だいたい出されるメニューは軽食で、人気メニューというものがない。

本来はカフェなんだし、ラ・ピュセルがお休みの時は閑古鳥が鳴くそうだ。

お世話になってるカフェがそんな状態なのはちょっと忍びない。

ラ・ピュセルの皆が口々に言うのは、そんな話だった。

「なるほど」

「出前に来てくれるフィオレさんに聞いたら、菊乃井の名物料理は若様が考えたって言ってて、私達もご相談出来ないものかと」

シュネーさんが眉を八の字にして「お願いします」と頭を下げる。

それに倣って残りのラ・ピュセルのメンバーも頭を下げた。

うーん、名物か。

そう言えば、菊乃井少女合唱団は、菫の園の前段階を真似ていて、彼女達の活躍の場を舞台にまで広げられたら「少女歌劇団」へと転身させるつもりでいるんだけど、この計画が中々難しい。

何せちょっと前まで歌も躍りもやったことのないお嬢さん達だったのだ。

加えてお芝居に歌やダンスを盛り込むっていうのが解る演出家の先生が中々見つからない。

とりあえず、お芝居を教えてくれる先生を見つけて、それから考えることにしようっていうのがヴィクトルさんとラーラさんの意見で、現行それに乗っかって「歌劇団」計画は進んでいる。

それはちょっと置いといて。

記憶って言っても「俺」の記憶を脳内でゴソゴソと探ると、菫の園での出来事が見つかる。

さる有名な演目のチケットを手にいれた「俺」は、いそいそ歌劇団の本拠地である大劇場のある街へと出かけて、劇場に備え付けのレストランに入った。

そのレストランでは歌劇団の公演に着想を得た特別メニューが出されるんだけど、その公演の演目があまりに人気過ぎたのと、娘役のトップスターの退団が重なったせいで、なんと特別メニューが売り切れてしまっていたのだ。

涙を飲んで食べた生姜焼き定食が、ちょっとしょっぱかった……気がする。

そんな切ない想い出に、でもヒントがあった。

「じゃあ、ラ・ピュセル特別メニューを作ったらどうです？」

「ラ・ピュセル特別メニュー？」

「そう。例えばですけど、私の今の推し……レグルスくんは卵焼きが大好きなんです」

子のお返事。

「ね？」とレグルスくんに尋ねると、お手手を上げて「はい！　たがもやき、だいすち！」と良い子のお返事。

「その卵焼きを入れたり、他の好きなものを入れたりしたご飯のセットを作って『ひよこちゃん大好きセット』なるメニューを作ります。すると、私と同じようにレグルスくんが好きな宇都宮さんが『きゃっ！　レグルス様が大好きな卵焼きを、私も食べられるのね！』って食いつきます」

「ちょっと待って。アリスたんは君の中でどんな位置付けなの？」

「え？　レグルスくん推し仲間？」

宇都宮さんはレグルスくんの守役だけど、決して仕事だけでレグルスくんに関わっている訳じゃない。私は知っている。彼女が時々、レグルスくんの可愛い仕草に「んん！」と身悶《みもだ》えていることを。

そう言うと、若干ヴィクトルさんが遠い目をした気がするけど、気のせいだ。

「まあ、冗談はおくとして」

「え？　冗談なの？」

「リュンヌさんのファンは、リュンヌさんが好きな物とか知りたいと思うし、普段食べてる物とかも食べてみたいと思うんですよ。それはリュンヌさんのファンだけでなく、皆さんのファンは皆そうだと思います」

「確かにラーラ先生がお好きな物やマリア御姉様のお好きな物とか、私も知りたいかも……」

リュンヌさんがそう言えば、美空さんや凛花さんも頷くし、シュネーさんもステラさんも同意のようだ。

それに彼女達の歌う曲に花が使われてたりしたら、野菜を花の形に切って使ったり、花の形のお菓子を作ったりで、イメージメニューなんかを作るのも良いかも知れない。

それも伝えると、レグルスくんが「はーい！」と手を上げた。

「れー、まえに、にぃににさんかくおやまのたがもやきとぉ、ひよこちゃんのおにぎりつくってもらったの！」

「えー！　なにそれ、可愛い！」

「そういうの！　そういう可愛いのも、メニューに入れたいです！」

「ああ、じゃあ……」

三角形の卵焼きの作り方と、ひよこのおにぎりの作り方を、ラ・ピュセルに説明する。

それはもうメニューに入ることが決定したようで、「野菜は花の形に切ったら凛花ちゃんだよ」とか、「星の形にしたらステラちゃんだね」とか、きゃっきゃうふふとメニュー決めに入った。

やっぱり女の子が楽しそうに話してると、華やかで明るくなるなぁ。

ほげぇっとその光景を見ながら和んでいると、急にヴィクトルさんの表情が険しくなる。

そして唇の前で人差し指を立てて「しっ！」と声を抑えるように言うと、外へと目を向けた。

エルフの素晴らしく聴こえる耳が、何かを捉えたようだ。

「あーたん、外に出よう」

「どうしたんですか？」

「アリョーシャが呼んでる。怪我人を連れて帰ってきたみたいだ。重傷者がいるっぽい！」

「解りました、行きます！」

弾かれたように立ち上がると、カフェの扉に向かって走る。

ラ・ピュセルの声援に送られて外に出れば、ロマノフ先生が血塗れの男の人を横抱きにして、カフェの前にいた。

丁度転移してきて冒険者ギルドへとヴィクトルさんを呼びながら移動していたところみたい。

「アリョーシャ！」

「良かった、ヴィーチャ。彼を診てください」

そう言ってロマノフ先生はヴィクトルさんへと、横抱きにしていた男性の傷を指し示す。

「袈裟懸け自体は浅く入っていて命の危険があるような傷ではないようですが、回復魔術を掛けて癒すそばから、傷口が腐って開くんです」

「解った、任せて」

静かに頷くと、ヴィクトルさんが指先に光を集めて、それでもって袈裟懸けの傷をなぞる。

すると、出血が治まり、次に悪かった顔色に少しずつ血色が戻ってきたのだった。

傷は癒えたけれど、まだ男性の意識は戻らないようで魘《うな》されている。

癒すそばから、傷口が腐るなんて尋常じゃない。

ロマノフ先生の見立てでは、剣の刃に毒が塗ってあったか、剣自体にそういう呪いが込められているかの二択で、一々解毒と解呪を別々にやるよりは、両方を一度に出来るヴィクトルさんに任せた方が早いと判断して、男性を一足先に連れて帰ってきたそうだ。

先生とラーラさんが現場に到着した時には既に傷を負っていて、彼の止血を試みていた連れの青年がいたそうで、その青年の言うには盗賊から他の人達を守ろうとして、この男性は切られたらしい。

ちょっと見では男性は平民というには身形がよく、ヘイゼルの髪も綺麗に撫でつけられていて、目が開いていたらさぞや爽やかな美男子だろう。

とりあえず意識が戻らないことには、ギルドとしても菊乃井としても調書が取れない。

彼の連れのことも気になる。

尚、襲われたのは乗り合い馬車で、彼の他の被害者は三人。彼の連れの男性と、十五、六の少年とその妹だそうな。

三人の被害者も、菊乃井の兵士に護衛されて街に向かっている。

傷は癒えたとはいえ、怪我をしていた人を、いつまでも外に置いておくのは如何なものか。

そう思っていると、辺りのざわめきに気がついたのか、ローランさんが冒険者ギルドから出てきた。

「怪我人の保護もとりあえず依頼されてるから、うちの救護室を使ってくれや」

「解りました」

「僕らも行こう」

「はい」

ローランさんの後に続くロマノフ先生とヴィクトルさんの、その後ろをレグルスくんを連れて付いていく。

菊乃井でこんなのを見たのは初めてで、心臓がどきどきして、ちょっと怖い。

盗賊が出るとか、モンスターに襲われるとか、そんなのは毎日のように話題に上るのに、実際に目の当たりにしたのは初めてで、いかに自分が守られているかって話だよね。

ギルドのカウンターを越えた奥、怪我をした冒険者に簡単な手当てを施すための救護室があって、そこの固そうな木のベッドに、ロマノフ先生が青年を横たえる。

出血のせいで顔色は白いけど、熱が出ているのか、頬だけは赤みが差していて、呼吸も少し荒い。

その苦しそうな息の合間に口を動かすから耳を寄せると、誰かの名前っぽいのとうめき声が混ざって出てきているようだ。

「お連れさんは？」

「もう少ししたら着くと思いますよ。この彼の容態は気になるけど、同じく被害に遭ったお子さん達が怯えてるから、ルマーニュ王国の田舎町からの乗り合いで、少しだけ見知った自分がいた方が落ち着くだろうから現場に残ると仰って」

「優しい人ですね、その人もこの方も……」

他人のために戦える人は優しくて強い。

でもそれで死んでしまっては元も子もない。

この勇敢な人が死なずに済んで良かった。

そう思いつつ、男性に備え付けの毛布を掛けると、レグルスくんが端っこを持って手伝ってくれる。

その顔はなんか凄く悔しそうだ。

「どうしたの、レグルスくん？」

「れーがもっとつよくておおきかったら、とうぞくなんかやっつけちゃうのに！」

「ああ……」

「にぃにのだいじなものは、みんなれーがまもるんだから！」

「うん、ありがとう。でも私の一番大事なのは君なんだから、危ないことはしないでね？」

「むー……！」

盗賊に憤るレグルスくんの頭を撫でると、納得はしていないものの、危ないことはしないと約束してくれた。

しかし近場で盗賊が出るなんて、菊乃井の治安は悪化しているのだろうか。

そう聞けば「逆だ」と、いつの間にか救護室に来ていたローランさんが答えた。

「寧ろ菊乃井の治安は他所よりかなり良い方だ。なにせ毎日のように帝国認定英雄のロマノフ卿やら、伝説のギルドマスター・ルビンスカヤ……いや、ルビンスキー卿やらが彷徨《うろつ》くし、サンダーバード・晴も庶民の星のエストレージャも、ちょくちょく顔を出すんだからな」

「おまけに衛兵も精強ですしね」

お陰でちょっと前から盗賊も山賊も菊乃井周辺には寄り付かなくなっていた。

最近ではこれにバーバリアンも加わったから、菊乃井で罪を犯すのは、捕まって悪事から足を洗いたい奴くらいだとも言われるようになっているらしい。

それなのに、盗賊が出た。しかも、襲ったのは見るからにお金がありそうな商隊とかでなく、単なる乗り合い馬車。

何か臭いものを感じるのは、私の勘繰り過ぎだろうか。

と、レグルスくんとヴィクトルさんの指が、私の眉間を擦る。

「え？　なに？」

「にぃに、しわしわ」

「あーたん、眉間にシワ……」

おうふ、無意識に眉をひそめていたみたい。

若干の怪しさはロマノフ先生も感じたようで、顎を撫でると「ラーラを待ちましょう」とポツリと溢す。

先生はラーラさんが盗賊を逃がすとは思っていないそうで、仮に死体になっていても情報を引き出す術はあるそうだ。

誰も好んでやりたがらないけれど、例えば暗殺者を捕まえて自害されてしまった時用に、そんな術も開発されている。

「外法だ」とヴィクトルさんは顔を顰《しか》めたけど、それ以上に暗殺という手段が外法だもの。

対策と抑止力としてはあり、かな？

そんなことを話していると、男性が苦痛に呻く。

それにレグルスくんが、私の服の裾を引っ張った。

「にぃに……おうた……」

「うん、そうだね」

何か……と歌のチョイスを考えていると、俄に外が騒がしくなる。

バタバタと複数の走る音と、怒号というほどではないにせよ、大きな声に驚いていると、バンッと救護室の扉が勢いよく開いた。

そして転がるように入ってきた人物は、キョロキョロと周りを見回して、ベッドに寝ている青年に目を止めると、彼の傍にいる私達を掻き分けて、その身体に縋り付いた。

「エリック！　エリック！」

ハーフアップに結われた黒髪を振り乱し、余程心配なのだろう、眠る青年・エリックを揺さぶる。

でもそういうことをすると、怪我人には良くない。

「ちょっと、怪我人は丁寧に扱いなよ。その人、命に別状ないけど熱が出てるんだからさ」

「あ……、そ、そう、か……でも、良かった……！」

ヴィクトルさんが黒髪の人の肩を掴んで止めると、その彼もちょっと冷静さを取り戻したようで、ほっと一息ついた。

と、その後ろから、紅茶色の髪のだぼっとした服の少年と、レグルスくんくらいの小さな、やっぱり紅茶色の髪の女の子がオズオズと顔を出す。

「えりっくおにいさん、だいじょうぶ？」

「ミケルセンさんは……？」

視線は眠るエリックさんと、黒髪の人に注がれて、不安に揺れている。

紅茶色の髪の子達の不安に気付いたのだろう、黒髪の人は唇を柔く上げて艶やかに笑んだ。

「命に別状はないってさ。今はちょっと熱があるから寝てるみたいだ」

「そうなんだろ？」と、黒髪の人が問うのに、ヴィクトルさんが頷くと、紅茶色の髪の子達がほっとしたように、緊張を解く。

それでも怖い思いをしたからか、表情がまだ固い。

小さな女の子なんて、ぎゅっとお兄さんの脚にしがみついて隠れてるくらいだし。

今彼らに必要なのは、本当に安心していいという確約だろうか。

その一助になればと、私はローランさんの足をつつく。

「若様？」

「カフェにいって、何か飲み物を彼らに出前してあげてください。お金はここから出して……」

ウエストポーチから、金貨を入れた袋を出すとローランさんに渡す。

するとローランさんが首を振った。

「いいよ、若様。そういうのは必要経費で落とせるから」

「そうですか。でもとりあえず飲み物を……」

「おう、ちょっと使いを出すわ」

そう言って、ローランさんは救護室から顔だけ出して誰かを呼ぶ。

多分、受付のウサミミお姉さん。

だけど来たのはウサミミお姉さんじゃなくて、ラーラさんと菊乃井の衛兵だった。

銀の鎧を着て、兜を抱えた鬼瓦みたいな顔には見覚えがある。

「あ、鬼瓦……」

「誰が鬼瓦だ……って、若様じゃねぇですか！」

「ごめん、鬼平兵長だっけ？」

「はっ！　鬼平権蔵であります！」

ビシッと私に怖い顔の兵隊さんが敬礼するもんだから、紅茶色の髪の子達も黒髪の人も唖然としてる。

「えぇっと……何はともあれご無事で良かったです。菊乃井へ、よくいらっしゃいました」

「は、はぁ……？」

「あの……？」

「だぁれ？」

「あ、私、菊乃井の領主の息子です。留守の両親に代わって領地を預かってます」

ぺこっと私がお辞儀すると、レグルスくんもぺこっとお辞儀する。

すると黒髪の人が訝しげに周りを見回す。

「本当に？」と言いたげな彼の視線に、ローランさんもヴィクトルさんもラーラさんもロマノフ先生も鬼平兵長も頷いた。

「そうか……なら、頼みがある」

「はい？」

「この街の代官、ルイ・アントワーヌ・ド・サン＝ジュスト氏に面会したい。エリック・ミケルセンと言えば解ってもらえるはずだ」

なにやら事件の予感がする。

突然の面会要求に、救護室の中がしんと静まり返る。

けれど、その沈黙を破ったのは紅茶色の髪の少年だった。

「その前に……助けてもらったお礼を言おうよ、ユウリさん……」

「あ……そうだな……すまない。助かった、ありがとう」

「ありがとうございます」

「ありあとぉごじゃます……」

折り目正しく三人とも頭を下げる。

でも助けたのは私じゃなく現場の兵長達だし、冒険者たちや先生達で、そもそもの依頼を出したのはルイさんだ。

だからお礼はその人達に言って欲しいと伝えて、頭を上げてもらう。

すると紅茶色のお兄さんに凄くぽかんとされた。

「兵士にお礼って……」

「だって頑張ってくれたのは現場の人達だし、先生たちですし、私なんにもしてないですから」

ユウリと呼ばれた黒髪の人もあんぐりと口を開けて驚いてる辺り、私のこの対応は珍しい部類なんだろう。

他所は他所、うちはうち。

他所のことは今は問題じゃない。それより問題なのは、このユウリという人と、エリックと呼ばれた青年が、なんでここの代官をルイさんが務めてるのを知っているのか、根本を言えばこの人たちはルイさんの知り合いなんだろうか。

それが解るまでは彼を呼べない。

ルイさんは初めて会ったとき、ルマーニュ王国で冤罪をかけられたって言ってた。

彼らが追っ手でない保証は何処にもない。

ロマノフ先生とヴィクトルさん、ラーラさんに目配せすると、すっと鬼平兵長とラーラさんが救護室から出ていく。

ルイさんの元に向かったのだろう。

なので、椅子をユウリさんに勧めると、丁度カフェから飲み物が届いた。

レグルスくんが、小さい女の子に話しかける。

「ねー、おなまえは？　れーはねぇ、レグルスっていうの」

「……アンジェラ」

「あ、ぼくはシエル」

「アンジェラとシエルねー、よろしく。おちゃのもう？」

「おちゃ……アンジェおなかすいた……」

「アンジェ……」

ツンツンとシエルさんの裾をアンジェちゃんが引く。

困った顔で「お金がないんだよ」と呟くのが聞こえると、ローランさんが豪快に笑った。

「よしよし、おっちゃんが何か旨いもん食わしてやろうな！」

「わぁい！　おいたん、ありあとぉ！」

「あ、で、でも……！」

「ここでお前さんらをちゃんと保護しないと、契約違反で俺が若様とお代官に叱られらぁな。まあ、飯でも食って一息つきな」

「にぃに、れーもいってくるね！」

そう言うとレグルスくんとローランさんが、シエルさんとアンジェちゃんを連れて救護室から出ていく。

するとヴィクトルさんがその後ろを守るように付いていく。

救護室にはユウリさんと眠るエリックさん、ロマノフ先生と私だけになった。

「失礼ですが、何故サン＝ジュスト氏の名を？」

「……俺は直接知らない。知ってるのはエリックから聞いてるからだ」

ルイさんの直接の知り合いはエリックさんの方なのね。

エリックさんはまだ目覚めない。

ルマーニュ王国から冤罪《えんざい》をかけられたルイさん、そのルイさんを知るエリックさん。

何かモヤる。

そもそもユウリさんはルイさんを直接知らないのに、何故ここで名前を出したんだろう。

それはロマノフ先生も疑問だったようだ。

「ユウリさんと仰いましたね。貴方はサン＝ジュスト氏と面識がないのに、彼を呼んでどうするんです？　エリックさんはこの状態ですし……」

「俺はただエリックの身柄を引き受けてもらおうと思っただけだ」

「エリックさんの身柄を？」

「ああ……」

頷くと、ユウリさんは整ったハーフアップの髪を解くと、気持ちを落ち着かせるためか、再び結い直す。

そうして覚悟を決めたように、大きく息を吐いた。

「俺とエリックはルマーニュ王国から逃げて来たんだ」

「え……？」

思わぬ言葉に息を呑むと、「俺がエリックから聞いた話だけど」と静かにユウリさんが事情を語りだした。

エリックさんはルイさんがルマーニュ王国の官吏だった頃、直属の部下だったそうな。

二人は大変な能吏の上司部下コンビだったようで、平民だろうが大貴族だろうが、不正には容赦しなかったとかで、かなり恨みは買っていたらしい。

そのせいでルイさんは冤罪をかけられて、捕まる寸前にルマーニュ王国をエリックさんの手を借りて脱出し、音楽仲間のヴィクトルさんを頼って帝国へとやって来て、菊乃井に落ち着いた。

そこまでの話は私がヴィクトルさんとルイさん本人から聞いた話と同じ。

だけど、エリックさん側には続きがあった。

ルイさんはなるだけ恨みを自分に向けさせるようにして、エリックさんの存在を目立たなくしていた節があって、エリックさんもルイさんに庇われていたのが解っていたから、ルイさんがルマーニュ王国を脱出した後は大人しくしていたそうだ。

だけどそれも長くは続かなくて、ルイさんの抜けた穴を塞いでやっぱり不正に目を光らせているエリックさんは徐々に目立っていった。

そして出る杭は打たれる。

今度はエリックさんが狙われる側になったのだ。

命の危険を感じるようになってきたエリックさんは、ユウリさんを連れてルマーニュ王国から逃げることにしたそうな。

「え？　ユウリさんはエリックさんの部下かなんかだったんで？」

「いや、俺は彼の居候だ……」

じゃあなんで一緒に逃げる必要があったんだろう。

首を捻ると、ユウリさんが「俺のせいだ……」と頭を抱えた。

「俺がルマーニュの大貴族の奥方に目をつけられて、それを断ったから……」

「断った……？」

「愛人になれって言われて断った。俺は事情があってエリックの家に居候させてもらってるけど、男娼じゃない……！」

心底苦しそうにユウリさんが呻く。

察するに、容姿端麗なユウリさんを何処かで見かけた大貴族の奥方が彼に誘いをかけて断られた。それを根に持って、奥方が旦那さんにアレコレ言うのと、エリックさんの働きがその旦那さんに都合が悪かったのが重なった結果、二人ともルマーニュ王国にいられなくなったたってとこだろうか。

不潔だ。

「俺を奥方に差し出したら取りなしてもらえるかもって言ったんだ。それなのにそんなこと出来ない、家族もいないんだし、いっそ逃げようって……」

「それでサン＝ジュスト氏を頼って来られたんですね」

ロマノフ先生の問いかけにこくりと小さくユウリさんは頷く。

彼が抱えた事情ってのが気になるけど、まあ、おかしな話ではない、かな？

後はルイさんからエリックさん達の話を聞きたいところだけど。

苦悩するユウリさんのこの姿をお芝居とは思えないし、思いたくない。

沈黙が部屋に満ちる。

それに慣れてきた頃、救護室の扉が静かに叩かれた。

入室を求める声はラーラさんので、「どうぞ」と答えればドアが開く。

ラーラさんがするりと入ってきた後ろに、ルイさんがどこか焦っている雰囲気で続いた。

そしてベッドで眠る青年を目にすると「ミケルセン！」と駆け寄った。

「嗚呼《ああ》」と呻くルイさんを見るに、エリックさんと彼は、ユウリさんの話通りで間違いないんだろう。

ルイさんは振り返ると、ロマノフ先生に頭を下げた。

「ミケルセンをお助けいただき、ありがとうございます」

「いえいえ、お礼は最初に駆けつけた衛兵や冒険者たちに。ああ、回復魔術をかけたのはヴィーチャですので、そちらにも」

「はい、それは後程」

そう言うと、エリックさんに向き直る。

そんなルイさんの様子に、ラーラさんが肩を竦めた。

「気心の知れた部下だったらしいよ。『被害者にエリック・ミケルセンって青年がいて、その連れがエリック・ミケルセンと言えば解るって言ってた』って伝えたら、執務室から走り出ちゃったくらい。道々移動しながら事情は聞いたけど」

ルイさんからラーラさんが聞いたエリックさんの情報は、ユウリさんが話したエリックさんとルイさんの情報とぴったり合致していた。

ヴィクトルさんの目にもおかしな物は映らなかったから、レグルスくんとローランさんに付いていったんだろうし。

これは信用しても良いのかな。

そう思ってロマノフ先生とラーラさんに目を向けると、二人とも頷く。

と、ルイさんが、ユウリさんへと目を向けた。

「君は……ユウリ殿だね？」

「ああ、そうだが……なんで？」

「私がルマーニュを出奔する直前に、ミケルセンから君について相談を受けた。手だてを考える前に、私自身が追われる身となった訳だが……」

おぉう、ユウリさん本人が言う通り何か訳ありっぽい。

成り行きを見守っている私とロマノフ先生の視線に気がついたのか、ルイさんがはっとした顔でこちらを見る。

「この二人の身元は私が保証致します。ですので、私の屋敷に引き取ろうと思います」

だから許可をってことだろうけど、私は首を横に振る。

それに驚いたルイさんが何か言う前に、ロマノフ先生が私の意図を察してくれた。

「ルイさん、貴方は代官として朝早くから夜遅くまで働いています。ミケルセンさんは命に関わることはないとはいえ怪我人。貴方では世話は無理でしょう」

「それは……」

「うちにはメイドさんがいるし、怪我人の世話だったらうちの方が適してますよ」

魔術も使えるのが揃ってるし、対応能力はきっと高い。

私の言葉に「よろしくお願いします」と、ルイさんが深々と頭を下げた。

事後処理の話をするならば、盗賊は逃げられないと悟ったようで、一人残らず自害して果てたそうだ。

けれど、死体から情報を取ろうと思えば取れるというヴィクトルさんの話通り、しっかりラーラさんは情報を得ていた。

結果、盗賊と思われた輩は盗賊を装った暗殺集団で、ミケルセンさんとユウリさんの殺害を依頼されていた様子。

因みに依頼人はユウリさんがお断りした、某王国の公爵夫人だ。

ユウリさんに袖にされたのを、プライドが許さなかったみたい。

とはいえ、これを帝国の外務省を通じて王国に通報したところで握り潰されるのが落ち。

更に言えば通報したら、こちらからミケルセンさんとユウリさんが無事だとあちらに情報提供することになる。

相手は国を出奔しようとしていた人間に、わざわざ追っ手を差し向けるような根に持つタイプなんだから、彼等が無事なんて知れたら、また暗殺者を送って来るかもしれない。

そんな訳で、ロマノフ先生が然るべきところにだけ報告するに留めて、後はラーラさんが「蛇の道は蛇だよ」と、うっそり笑うのに任せることにした。

それで、被害者の人なんだけど。

ルイさんに言ったように、ミケルセンさんとユウリさんは菊乃井のお屋敷に来てもらうことになったんだけど、問題はシエルさんとアンジェラちゃんの身の振り方だ。

お茶から戻ってきた二人にも事情を聞くと、なんと少年だと思っていたシエルさんはアンジェラちゃんのお兄さんじゃなくお姉さんだったのだ。

彼女達の身の上は、ミケルセンさん達とは違う意味で悲惨なもので、彼女達はルマーニュ王国でご両親と暮らしていたのだけれど、お母様が病気で亡くなって、その直ぐ後に来た後妻に家をいびり出されたそうな。

当然後妻は追い出す娘達にお金なんかくれない。

仕方なしにお母さんの形見の宝石を売ったり、シエルさんが歌で稼いだお金で帝都を目指していたそうだ。

帝都に行けば二人で働ける場所もあるだろう。

そういう判断でルマーニュ王国の片田舎から帝都へ向かう乗り合い馬車になけなしのお金で乗ったそうだ。

そしてこれ。

ツラい。

「ぼく、なんでもします！　だからここに置いてもらえませんか！」

「あんじぇもがんばりましゅ！」

そう懇願する二人を、ヴィクトルさんが困り顔で私の所に連れてきたのが事情聴取の始まりだった。

うーむ。

彼女達の歳なら、街の孤児院で受け入れられないこともないけど、シエルさんの方が落ち着くまもなく職を探して施設を出ないといけない歳っぽい。

そうなると孤児院に一時的に入るより、住み込みで働ける所を探す方が良いかも知れないな。

兎も角、襲われて直ぐに生活設計もないだろう。

それなら大人がいて、安心して寝られる場所に一時避難してまずは気持ちを落ち着けた方が良い筈だ。

ヴィクトルさんに一足先に、屋敷に戻ってもらって、ロッテンマイヤーさんに事情を話してもらうと、ロッテンマイヤーさんは『どうぞ、そのお嬢様方もご一緒にお戻りください』という返事を返してくれた。

そんな訳で四人を連れて戻る。

すると、既に客間の用意が出来ている辺りがロッテンマイヤークオリティだ。

兎も角、清潔なシーツが敷かれたベッドにミケルセンさんをメイドさんたちが協力して着替えさせて寝かせると、ユウリさんやシエルさん、アンジェラちゃんにお風呂を勧める。

シエルさんとアンジェラちゃんはほっとしたようにお風呂を使ったけど、ユウリさんはミケルセンさんが気になってそれどころじゃないと言ってた。

でも彼が切られた時に止血をしていたせいで、服に血がベットリ。

その姿での看病は流石に怪我人の身体に障《さわ》るし、何より精神衛生に良くない。

こんこんとロッテンマイヤーさんに説かれて、渋々お風呂に入っている間、ミケルセンさんが急変しても対応出来るようにヴィクトルさんが付いていた。

で、ユウリさんがお風呂から出たら、後はミケルセンさんに付きっきり。

食堂にご飯も用意したんだけど、ミケルセンさんが気になってそれどころじゃないんだろう。

いつまでたっても食堂に現れないから、冷めないように魔術をお皿にかけてもらって部屋に持って行ったくらいだ。

それでも食べるか解んないから、「看病する人が倒れたら、ミケルセンさんが目を覚ました時に自分を責めます」ってロッテンマイヤーさんに叱られてたし。

因みにこの日のご飯は、借りっぱなしも申し訳ないから、ロスマリウス様の持たせてくれたお土産の袋から出した海の御殿で食べたご馳走にしたんだよね。

で、レグルスくんの袋に古龍の牙が入ってたように、宇都宮さんの袋には古龍の角が、私の袋には古龍の鱗が入っていた。

けれど、海の深い碧の鱗に混じって一欠片《ひとかけら》、浅瀬《あさせ》の蒼《あお》に光る鱗があって。

「うわ、逆鱗《げきりん》だ……」

「ああ、これは……なんてものを……」

「わぁ……凄いものを貰ったね……」

蒼く光る鱗は、彼《か》の有名な逆さに生える鱗だそうで、エルフ先生達がドン引きしてた。

何故かって言うと、逆鱗は逆さに生えてるせいで、触れられると皮膚に刺さって痛い。言わば弱点だ。

魔力はそういう弱い所を庇うように集中する性質があるので、必然的に逆鱗には魔力が目茶苦茶溜まる。

ただでさえ魔力が目茶苦茶籠ってる古龍の鱗の、更に魔力が溜まってる逆鱗なんて、買おうとしたら家が傾くなんてもんじゃない。

そんなものをぽんっと子どもに与えるなんて、貰った私もガクブルしちゃう。ひぇえ。

とりあえず鱗はウエストポーチの中に保管することにして、宇都宮さんの角も然《しか》るべきところに保管しておくそうだ。

奏くんも今日辺りロスマリウス様の袋を開けてるだろうけど、龍の髭はきっと源三さんが確保してくれるだろう。

何も事情を知らないシエルさんとアンジェラちゃんは、見たことない食事に目を輝かせてたけど。

女の子二人はその後、疲れが出たのか早々にベッドに入ったようだ。

問題は——。

「ユウリさんは寝ないで看病しそうですね」

「そのようで御座いますね」

「うーん、あの調子だと、ミケルセンさんが目を覚ます前に、本当にユウリさんの方が倒れちゃいそう……」

「眠った方が良いことは一応お伝えするように致しますね」

「お願いします、ロッテンマイヤーさん」

寝る前にそうロッテンマイヤーさんにお願いしておくと、彼女は頷いてくれた。


そして真夜中。

何となく目が覚めたから、スリッパを履いてとてとてと部屋を出て、ミケルセンさん達のお部屋の様子を見に行く。

すると案の定、扉の隙間から光が漏れていた。

だからノックを小さくすると、返事はない。

気になって中を覗くと、横たわるミケルセンさんに、崩れかかるようにユウリさんが突っ伏していた。

そっと静かに窺うと、ミケルセンさんの眉間にもシワが寄ってたけど、ユウリさんもどこか苦しそうに眠る。

起こすのは簡単だけど、そうしたらユウリさんは今度こそ寝ないで看病するんだろう。

それは避けたい。

なのでクローゼットからブランケットを出して、ユウリさんの肩にかけると、すうっと息を静かに吸い込む。

歌うのはブラームスの子守唄。

どうか心安らかに。

祈るように歌い終わると、ミケルセンさんの眉間からはシワが消えていた。

ユウリさんも、顔から険が消えている。

ほっとしていると、かちゃりとドアが開く。

驚いて振り向くとレグルスくんが、起きてしまったようで、眠い目を擦りながら立っていた。

「にぃにー？　ふたりともねんねしてるぅ？」

「うん、ねんねしてるよ。大丈夫みたいだから、私達も寝ようね？」

「うん。にぃに、れー、さっきのおうたもういっかいききたいなぁ」

「いいよ。レグルスくんのお部屋に行こうね」

そう言うと「はぁい」と、二人を起こさないように小さくお返事して、レグルスくんが廊下に出る。

私も二人の部屋の明かりを落とすと、レグルスくんの後に続いた。

しんっとした廊下を二人で手をつないで歩けば、レグルスくんが固く握り返してくる。去年の今頃より、レグルスくんのおててはちょっとだけ大きくなったようだ。


翌日、朝早く。

バタバタと誰かが廊下を走る音に目が覚めて、部屋から出ると、丁度足音の主のユウリさんが階段を下りるところで目が合った。

ハッとした表情に喜色が混じっている。

もしかして――。

「エリックが気が付いたんだ！」

おお、良かった！

「お世話をおかけしました」

「いや、君が助かって良かった……！」

ぺこりとベッドの上で頭を下げたミケルセンさんに、ベッドサイドに運んだ椅子にかけたルイさんが、本当に安堵したように声をかける。

朝イチ、ミケルセンさんが目覚めたことを伝えるユウリさんの声に、ロッテンマイヤーさんがルイさんへと知らせを出したそうで、出勤前の一時、馬を走らせてルイさんはやってきた。

その前にはヴィクトルさんとラーラさんの二人がかりで身体の調子を診てもらったんだけど、傷は少し痛むだろうけどきちんと塞がっている。

呪いだか毒だかの影響もない。

ミケルセンさんの意識が中々戻らなかったのは、元々激務過ぎて体力が落ちていて、それを回復させるために、身体が深い眠りを欲したらしい。

つまり、寝不足の解消のために爆睡してたようなものだ。

ホッとしたからか膝から力が抜けて、ヘナヘナとその場に座りこんでしまったユウリさんは、だけど目茶苦茶怒ってたっけ。

「だからあれほど『寝た方がいい』『ちゃんと食べた方がいい』ってうるさく言ってたのに……！」

「そうだね、余生は気を付けるよ」

「あはは」とか朗《ほが》らかに笑ってるけど、こういう人はまたやるよ。多分。

つか、それも助かったから言えることだとロッテンマイヤーさんにお小言くらって、ミケルセンさんも恐縮してた。

ロッテンマイヤーさん、つおい。

それでミケルセンさんの朝御飯はお粥とかの方が良いだろうし、ユウリさんもまだ皆集まって食卓でって気にもならないだろうからと、エリーゼが部屋で二人を給仕することにして、シエルちゃんとアンジェラちゃんは食堂で朝御飯を御一緒した。

その時にミケルセンさんが目を覚ましたことを伝えたら、凄くホッとしたみたい。

乗り合い馬車は出発時点ではもっと沢山人が乗ってたらしいけど、優しくしてくれたのはあの二人だけで、ユウリさんは取っ付きにくそうな雰囲気に反して人、特に小さい子には優しかったし、ミケルセンさんも人当たりが良かったから、アンジェラちゃんはすぐに懐いたらしい。

それに盗賊に襲われた時も、ユウリさんが二人を毛布の中に庇っていてくれたし、ミケルセンさんはその三人を守るために、一人奮戦してくれたからって、とても感謝してた。

気になるのは馬車の御者だったけど、これは昨日の捜索で早々に遺体で発見されていた。

アンジェラちゃん以外はそれに薄々気が付いてるみたい。

朝御飯を終えた頃、知らせを受けたルイさんが屋敷に駆けつけ、お部屋に案内して、今ここ。

部屋にはルイさん、ミケルセンさんとユウリさん、それから私とエルフ先生三人、そしてロッテンマイヤーさん。

ミケルセンさんから改めて事情を聞けば、ユウリさんが昨日話したことと同じ話が聞けた。

なので、こちらもミケルセンさんとユウリさんを襲った賊の正体を話すと、ミケルセンさんは天を仰いでため息をついた。

「ルマーニュはもうそこまで腐り果てたか……」

失望の混じるその声に、ユウリさんが俯く。

「俺のせいだ」と呟くのが聞こえたのか、慌ててミケルセンさんがユウリさんの手を取る。

「ユウリのせいじゃない。君がいてもいなくても、サン＝ジュスト様があゝなった時点で、遅かれ早かれ私もこうなってた」

「でも……命まで狙われたりは……」

ずどんっと落ち込むユウリさんには残念だけど、フラれたくらいで人を殺そうとする人間の伴侶なんて、価値観が似てなきゃ務まるもんか。

ましてやきちんと働いていた人を、無実の罪で貶《おとし》めようとする奴が、自分の邪魔をする人にまともな扱いなんかするわけない。

うちの両親はその点で言えば、まだ善良、いや、家が潰れたら困るとしか考えてないだけかもだけど。

もしかしたらまだ子どもだし、御《ぎょ》せると踏んでるのかもしれない。

その線で来るなら、私も夏休みでリフレッシュ出来たし、徹底抗戦の構えだ。

目にもの見せてやるぜ。

……じゃなくて。

結論を言えば、彼らはもうルマーニュ王国には戻れない。

今はまあ、怪我もしているし、当面の生活が出来るだけの貯えは持ち出せたけど、その先は何か食扶持がいる。

そんな話が出ると、ルイさんが私をじっと見てることに気が付いた。

「どうしました？」

「我が君。彼、エリック・ミケルセンはルマーニュにおいて私の右腕でした。能力は私が保証します。ですので……」

「雇いたいというなら、貴方の権限の内で処理してもらったらいいですよ」

「はっ、ではそのように……」

あ、でも当の本人はどうなんだろう？

ミケルセンさんを見ると、ちょっと困った顔をしている。

「どうしました？」と尋ねたら、「実は」と教えてくれたことには、ルイさんのことでルマーニュ王国と帝国、ちょっと水面下で揉めたらしい。

ルマーニュ王国にしてみれば、ルイさんは犯罪者。それを引き渡すどころか、地方だけど重用するとは何事かと言って来たらしい。

私、そんなの知らない。

どういうことかと思って先生達を見れば、ヴィクトルさんがニカッと笑う。

「それは僕が対応した。それこそ蛇の道は蛇。彼が無罪の証拠は僕が用意して、王国の外交官に差し上げたけど？」

「ああ、はい。それで外交官は何も知らなかったらしく、本国に『恥をかかされた』と怒り狂って連絡を入れたそうで……」

「それでルマーニュ内で揉めてるんです？」

ミケルセンさんが力なく笑う。

帝国がそうであるように、ルマーニュ王国も一枚岩ではないようだ。

因みに私がルイさんの件を知らなかったのは、丁度問題が持ち上がったのがバラス男爵のお尻の毛を毟《むし》りにかかってた時期だったからで、私に知らせたらそっちのお尻の毛も毟りに行きそうだから止めておこうと、エルフ先生三人とルイさんとで話し合った結果だそうな。

「二方面に敵を抱えるのはちょっと面倒だし、国内の貴族なら兎も角外国の貴族とやりあうのは流石に対応を間違えたら国際問題だからね。帝国の外務省もルマーニュ王国には強い対応がしたかったみたいだから、材料を渡して対応してもらった方が簡単に済む案件だったからさ」

「なるほど、ありがとうございました」

いや、でも私、そんなに血の気多くない。

そう言うと、ラーラさんが首を横に振った。

「基本専守防衛だけど、売られた喧嘩は百倍返しのシルキーシープみたいな子が何言ってるんだろうね」

「シルキーシープって百倍返しなんですか？」

「うん、そのくらい仕返しは激しいよ」

えぇ、私そんなに凶暴じゃないよ。解せぬ。

いや、私のことは良いんだ。

そうじゃなくてミケルセンさん達のこと。

ルイさんの件でとりあえず菊乃井はルマーニュの反ルイさん側からは目茶苦茶嫌われたそうだ。

「ですので、私が政策に関わることで要らぬ摩擦《まさつ》を生じるのではと……」

別に菊乃井としてはルマーニュ王国に嫌われても、困ることって今のところ何もない。だって隣接もしてなけりゃ、取引があるわけでない。

帝国の方も強気で当たりたいお国のようだし。

でも本人が気にするなら、無理な勧誘は良くない。

だけど菊乃井は人手不足なので。

「それなら役所じゃなくてEffet《エフェ》・Papillon《パピヨン》商会や菊乃井少女合唱団事務局は？」

Effet・Papillonの方は、ロッテンマイヤーさんが切り盛りしてくれてるけど、一人分のお給料しか出せてないのに二人分も三人分も働いてもらうなんて、どう考えても不健全。

菊乃井少女合唱団の事務局はルイさんにお任せしてるけど、やっぱり一人分のお給料で二人分も三人分も働いてもらってる。

二人とも事務にかけては本当に凄いけど、それはそれで不健全な労働実態になってるのは確かだ。

そういうのは絶対良くない。

Effet・Papillonも合唱団も、菊乃井の産業の両輪。

生半可な人には任せられないけど、そこはルイさんが保証するほどの能力の持ち主なら大丈夫だろう。

そう持ち掛けると、ミケルセンさんとユウリさんは顔を見合わせて『合唱団？』と食いついた。

「合唱団というと？」

「菊乃井には少女合唱団ラ・ピュセルというのがあってですね」

ラ・ピュセルの存在をヴィクトルさんと二人で説明すると、ユウリさんは首を傾げた。

「あれか？　秋葉原の『会いに行けるアイドル』とかいう……」

「そうそう、コンセプトはそんな感じで。今は歌だけですけど、そのうち演劇とダンスの要素も組み込んで歌劇団にするんです」

「歌劇……っていうと、オペラかミュージカルか……ああでも、オペラは歌って踊るって感じじゃないな。じゃあ、ミュージカルか……って、え？」

「んん？」

ついつい演劇というか、ミュージカルで盛り上がりそうになったけど、ユウリさんと二人で顔を見合わせて止まる。

お互い、顔に浮かんでるのは驚きだ。

「ちょっと待ってくれ。エリック、ミュージカルはたしか、この世界にはないんだよな？」

「あ、ああ。少なくとも、私は聞いたことはないよ」

問いかけるユウリさんに、同じくらいびっくりした顔でミケルセンさんが返す。

こちらも周りを見回すと、同じく皆頷く。

ざわっと肌がざわめく。

この人は一体、なんなんだ⁉


私とユウリさんの間に、一気に緊張感が膨らむ。

それを崩したのはルイさんの思いもよらない言葉だった。

「ミケルセン、どうだろう？　ユウリ殿の複雑な事情を我が君にお話してみないか？　大丈夫、我が君は異世界の事情に精通しておられる」

突然何言い出すのー⁉

驚いて先生達やロッテンマイヤーさんを見回すと、何故かうんうん頷いてて、そんな皆をユウリさんが驚愕の眼差しで、やっぱり見回してる。

って言うか、なんで異世界の話をしても、私とユウリさん以外は驚いてないのさ⁉

アワアワしている私を他所に、ルイさんがミケルセンさんを説得にかかる。

「ミケルセン。我が君は公にはしていないが、六柱の神々のうち、百華公主様、イゴール様、氷輪公主様の三柱の神々のご加護を得ている。そして百華公主様より託されし天命をお持ちだ。その天命には異世界が強く関わっている」

「そう、なのですか……⁉」

驚くミケルセンさんとユウリさんに、ルイさんは力強く首を肯定の形に動かす。

するとヴィクトルさんが肩を竦めた。

「サン＝ジュスト君、それちょっと違う。三柱じゃなくて四柱だよ」

は？

何言ってるんだろう。

そう思ってヴィクトルさんの方に視線を向けると、逆に「何吃驚《びっくり》してるの？」と尋ねられた。

「いや、四柱って……？」

「海神・ロスマリウス様のご加護だよ」

「なんで⁉」

「それはこっちが聞きたいと思ってたけど、夏休みのお話聞いたら納得したよ」

えぇ……なんかあったっけ？

身に覚えがないんだけど。

困惑していると、ポンッとロマノフ先生が手を打った。

「もしかして、レグルスくんや宇都宮さんにも生えてませんでしたか？」

「うん、ばっちり」

「ああ、そういうことか……」

「うん。健康チェックとして、申し訳ないけど勝手に鑑定させてもらったんだよね。そしたられーたんにもアリスたんにもご加護付いてるから、気絶しそうだった」

「どういうことです？」

私の気持ちと同じことを、ルイさんが先生達に尋ねる。

ミケルセンさんもユウリさんも唖然としてるし、私も意味が解らない。

すると私のそんな様子に、ロマノフ先生が「やっぱり」と呟いて、私の頬をぷにっと摘んだ。

「奏くんにも、もしかしたらご一緒したご令嬢にも加護が生えてますよ。さて共通点はなんでしょう？」

「共通点……？」

私達兄弟と奏くんと宇都宮さん、それからネフェル嬢の共通点とは？

なんかあったか色々記憶を探って出てきたことが一つ。

「海の宮殿に行ったこと？」

「はい、正解。でもその前にその切っ掛けになったことがありましたね？」

「切っ掛け……カニとタコ退治？」

「単なる蟹でもタコでもなく、人食い蟹とクラーケンですね」

そこまで言われたら解る。

っていうか、海の宮殿の歓待とか、古龍の色々だけでも大概貰いすぎだと思ってるのに……！

はっとしてロマノフ先生を見れば頷いてるし、ヴィクトルさんもラーラさんも真剣な目で私を見ていた。

置いてけぼりのルイさんとミケルセンさん、ユウリさんが揃って、先生達の説明の続きを視線で促す。

「サン＝ジュスト君は知ってるだろ？　あーたんとれーたんとかなたんが海に遊びに行くのにアリスたんが守役として付いて行ったの」

「勿論。もしやコーサラで何か？」

「うん。コーサラでロスマリウス様のご家族の敵討ちして、そのついでに領地に学問を敷くことにお墨付き貰ってきたんだって」

「なんと言うことだ……！」

めっちゃバッサリはしょった説明ですよ、ちょっと。

肩を竦めるヴィクトルさんに、ルイさんとミケルセンさんが驚愕の表情だ。

しかしユウリさんはピンと来ないのか「ふうん」で終わり。

今度はミケルセンさんが慌て出した。

「ユウリ、これは凄いことだよ！」

「そうなのか？」

「ああ！　神様の加護を頂く人は少からずいるけれど、複数の神様からご加護を得るなんて極めて稀なことなんだ！」

「へぇー……」

興奮するミケルセンさんとは対照的に、ユウリさんの反応は鈍い。

この反応からして、凄く違和感。

でも私個人を軽んじてると言うより、何だか神様という存在自体に懐疑的と言うか。

もしや、去年の初めの私みたいに、この世界の常識に纏わる記憶が欠落してたりして。

「もしかして……神様を身近に感じたことがおありでない？」

「神様ってのは森羅万象の全てにおわして、八百万《やおよろず》。一神教もなくはないけど、俺はそっちは信じない。逆に芸術に庇護をくれる神様なら、何だって信じるさ。それが俺の宗教とか神様ってものに対するスタンスだ。だいたい、俺のいた国自体がごちゃ混ぜなんだよ。新年にはお参りに行くし、盆には墓に線香をあげる。暮れにはその宗教の信者でもないのに教祖様の誕生日を祝ったり、最近じゃハロウィンに託つけていい歳の大人がばか騒ぎするしな」

んんん？

なんだ、この、覚えのある宗教観。

一つの神様を強く信仰するのはカルトだのなんだのと嫌忌《けんき》して、初詣に行くわ、お盆はするわ、ハロウィンはするわ、クリスマスはするわの節操の無さ。

なのに八百万の神様を日常的に信心するのは染み付いてる。

それ故に自ら宗旨を「無宗教」と言ってしまう……。

それは前世の「俺」と似てるような？

ああ、でも、ユウリさんは芸術の神様ならなんでも信じるって言ったっけ。

そういう、神様も仏様もごちゃ混ぜなとこもなんか似てるし。

そう思ってユウリさんの容姿を見てみれば、白皙《はくせき》の美貌ってやつだし、手足もすらりと長くて、背も高い。

だけど肌が西洋の人のように抜けるほど白い訳じゃないし、目の色も髪の色も凄く濃い雑じり気ない黒だ。

日本人は他のアジアの人に混じった同じ国の人が解ると言う。

言語化して説明するには難しい感覚だし、これは日本人だけのことではなく、他の国の人にも言えることなんだろう。

けれど前世が「日本人」ゆえに、私にはユウリさんが日本人に思えてならない。

なんか心臓がドキドキしてきた。

押し黙った私に、ミケルセンさんの顔色が変わる。

ユウリさんの言葉と私の態度をどう捉えたのか、ワタワタとミケルセンさんが、ユウリさんの手を引く。

「ユウリ、何度も説明したと思うけれど、この世界には神様がいらっしゃる。そして極稀に人前に姿を現され、助言や罰を与えられる。それは本当にこちらの世界では当たり前の話なんだ。君の世界とは違うだろうけれど……」

「ああ……そう。そう、だったな」

ミケルセンさんの言葉に、ぐっと唇を噛み締めてユウリさんが目を伏せる。

ぎゅっと何かを思いきるように目を閉じて、再び開くとすっと彼は私に頭を下げた。

「申し訳ない。あなた方の常識や宗教観を否定する気は無かったんだ。ただ、俺の元いた世界とは感覚が違いすぎて、どうにも慣れなくて……」

「あ、いや、頭を上げてくださいな」

「こちらの世界」と「元いた世界」という言葉に、ユウリさんの抱えた事情が透けて見えるようで、背筋が凄く寒い。

もしかして私は、凄く大事なことを学び落としてるんじゃないだろうか。

ゆっくりと頭をあげるユウリさんの手を、ミケルセンさんは傍目にも解るほど強く握る。

「そういったことも含めて、ここは菊乃井様にお縋りしてはどうかと私は思うけれど……」

「そう、だな……。俺は正直、俺の存在がどういう意味を持つのかはっきり解らない。だって単なる一般人だったんだ。この状況で発狂しないのが不思議なくらい……」

「ユウリ、そんなこと言わないで。私は君が生きていて、踊っているのを見るだけで心が洗われるんだ。君のために出来ることがあるならやりたい」

微妙な言葉のチョイスだな。

この二人の関係も気になるって言えば気になるけども、それよりユウリさんの言葉の節々に匂う、この、その、あの……。

そう言えば、と。

心の中の「俺」が言う。

そう言えば、「田中」が読んでたライトノベルってやつには「異世界転生」もあったけど「異世界転移」ってやつもあったんだ、と。

真実はラノベ風に奇なり

ヤバい、変な汗がどっと出てきた。

喉はからからに干上がって、上手く声が出せそうもない。

まるで耳の上に心臓が出来たみたいに、鼓動が目茶苦茶うるさい。

でも、こうしてたって埒が明かないわけで。

「あ、あの、違ったら笑ってくれて構わないんですけど、もしかして、ユウリさんて……別の世界から来たとかそんな……？」

乾いた声が喉から上がる。

しかし、いつまで経ってもユウリさんは笑わない。それどころか、長い睫毛に縁取られた目を伏せる。

「最初は頭がおかしくなったのかと思った。次にタイムスリップを疑った。でも俺がいた世界では、エルフもドワーフも、獣人だっておとぎ話の住人だ。いっそ気が狂ったんだって言われた方がまだ納得できる。こんなこと、笑えない……」

唇を震わせて、苦痛に耐えるようにユウリさんが呻く。

美しく整えられた長い髪をぐしゃぐしゃに掻き乱すその姿に、ミケルセンさんがベッドから立ち上がってすかさずユウリさんを支えて、ベッドへと座らせた。

なんて無神経な言い方をしてしまったんだろう。

彼の置かれた状況を、冗談を言うみたいに口にしてしまった。

座るユウリさんの傍に寄って、視線を合わせて彼の手を取る。

「申し訳ありません。貴方には決して冗談では済まされないことでしたのに……」

そう言って手を握れば、潤んだ目がこちらを写す。

そんな状況でもないのに、大きいけれど妖艶な黒曜石みたいな瞳の輝きにドキッとする。

すると、彼の白い手が私の手を握った。

「……いや、俺も、こんな状況の奴が目の前にいたら、冗談だと思う。それが普通だろう？」

「それは……」

確かに「違う世界から来た」なんて、普通は思わないもんじゃないだろうか。

転生だって大概だ。

「なのに……」と呻くユウリさんの肩を、ミケルセンさんが強く抱き寄せる。その感触にユウリさんが顔をあげて、ミケルセンさんを見る。

あ、これ、邪魔しちゃいけない、馬に蹴られるヤツでは？

そう思ってユウリさんの手を離そうとすると、空いてる片手でビシッとミケルセンさんを指差した。

「なのにエリックと来たら『ああ、界《かい》渡りかぁ。よく聞く話だねぇ』とか、のんびり言うんだ……！　よくある話ってどういうこと⁉　そんなにポンポンこの世界には人が落ちてくんの⁉」

「……へ？」

「落とし穴でも空いてるのか⁉　何でだよ⁉」

「ええーっ⁉」

ちょっと、何言ってるのか解らない。

「よく聞く話」ってなんなの⁉

驚いてミケルセンさんを見ると「ごめんね？」なんて、苦笑しながらポリポリと頬を掻いている。

なんだ、この反応！

しかし、そんな「よくある話だよねー」的な反応をしているのは、ミケルセンさんだけでなく。

部屋を見回せば、皆、私以外「ああ、あるよねー」みたいな顔をしているんだけど！

「どういうことなの⁉」

叫べば、ヴィクトルさんが逆に驚いた顔をした。

「どういうことって、ルマーニュでしょ？　よくある話じゃない。五十年に一回くらいある話だよね」

「そうだよ。別に驚くようなことじゃないかな」

「ミケルセンの家の近くの森は、特によく聞きますな」

ヴィクトルさんの言葉にラーラさんもルイさんも同意っていうか、ルイさん、今さらっと凄いこと言った！

混乱する私を他所に、ポンッとロッテンマイヤーさんが手を打つ。

「若様、もしや『渡り人《わたびと》』の話をご存知ないのでしょうか？」

「へ？『渡り人』？」

「はい。異世界の話を神様からお聞きだと伺っておりましたから……。これはうっかりしてございましたね」

謎の単語が出てきて、首を捻ると、ロッテンマイヤーさんとロマノフ先生が顔を見合わせる。

そして、ラーラさんやヴィクトルさんと視線で会話したロマノフ先生が口を開いた

「なるほど、本当にうっかりしていましたね。私達のうち、誰も話していなかったとは……」

「な、なにを、ですか？」

ドキッとしてどもっちゃった。

だけど、それは驚きのせいだと思われたようで、ラーラさんが理由を語る。

「ルマーニュ王国、特に王都の外れの森は、なんでかやたらと異世界の人が落ちてくるんだ」

「は……？」

「文字通り空から落ちてくる時もあれば、いきなり道端に転移魔術でも使ったみたいに現れたりするんだ。理由は色んな人が研究してるけど、今のところ有力なのは、大昔にルマーニュ王国辺りにあった国が開発した禁呪《きんじゅ》の影響じゃないかって説だね」

「禁呪……って、どんなのです？」

息を呑んで訊ねると、ヴィクトルさんが肩を竦める。

「それがねぇ、時空に大穴開けるような魔術だろうとしか。なにせ、その頃の話なんか、僕らの祖父母でもあやふやだから」

古代、今のルマーニュ王国の辺りには魔術を重んじる魔術都市なるものがあったそうで、その国

では色々な魔術が研究開発されたそうだ。

転移魔術やマジックバッグの魔術なんかはその頃に作られたらしいけど、他にも中々怪しいのもあったそうで、代表的なのが不老不死や死者蘇生だったとか。

それで、その古代魔術国家は色々やりすぎて神様に滅ぼされたらしいけど、その原因の一端に「渡り人」が発生する元になった禁呪があるのではないか……ってことらしい。

恐らく、傲り高ぶった魔術国家の王が神界へと攻め込むために作った魔術が、時空に大穴を開けるような物で、実験は失敗して神界ではなく異世界と繋がる道を作ってしまったのではないか、と。

「なんてはた迷惑な……」

「だろっ⁉」

思わず漏れた呟きに、ユウリさんが強く同意する。

こっちの大昔の王様のやらかしたことが原因なんて、はた迷惑極まりないじゃないか。

先生方やルイさん、ロッテンマイヤーさんが補足してくれるには、一人二人とかじゃなく集団で落ちてくることもあったりするそうで、そういう人達を「世界を渡った人」という意味で「渡り人」と呼ぶんだとか。

しかも今に始まったことでもないから、その被害者はかなりの人数に達するそうだ。

「でもさ、はた迷惑っていうけど、あーたんが食べてるお米もお味噌もお醤油もプリンやケーキみたいなお菓子も、みーんな、その渡り人達がもたらしてくれたもんなんだよ？」

「へ⁉」

「渡り人がどうしても祖国の味が恋しくて、頑張って頑張ってどうにか作ったのがお味噌やらお醤油やらお菓子やら。稲作を広めたのも、お米がなんとしても食べたかったからだって」

「冷蔵庫や洗濯機、下水処理の仕組み、治水や井戸堀なんかもそうだよ」

ひょええ、ラノべも真っ青な展開だ。

つまりアレだ。

渡り人は、こちらにない文明を沢山もたらしてくる存在なのだ。

「だから渡り人は見つかり次第、どこの国でも手厚く保護することになっています。なにせ、落ちることはあっても帰ることは出来ない仕組みなようで……」

それってこの世界の文化の発展の裏で、訳の解らないままこちらの世界に連れてこられた人の人生が犠牲になってるってことじゃないか。

さっと血の気が引いて、ぐらりと足元が揺れる。

酷いという言葉が喉元までせりあがって来たけれど、慌てて呑み込む。

それはこの世界の文明の利益を受けてる人間が言って良いことじゃない。

心が受けた衝撃が、一気に膝に来て、ガクガクと笑う。

どうしよう。

どうしよう。

そればかりが頭にちらついて、膝が崩れそうになるのを、にゅっと伸びてきた手が止める。

それはロマノフ先生の手だった。

「大丈夫ですか？　こんな風に言うべきことではありませんでしたね」

「いいえ……いずれ解ることですし……」

「姫君様が一年ほど前に仰った言葉が今更響きますね。大人より賢いのと、大人であるということは違う。けだし名言です」

真っ青で酷い顔をした私が、ロマノフ先生の目に映る。

そっと頭を撫でる手は三つ、ロマノフ先生とラーラさんとヴィクトルさん。

それからそっと柔らかく手を握ってくれるのは、ロッテンマイヤーさんだ。

どくどくと音を立てる心臓が、四つの暖かさで少しずつ静かになっていくのを感じていると、ユウリさんが綺麗な顔を不機嫌に歪めていた。

「その子が賢くて優しい子だってことをこっちに解らせたいからだとしても、そんな感受性の強そうな子にショックを与えるような言い方をワザとするのはどうかと思うぞ。可哀想に、真っ青じゃないか」

ムスッとした表情はそのままに、だけど私に語りかけるユウリさんの声音はとても優しくなった。

「その……渡り人ってのは確かに来たら帰れないみたいだ。だけど、来る前のシチュエーションを考えるに、転移してなきゃ死んでるかもしれない状況が多いらしい」

「……え？」

「エリックと色々調べたけど、俺より前にこっちに来た渡り人の残した話だと、こっちの世界にくる直前に船が嵐で転覆して海に投げ出されたり、飛行機が山に突っ込むとこだったり……、兎に角そんな死に瀕した人間がこっちに引っ張られやすいみたいだな」

つまりそれは、元の世界では彼らは死んでしまった可能性があるということなんじゃ……。

浮かんだその考えにゾッとして背中を震わせると、背を柔くロッテンマイヤーさんが撫でてくれた。

「因みに俺は歩道橋……道を渡るためにかける橋みたいなもん。それの階段を踏み外したのは覚えてる。あのままなら多分激しく頭を打ってる」

「なんてこと……！」

「後頭部をもろに強打するような落ち方だったからな。死んでなくとも、後遺症で寝たきりだったかもしれん」

「それを思えば生きてるだけで儲けもんだ」と続けるユウリさんは、その言葉を自分に言い聞かせてるように見えた。

死んでた命を拾った上に、こちらの事情を察してくれる人に拾われて、更にその人が頭も良ければ性格も良いなんて、奇跡的な状況だったのだ、と。

なお、ミケルセンさんがユウリさんを保護したのは、丁度役所への出勤前。

混乱するユウリさんを連れて家に戻って魔術でちょっと眠らせて、その間に仕事に行ってルイさんにユウリさんを保護した旨を伝えたらしい。

んん、待てよ？

ロマノフ先生の説明によれば、渡り人は見つかれば国が手厚く保護してくれる筈だ。

だけど、ユウリさんは刺客を放たれた。

ミケルセンさんと一緒にいたとはいえ、国に利益をもたらしてくれる人を殺すなんてあるだろうか？

引っ掛かりを覚えてルイさんを見ると「ご明察恐れ入ります」と、彼が頭を下げる。

「ユウリ殿が狙われたのは、彼が渡り人だというのを我ら以外誰も知らぬためでしょう」

「ユウリさんのことを国に報告しなかったのは、ルイさんが出奔し、ミケルセンさんが出奔するに至ったルマーニュ王国の現状の故ですか？」

「左様です。今のあの国で渡り人が見つかったとなると、どのような目に遭わされるか解ったものではありません。懐柔するのに贅沢な暮らしをさせるならばまだしも、情報や技術をただ搾取するために人道から外れた行いをするやもしれない。そう思えば……」

「そりゃ隠すように指示しますね」

私でもそんなの通報しないな。

納得すると、ルイさんもミケルセンさんもほっとしたような顔をする。

それからミケルセンさんの話によると、彼はルイさんの助言通り、ユウリさんに渡り人の話と、ルマーニュ王国の現状を、何度も繰り返し伝えて、彼を匿ったそうで、それはルイさんが出奔した後も続いた。

そもそも仕事一辺倒で親しい友人もさしていなかったミケルセンさんだから、他人にユウリさんの存在を隠すのはそんなに難しくはなかったそうだ。

それなのに、何故ユウリさんの存在が公爵夫人にバレたのか。

「恥ずかしながら、それは私の責任でして……」

「いや、俺も浮かれてたから……」

気まずそうにする二人に、ルイさんがどういうことか尋ねると、ポリポリと頬を掻きながらミケルセンさんが「自分で言うのもなんですが」と口を開いた。

「私は無趣味で仕事と家を往復するだけの、無味乾燥な人生を送って来ました。しかしユウリを保護して以来、私の人生と世界は変わり、とても色鮮やかで美しくなりました」

おう、惚気《のろけ》ていらっしゃる。

これはあれだ、馬に本格的に蹴られるヤツだ。

誰もがそう感じたんだろう。ユウリさんが見つかった理由はお察しって感じだったのでミケルセンさんを止めようとした。

しかし。

「誤解を生むような言い方して……。エリックが俺の職業がイマイチ理解できないって言うから、一人芝居して見せたり、朗読劇やったり、簡単なダンスを見せてたら、エリックがドハマりしちゃって。俺を連れて近くの劇場に通い始めたんだ。それを見られたのが原因だと思う」

「ああ、うん。簡単に言えばそうです」

腕組みしながら顔をしかめていうユウリさんに、へらっとミケルセンさんが笑う。

予想外の言葉に、全員が鳩が豆鉄砲食らったような顔をすると、ユウリさんが肩を竦めた。

「俺は舞台の演出家なんだけど、そもそも舞台俳優だったんだよ。もともと演出に興味あったし、身体を壊して上手く踊れなくなったのを機に転向したんだ」

「ぶ、舞台の演出家⁉」

「そ。それを説明しても、エリックはそもそも芝居も舞台も観たことがないって言うから。芝居の面白さなんてのは説明されるより、観た方が早い。だから即興で、まあ、色々？」

最初はエリックさん宅にあったおとぎ話を一人芝居的に朗読したそうだ。

そしたらなんと、それに感動したエリックさんが、「もっと色々知りたい！」と言い出して、ユウリさんは望まれるままに、それはもう色々演じて見せたらしい。

そして気がつけば、エリックさんは見事に舞台沼にドボンしてたそう。

「俺を連れて近所の芝居小屋に通い始めた辺りで、ヤバいなぁとは思ったんだよ。だけど俺も好きで舞台に関わりを持つようになった人間だし、こっちの芝居にも興味があったし……」

「いやぁ、芝居があんなに素晴らしいものだとは思ってもみませんで。仕事だけに今まで自分の時間を費やして来たのが、悔やまれました……。あ、でも、俳優さんはユウリが一番だと！」

「俺は演出家が本業だってば」

つまり、ミケルセンさんは芝居沼にハマり、ついでに俳優のユウリさん沼にもドハマりしたファンと言うヤツで、ユウリさんはミケルセンさんにとって推しも推しということか。

あ、待てよ？

ミケルセンさんからは同志の匂いがプンプンする。

こういうタイプは、推しに貢ぐことを躊躇《ためら》わない。

いくらでも貢ぐ。

しかし、それをするには経済力がいる。

経済力を担保するのは、仕事。

仕事を頑張れば、推しに貢げる。

そうなると、沼にハマった人間なんて皆同じだ。

そして、ルイさんが去った後、目立たないようにしていたミケルセンさんが、それなのに反ルイさん側の人間に看過出来ないほどの存在になってしまったというのは、もしかして。

「もしかして、ミケルセンさん」

「はい？」

「仕事、頑張りましたね？」

「あー……そのー……」

気まずそうにユウリさんが視線を明後日の方向に飛ばす。

これは間違いない。

沼の住人というのは、推しに貢ぐためならどんなに嫌でも働ける。

じっとミケルセンさんを見ていると、当の本人がへらっと笑った。

「仕事が終われば芝居を観に行けるし、そのための費用になると思うと、仕事が捗って捗って……」

「それで目立ってしまったんですね……」

「そのようです」

これだから沼の住人は！

ミケルセンさんのその気持ちは、今の自分にも、生前の「俺」にも、身に覚えがありすぎてツライ。

そんなミケルセンさんの最推し俳優なユウリさんは、凄く遠い目をしてるし、ちょっと前までの上司のルイさんは唖然としてる。

そんな中、「まあまあ」と口を開いたのは、ロッテンマイヤーさんだった。

「そのお気持ち、とても解ります！」

「本当ですか！」

「ええ、自分の働きが応援するお方の糧になると思えば、幾らでも頑張れますもの！」

意外だ。

ロッテンマイヤーさんも何かの沼の住人だったみたい。

理解者を得たのが嬉しかったのか、ミケルセンさんはニコニコしてる。

でだ。

ミケルセンさんが飛び出る杭になった理由は解った。

公爵夫人にユウリさんが見初められたのも、二人して芝居を観に行ってた時で間違いないだろう。

しかし、こう言ってはなんだけど、芝居を見に来る公爵夫人なら、彼が元役者で現演出家だと知れば、もしかしたら健全な形でパトロンになってくれたんじゃなかろうか。

その疑問を「無神経だとは思いますが」と前置きして二人にぶつけると、ユウリさんがため息をついた。

「それは俺も考えたんだよ。パトロンになってもらえたら、もしかしたらこの世界で演出家として生きていけるんじゃないかって」

「そういうことであれば、私よりも権力を持つ公爵夫人の方がユウリを守れると思いました……。しかし」

彼の公爵夫人はユウリさんの外見だけに興味を持ち、演劇などどうでも良いという態度しか見せなかった。

芝居小屋に足を運んでいたのも、結局自分好みの美男子役者を見繕っていただけに過ぎず、飽きたら飽きたで見向きもしなくなる癖に、よその女性がその俳優のパトロンになろうとすれば、それを邪魔するという。

ユウリさんに目をつけたのはそういう癖の悪い女性だったのだ。

「俳優として、演出家としてのユウリを欲するなら兎も角、公爵夫人は欲望の捌《は》け口としてしかユウリを見ていない。彼は芸術家なんですよ！　素晴らしい芸術家なんだ！　そんなこと許せる訳がない！」

「落ち着けよ。俺はなんとも思ってないって。それこそ芸術なんてもんは、好きな人間には宝だけど、興味のない人間には無価値なんだから」

「私が！　嫌なんです！　君の作り出す芸術が好きな私には、絶対に許せない！」

解る。

よーく、解る。

私だって菫《すみれ》の園《その》のお嬢さん方やラ・ピュセルのお嬢さん達に、彼女らが作り出す物の素晴らしさを理解もせず、そんな不埒な視線を向ける奴がいたら、絶対に許さん。処す。

社会的に処す。

トコトコとミケルセンさんに近付くと、その文官らしい手をそっと取る。

「解ります！　その気持ち、よぉく解ります！　ええ、そんな人はお尻の毛どころか、頭の毛だって、脛《すね》毛も胸毛も、ありとあらゆる毛を毟《むし》り取ってやるんだから！」

「ああ！　菊乃井様！」

「ミケルセンさん！　私達は同志ですよ！」

ミケルセンさんと固く握手を交わすと「こわっ⁉」とユウリさんが後退りしたけど、心外だ。

真後ろでは「ほら、シルキーシープだろ？」とか「いやぁ、シルキーシープ以上ですよ」とか「本当に意外に血の気多いよねー」とか聞こえた気がするけど、振り向いたら先生が三人ともそっぽを向く。

私、先生方の教え子なんですが？

私の気持ちを代弁するように、ロッテンマイヤーさんが咳払いする。

でも三人ともしれっとしたもの。

それどころか、ちょっと嬉しそうにヴィクトルさんが私とミケルヤンさんとユウリさんに近づいてきた。

「ねぇ、あーたん。このお二人さんどうするの？」

「え？」

「当然保護するんでしょ？」

「ええ、勿論。さっきも言ったように Effet・Papillon 商会か、菊乃井少女合唱団の方を手伝ってもらおうかと」

「じゃあさ、ユウリ君だっけ？　彼、演出家なんでしょ？　これを機に歌劇団計画進めようよ。彼を雇うなら費用は僕が用立ててもいいし」

ニコニコといつにもまして愛想よく笑うヴィクトルさんに、ユウリさんは眉を寄せる。

怪しんでるというか、突然のお誘いに理解が追い付かない様子だ。

だからヴィクトルさんと私の望み、これまでの取り組みを話すと「なるほど」とユウリさんは顎を擦った。

「芸術を真に楽しもうとすると、教養がいるんだ。芝居の舞台になった時代やその当時の世俗を知っているのと知らないのとでは、台詞一つ感じ方が違う。物語をどんな風に解釈をするのも舞台を見た人の解釈だとは思うけど、それでも心底楽しむためには最低限必要な知識ってのがあるんだ。演じる側にもそれは言えることだな」

「知識の幅が広がれば、演技にもそれを活かせるってことかい？」

「それもある。でももっと根本的なことさ。貴族の暮らしを知らない、想像も出来ない奴が、貴族の演技なんて出来ると思うか？」

ユウリさんの真剣な言葉に、ヴィクトルさんも他の人達も「確かに」と頷く。

人間、経験のないことは解らないもの。

けれどその経験の無さを補うために、想像力があって、その想像力を補強してくれるのが知識だ。

更にその知識を仕入れるための道具こそが学問で、平たく言えば読み書き計算になる。

「人は誰しも考える力や想像力を持つ。それに栄養を与えるのが知識で、育った考える力や想像力は優しさや勇気の苗床になる……と、俺は思う。だからあなた方が歌劇を広める前に、豊かで誰もが知識を得られて学べる環境を作ろうとしているのは理解できる」

「じゃあ……！」

「その歌劇団計画を引き受けてもいい。でも……」

そっとユウリさんが目を伏せる。

首を傾げるとミケルセンさんが、代わって口を開いた。

「ユウリが渡り人だということを、お国に報告しなくてもよろしいのですか？」

「ああ……」

少し考える。

ルマーニュ王国の腐敗の度合いと帝国の衰退具合、どっちがましだとか今はまだ判断がつかない。

けれど、一つだけ言えることがある。

「この帝国の皇帝陛下は庶民のために、技術に対する利権の保護を……庶民が大貴族に搾取されない法を成立させてくれました。だから陛下にユウリさんのことをお伝えしても大丈夫かとは思います」

「でも国に保護されちゃったら、自由には動けないよ？」

「なのでこう報告します。『渡り人っていっても演劇の専門家』と」

「まんまじゃないか」

そう、そのまんま。

渡り人はこちらにない技術をもたらす。

だから国は手厚く保護する訳だけど、それは翻すとそういうものを持っていなければ必ずしも保護したい存在ではないということでもある。

演劇は文化で芸術ではあるけれど、生きるのに必要な技術なのかと言われれば、残念だけど答えは「否」だ。

有益な技術をもたらさないと解れば、渡り人を抱えるメリットは少ない。

今回はそこにつけこむ。

「ユウリさんは残念ながら、土木とか生活に必要な技術の知識を持っていない。しかし演劇は専門家。菊乃井は今、演劇や舞台芸術に力を入れている。国益になりそうな利益をもたらす存在ではなさげなので、舞台芸術に力を入れている菊乃井で是非保護したいと申し入れるんです」

「なるほど。国として保護するメリットはないけど、菊乃井にはあるから菊乃井に……と」

フムフムとユウリさんが頷くのに、ミケルセンさんも頷く。

すると、ルイさんがチラッと先生方の方を見た。

ロマノフ先生がその視線を受けて、腕組みをする。

「鳳蝶君、陛下に嘘を吐くんですか?」

あ、心外。

私はこれでも陛下のことは心から尊敬してるのに。

「嘘なんか吐いてません。私はユウリさんから聞いたままを陛下にお伝えするだけです」

「……なるほど、そう来ましたか」

ロマノフ先生が肩を竦めると、ヴィクトルさんやラーラさんが苦笑する。

「まあ、確かにあーたんは嘘は吐いてないよ」

「そこまで気が回らなかったって言えばいいだけの話だね」

「どういうことだ?」

その二人の会話に、ユウリさんが首を捻る。

そんなユウリさんにミケルセンさんが「ああ、なるほど……」と呟く。

「そういうことか……」

「何がだよ」

「うん、ユウリは自分には大した知識はないと思ってるだろうけど、そんなことないんだよ。ユウリの世界では当たり前の技術が、こちらの世界では全くない発想だったりするからね。それを知ってて、仕組みは詳しく解らないとしても、ふわっとでも説明出来れば、そこからその技術に辿り着くことも可能ではあるんだ」

「あ……」

「でも、菊乃井様は『それもない』として皇帝陛下に報告するって仰ってる」

「いいのか、それは⁉」

ぎょっとしたのかユウリさんが少し大きな声を出して私を見れば、周りの視線が一気に私に集まる。

いいのか、悪いかなんて、そんなの。

「私、そんな難しいことは子どもだから解りません」

「……は？」

「私は六歳のお子ちゃまなんでー、そんな難しいことまで考えられませんー。ふわっとした知識から技術が確立される可能性の話まで察しろとか無理ですー」

そう、私はまだ六歳の単なる子どもなんだ。

だから可能性の話までは知らないし解んない。

ぷいっとそっぽを向くと、「クッ」とロッテンマイヤーさんとロマノフ先生が笑いだす。

「ふふ！　さようで御座います。若様はまだまだお小さいのですから！」

「そうでしたね。君はまだ六歳の子どもでした。そんなことまで解る筈がない……クッ……！」

二人に釣られたのか、唖然としてたヴィクトルさんもラーラさんも、クスクスと笑い始めた。

「プッ……だよねー……あーたんはまだ六歳だもんねー……ぷぷっ……」

「あはは。うんうん、子どもだもんねぇ」

そう、私は子ども。

この世のことなんか、大抵のことは解んないのだ。

その家庭教師三人と守役の様子に、ルイさんがフムと顎を一撫でする。

「そう言えば……麒凰帝国には、未成年者の監督は親の義務とし、未成年者の起こした問題の責任と賠償はその監督義務を持つ両親へと帰すべしという法律がありましたな。なるほど」

ふぅん、そんな法律があったんだ。

私、子どもだから知らなかったなぁー。

サンドリヨンと舞台の魔法使い

渡り人の件はその方向でロマノフ先生が対応してくれることになった。

先生の予測では恐らく「国益に繋がる知識が出てきたら、必ず報告する」という約束はさせられるだろうってとこだけど、それはこちらも折り込み済み。

兎も角、ミケルセンさんとユウリさんのことはこれで片付いた。

後やらなきゃいけないことは、彼らの生活の拠点になる家を見つけたりすることなんだけど、これはとりあえずユウリさんとロッテンマイヤーさんが話し合って決めるとか。

ミケルセンさんの怪我はヴィクトルさんがいたから大事にならなかったけど、本来なら全治1ヶ月でも早いくらいの怪我だったそうで、二日は安静が望ましい。

だから動けるユウリさんがやることになったのだ。

「まあ、その方が都合が良いし」

「そうなんですか？」

「ああ。だってエリック、仕事は出来るのかも知れないけど、生活能力は皆無に等しいもん」

昼下がりの菊乃井屋敷の庭、源三さんが整えてくれた庭で花を見ながらティータイム。

ウゴウゴと蠢《うごめ》くタラちゃんとござる丸相手に、レグルスくんはおやつも食べずに、木刀を「えやー！」と振るっている。

それをちらっと見ると、ユウリさんが不思議そうに私に尋ねた。

「あれ、なにやってんの？」

「ああ、なんか、多対一は戦闘の基本だからって」

「戦闘……」

げんなりとした表情でユウリさんが髪をかき上げた。

実の所、ユウリさんは自身の言によれば、かなりこの世界に馴染んできているらしい。

「最初はそりゃ驚いたけれど、死んでないなら生きてかなきゃな」と、早々に腹を括ったそうで、彼が事態を呑み込んで最初にしたのはなんとミケルセンさん——本人は「エリックとお呼びください」と言ってたから、エリックさんでいいか——彼の部屋の掃除だったと言う。

「だって酷かったんだ。使ってない食器に埃が溜まって字が書けたんだぞ」

「おぉう……」

家主が仕事に出掛けている間に家の中を漁るなんて、決して誉められた行為じゃない。

しかし、あまりの埃の溜まり具合に蕁麻疹《じんましん》が出たそうで、ユウリさんは「やらなきゃ埃に埋もれてた」と遠い目をした。

オマケにエリックさんときたら、彼が仕事の間にお腹が空いたら冷蔵庫に入ってるもの何でも食べていいと言いながら「ほぼほぼ食べられるもんがない」状態。

「味噌と醤油と米があって助かった。それで適当に味噌汁とおにぎり作って食ったけど」

「ユウリさんってそういうのお得意なんですか？」

「うーむ、得意というか……」

ユウリさんはあちらの世界では元俳優というか、ダンサーよりの俳優だったそうで、表舞台から下りたのも怪我で満足に踊れなくなったからだという。

ダンサーとしての彼は聞くだにストイックだったようで、パフォーマンスの質を保つためにコンディションも環境も、全て自分で整えていたそうだ。

食事だって栄養管理から自分で計算していたとか。

プロって凄い。

それは置いといて、兎に角世話になってるし、食事もまともなものが食べたいし埃と寝るのは勘弁して欲しい。

幸い自分は簡単な家事が出来るからと、自ら家事をするのを申し出たそうだ。

エリックさんにしたら、家に帰ったら推しがご飯作ってくれてます。

一緒にご飯を食べてくれます。

なんというファンサービス。

神かよ、貢ぐぞ。

そうなって仕事を頑張りすぎたんだろう。

沼の住人のあるあるだ。

若干遠い目をした私に、ユウリさんが苦く笑った。

「俺の座右《ざゆう》の銘《めい》は『Que Será, Será《なるようになる》』さ」と軽やかに言うユウリさんの、その言葉を素直に信じるとして、しなやかに日々を受け入れて生きることにしたユウリさんにも、馴染めないものが一つあるという。

それが「戦闘」だ。

「モンスターがいるのは、まあ……。野性動物の原種だと思えばなんとでもなるけど、俺が生きてきたとこは平和で戦いなんてものとは無縁だった。趣味で武道をする奴はいても、生き死にに関わるからって修めてる奴なんか、俺のいた国にはほとんどいないんじゃないかな」

「それなら驚かれたことでしょう」

「今も驚いてる。あんなおちびちゃんが、木刀振り回してモンスター二匹と互角とか」

ござる丸とタラちゃんをレグルスくんの修行相手に指名したのは、源三さんだ。

彼の見立てによれば、タラちゃんとござる丸のコンビは、レグルスくん一人よりちょっと強いか互角ぐらいの相手で、レグルスくんにはモンスターの人間とは違う動きを学べるし、ござる丸とタラちゃんには人間をいかに傷付けずに無力化するかを学べるという、一挙両得狙いだとか。

私としてもタラちゃんとござる丸ならレグルスくんに大怪我をさせたりしないだろうし、レグルスくんだってそうだろうから、下手に人間同士で打ち合うより安心できる。

時々レグルスくんの木刀が、二匹を掠めて地面の固い石を砕く。

それを見てユウリさんが肩を竦めた。

「こっちのおちびちゃんは、皆地面を割れるのか？」

「私は出来ませんけど、奏くん、私とレグルスくんの友だちなんですけど……は出来る、かも？」

「かも？」

「弓使いだから、比べられないかなって。あ、でも魔術でなら空けられますね。それなら私も出来るし」

「魔術……！」

呻くとユウリさんは天を仰ぐ。

ユウリさんの世界には魔術がないそうだ。

私の前世にだってなかったんだから、同じ世界と思われる場所から来たユウリさんだってそうだろう。

カルチャーショックというのは、結構な打撃だ。

それまでの自分の常識が壊れたり反転したり、兎に角足元があやふやで不安定になりかねない。

私とユウリさんがお茶してるのだって、今までユウリさんを支えてきたエリックさんが、怪我で寝込んでしまっているので、何かと不安定になるであろうユウリさんを心配してのことだ。

異世界に精通していて、違いを説明できる人が傍にいると心強い。

ロッテンマイヤーさんからの提案だ。

ユウリさんにはその心配が解っているようで、なるべく整理を付けるために今までとこれからの話を、私に積極的に話してくれてるみたい。

人に話を聞いてもらうだけで、落ち着くことって結構あるもんね。

一頻り自身の中での整理が付いたのか、ユウリさんが姿勢を正す。

「俺も魔術、使えるかな？」

「え？」

「いや、だって、こっちって日常茶飯事に戦うことが組み込まれてるんだろ？　それがこっちの日常なら、オレだって馴染まなきゃならんし、自衛も考えないと。エリックが戦ってくれたから俺達は無事だったけど……アイツ、大ケガしたし」

「日常茶飯事というか、こっちでも戦闘なんて非常事態です。ただ、対処法を知ってるだけで。普段街の人は、うちの衛兵が守りますし」

「その対処法を知ってるのと知らないのとじゃ、雲泥の差って話だな」

「それは否めないかと」

自身の腕を強化してガンガンとレグルスくんの木刀を打ち合わせるござる丸を、援護するようにタラちゃんの糸がレグルスくんへと吐き出される。

それを避けるために、レグルスくんが後ろへと飛び退《すさ》ると、ござる丸が追撃のために地面に腕のような枝を突き立てると、レグルスくんの着地地点に木が生えた。

しかし、レグルスくんはその木の幹を逆に蹴り飛ばして前方に飛ぶと、屈んで動けないござる丸へと木刀を振り下ろす。

当たると思った瞬間、にゅっとタラちゃんの糸がござる丸を包む。

白い繭《まゆ》に包まれたそれに木刀が触れると、ぺたりと張り付いてしまった。

「むー、れーのまけー……」

木刀を取り上げられてしまったら負けというルールらしい。

ぷくっと頬を膨らませてレグルスくんが私とユウリさんのいるテーブルにやってくると、背後に控えていた宇都宮さんが、レグルスくんの汚れた手を拭いてやる。

するとちょこんと私の膝に乗って、テーブルの上のクッキーに手を伸ばした。

ござる丸もタラちゃんも、修行は終わりになったので、私の足元に来て寛《くつろ》ぐ。

それを見ているユウリさんの視線が、ふっと私の後ろに向かった。

なんだろうと振り向くと、アンジェラちゃんを連れたシエルさんが、エリーゼに連れられてやってくるところ。

「あー、アンジェだぁ。クッキーたべる?」

「ひーたま……くえゆの?」

「あ、こら、アンジェ……!」

分けて上げるつもりなのだろう。

レグルスくんはクッキーを幾つか掴むと、私の膝からぴょんっと飛び降りた。しかし、それを宇都宮さんが捕まえて阻止する。

「レグルス様、アンジェちゃんやシエルさんのはちゃんと用意してますから、お席に座ってくださいませ」

「そーなの？　わかった！」

言い聞かされてレグルスくんが戻るのは私の膝の上で、そんなやり取りをしてる間に、パタパタとアンジェラちゃんがテーブルに駆けて来て、その後ろを追い掛けてシエルさんがやって来た。

「ひーたま、おやちゅちょーあい！」

「はい、よくかむんだぞ！」

「うん！」

「アンジェ、おへんじは『はい』のがかっこいい」

「あい！」

あらあらまああ、微笑ましい。

ほわぁっと二人の幼児の可愛いやりとりに和んでいると、申し訳なさそうにシエルさんが「お邪魔します」と、そっと席に着く。

隣にいるユウリさんの存在に安心したのか、はふぅっと長く息を吐いた。

「少しは落ち着かれましたか？」

「あ、はっ、はい！　お屋敷の皆さんにも良くしていただいて！」

緊張ぎみに答えるシエルさんの前には、紅茶とクッキーが並べられた。

カップに口を付けて唇を湿らせると、女の子にしては高い背を縮める。

その様子を見て、ユウリさんが眼を閉じて、再び眼を開いた時には、何かを決めたような雰囲気を漂わせた。

「シエルちゃん、あのな」

「は、はい！」

「俺とエリックはこの街で働くことになった」

「え？　お、お仕事決まったんですか？」

「ああ。それで、今まで家事とかは俺がやって来たけど、仕事をしながらだとちょっと自信がない。だから、シエルちゃんさえ良かったら、俺とエリックの家政婦さんしないか？」

ユウリさんの言葉に、パァッとシエルさんの顔が輝く。

それから立ち上がると「ありがとう御座います！」と、ユウリさんに勢いよく頭を下げた。

するとユウリさんは、私にちょっと意味ありげな視線を投げる。

「というわけで、お給料弾んでくださいよ？　オーナー？」

「そりゃあ、適正にご相談させていただきますよ」

問いかけに答えると、シエルさんがきょとんと私を見る。

そして小首を傾げると、ユウリさんが「教えていい？」と聞くのに「是《ぜ》」と答えた。

そのやり取りにもシエルさんは不思議そうにする。

お姉さんにつられて、アンジェラちゃんもクッキーを頬張って、ハムスターのようになりながら首を傾げた。

「この街には『菊乃井少女合唱団』っていうのがあるんだ」

「あ、はい。それは知ってます。昨日カフェでお会いしました」

「そうか。それでその合唱団を今度はお芝居が出来るように教えて、歌劇団にするんだ」

「かげきだん……？」

聞きなれない言葉なのか、シエルさんが益々《ますます》首を捻る。

ユウリさんの言葉を補足するべく、口を開いた。

「ようは歌と躍りを交えたお芝居をするということですよ」

「お芝居!?」

ガタッと椅子を跳ねてシエルさんが立ち上がる。

その様子に驚いていると、シエルさんが私に視線を定めた。

「あの！　お芝居ならぼく出来ます！」

「へ？」

「ぼくの家、芝居の一座だったんです！　ぼくはお芝居が好きで……でも追い出されて……だけど！　だけど！　叶うなら、お芝居がしたいんです！」

カップの中で、大きく紅茶が揺れた。

ルマーニュ王国の南部は、帝国文化の影響をわりと受けていて、ルマーニュ王都より実は華やかなんだそうな。

国境《くにざかい》というほどには帝国には近くないけれど、王都より大分遠い南の街に、劇場が一つあった。

その劇場で昨年、芝居の一座がその歴史に幕を下ろした。

「ぼくの父は座長でしたが、母が身体を壊してからは思うように興業を打てなくて、不満が溜まってたようで……それで女の人を他所に作ったのだろうって……」

お母様が身体を壊したのはアンジェラちゃんの産後間もない時期に、お父様が無理矢理舞台復帰させたせいで、弱っていた身体を更に弱らせたのが原因だとシエルさんは憤る。

そんなある日、お母様は風邪を拗らせてシエルさんとアンジェラちゃんをおいて、虹の橋を渡って行って帰らぬ人となったのだ。

「でもその後すぐ……一ヶ月も経たないうちにカミラ……一座の花形なんですけど、カミラが新しいお母さんだって……」

「喪《も》が明けぬうちになんということを……」

そこからはまあ、シンデレラも真っ青な継子《ままこ》いじめの末に、なんとこの継母とそれに唆《そその》かされた父親が、とんでもないことを言い出した。

「劇場主が劇場を貸してくれないから一座は解散に追い込まれたって、二人で言うんです。それで、ぼくに劇場主さんと……その……」

「枕営業してこいって言われたのかッ⁉」

ダンッと拳をユウリさんがテーブルに叩きつけると、その音に驚いてアンジェちゃんがビクッと身体を跳ねさせる。

その肩を抱いたシエルさんも、怯えた様子で。

「ユウリさん、二人が怖がりますから……」

「あ、悪い」

「でも、なんて酷いことを……」

呟けば、膝に乗ったレグルスくんが手を伸ばして、私の眉間に触れる。

ああ、またシワがよってたのね。

そっと擦る指を捕まえると、ぎゅっと手を握り返される。

「で、でも、劇場主さんはいい人で、そもそも劇場を貸さないのは父さんのやりようを嫌ってたからだし、その……言いにくいけど、母さんのいない一座には人が入らないからって」

だけどそれをそのまま伝えたところで、大人しく二人が納得する筈もなく。

更に花形だった後妻からすれば、自身を否定されたのと同じこと。

更に継子いじめは激しさをまし、とうとう二人は家を追い出されたのだ。

そこからは色々と苦労しながら生きてきたと、事情聴取で聞いた通り。

女の子二人、しかも一人は幼児の旅は、様々な人に助けられたという。

そして最後に出会ったのがエリックさんとユウリさんで、二人は我が身を省みず自分達を守ってくれた。

「そうやって色んな人に助けられてここまで来たのに、贅沢なんか言っちゃバチが当たるとは思うんです。でもぼく、お芝居が好きなんです！　もしも、もう一度お芝居が出来るなら、どんな役だって構いません！　草や木や、犬やら馬の足でもいい！　お願いします！」

物凄く深く腰を折り曲げて、何度も「お願いします」と繰り返すシエルさんにならい、アンジェラちゃんも解ってないんだろうけど一緒にペコリと腰を折る。

こんなに熱心に言うんだから、本当にお芝居が好きなんだろう。

「頭を上げて」と、声をかける前に、ユウリさんがテーブルから立ち上がり、シエルさんの頭を上げさせた。

そして真っ直ぐに立たせると、隈無く全身を観察する。

それから大声で「あー！」とか「らー！」とか、発声を繰り返させると、ユウリさんは顎に手を当てて考え込む。

「ユウリさん……？」

「オーナー、この子、確保でいいか？　合唱団のお嬢さん方は芝居は素人なんだろ？　これから募集するにしても、団員に経験者が全くいないのといるのとじゃ大違いだ」

「あ、はい。歌は兎も角、お芝居の人材育成はユウリさんに丸投げする形になると思いますので、思い付いたことは逐次なんでもヴィクトルさんと相談してやってもらえれば」

「了解だ、オーナー」

ニッと綺麗な顔に不敵な微笑みを浮かべて自分を見るユウリさんと、彼の言葉に頷く私の間でシエルさんは忙しく顔を動かしていた。

「……というわけで、歌劇団計画が前に進みそうです」

「ふむ、なれば一先ずは誉めおこう。今後も励むがよいぞ」

「はい」

シエルさんを確保した翌日、私とレグルスくんは朝の日課に来ていた。

なのでここ数日の怒濤の展開をお話しすると、姫君は満足げに口端を上げられた。

いつ見ても綺麗。

私にとってこの世で一番の美貌はやっぱり姫君だわ。

一人頷いていると、姫君がふわりと絹の団扇《うちわ》を閃かせる。

「それにしても渡り人か……。珍妙なものを引き寄せたのう」

「珍妙なって……」

凄い言い方に苦笑すると、隣でレグルスくんが「はい！」と元気に手を上げた。

「なんじゃ、ひよこ？」

「わたりびとって、ほんとにかえれないですか？」

「ふむ……」

「あの、そもそも渡り人って、本当に時空に空いた穴から落ちてくるんですか？」

姫君が眼を伏せると、長い睫毛《まつげ》が頬に美しく複雑な影を落とす。

そう言えば、ネフェル嬢が眼を伏せた時にも彼女の頬に芸術的な陰影が浮かんだけれど、あれとはまた違った趣《おもむき》だ。

姫君様がひらりと団扇を翻《ひるがえ》す。

「あれは人界では人間が穿《うが》ったと語られておるようじゃが、それこそ妾に言わせれば驕《おご》りよのう。あのようなもの、人の手でなるものか」

「え？　じゃ、じゃあ……！」

「あれはこの世の創造主たる、妾《わらわ》らの親神《おやがみ》が穿ったのよ。何故そのようなことをなしたかなどは知らぬ。なにせやった本人は幽世《かくりよ》で眠っておるからの」

「親神様……!?　そのような方がいらっしゃるのですか？」

「いるにはいるが、そなたの師のエルフでも知り得ぬような太古に眠りについた。あのような穴を残しての」

なんてことだ。

っていうか、謎が深まるだけで、なんの解決にも答えにもなってない。

モヤッとしていると、「それよりも」と姫君が柳眉を上げた。

「そなた……海のとも、縁を繋いできたようじゃの？」

「あ、はい。その節はロスマリウス様へのお声がけ、ありがとう御座いました。お陰様でとても楽しく過ごせました」

「ありがとーございました！」

レグルスくんと二人揃ってお辞儀すると、姫君はくふりと唇を上げられる。

しかし、そのすぐ後で不愉快そうに団扇をバタバタと動かされた。

「それは重畳《ちょうじょう》と言いたいところじゃが……。そなたら、海で何をしてきやった？」

「なに……とは？　泳いだり？」

「カニさんとタコさんたべました！　おいしかったです！」

「そうか、美味であったか。ひよこはそれでよいわ」

そう仰ると、姫君はレグルスくんを招き寄せて、ふわふわの綿毛みたいな金髪を撫で付けた。

しかしその目はジト目ってやつだし、視線がぐっさぐさ刺さってくる。

つまりご不興は私のせいですか、そうですか。

思い当たる節って言ったら、アレしかないよなぁと当たりをつけて、柔らかい草の上に跪く。

「あの～、姫君様……」

「なんじゃ？」

「えー……その、この度ロスマリウス様よりご加護を頂くことになりまして……」

「それよ！」

姫君の鋭い声にレグルスくんが一瞬肩を跳ねさせたけれど、構わず団扇で私を指す。

すると、レグルスくんが不思議そうに首を傾げた。

「ひめさまー、れーもごかごもらいました。だめ？」

「おお、ひよこよ。そなたもであったの……。いや、まあ、加護されるのが悪いことではないのじゃ。妾が気に食わぬのはの、あやつ、そなたの兄に自分の娘だか孫娘だかを宛がうつもりでおるからじゃ！　妾の許しもなく、勝手に！」

「えっ⁉　お嫁さんとかいらない……」

思いっきり飛び出した本音に、慌てて口を塞ぐと上目遣いに姫君を見る。

すると、姫君は私の言葉をどう思われたのか「そうであろう」と、重く頷かれた。

「あやつめ、そもそもそなたが無意識に使うのは水属性の魔術なのじゃから、本来の属性は水。つまりは自分の眷属じゃとぬかしおった」

不愉快そう、ではなく、正真正銘不愉快な様子で、姫君が肩から掛かっている肩巾《ひれ》を握りしめると、雑巾を絞るようにギリギリと締め上げていく。

美人が目をつり上げて怒ってるって、凄まじい迫力だし、ギリギリと絞まってる肩巾にちょっと違うもの、例えばロスマリウス様の首とかが重なって見えて、超絶怖い。

「なぁにが、『我が娘か孫娘とめあわせて、正式に一族に迎え入れる。ついては一応保護者のお前に話をつけておこうかと思って』じゃ！」

姫君のお手に握られた肩巾が益々雑巾絞りされて細くなっていく。

恐れ戦《おのの》いていると、それに気がついたのか、姫君は肩巾から手を放し、軽く咳払いをした。

「ともかく、そなたを見つけたのは妾なのじゃ。それを横から出てきて掠め取ろうとは、厚かましいにも程があるというものよ」

「その、私は、姫君様とご縁を頂いたからこそ、イゴール様や氷輪様、ロスマリウス様ともご縁を頂くことができたのだと……」

「そなたがそのように思っているのは、妾も知っている。これは妾とロスマリウスの問題よ。兎も角、そなたの相手は妾が然るべく用意するゆえ、そう心得るように」

そっちも遠慮したいんですが……。

なんて姫君に申し上げる勇気なんか、あの締め上げられる布を見た後で湧いてくる筈もなく。

喉から乾いた笑い声を絞り出す私を、レグルスくんが何だか複雑そうな顔をして見ていた。

詩心ひとひら、ひらひらと

月日って、やることがあると物凄い早さで去っていくモノだ。

気が付けばもう、秋の中頃。

あの後の話をすると、エリックさんの怪我が治ったのを見計らって、彼とユウリさんとシエルさんを、ヴィクトルさんからラ・ピュセルに紹介してもらって、歌劇団計画は始動した。

エリックさんはラ・ピュセルの歌声に感動し、ユウリさんは彼女達に可能性を見いだし、そんな二人に彼女たちは自分達の覚悟を示して協力をお願いしたそうで、ヴィクトルさん曰く「あの場面を劇にしたらいいんじゃないかな」って感じだったそう。

そしてシエルさん。

これが驚くことに、顔合わせの時にどれくらいラ・ピュセルのメンバーが踊れるのか見たかったユウリさんが、五人のダンスを見たわけだけど、彼女たちのパートナーを申し出て、まるで何処かの王子様のように彼女たちをリードしてみせたらしい。

シエルさん、実は背が高くて女の子としては少し低い声で、家族で一座をしていたときはよく男役をしていたそうだ。

キタコレ。

思わず叫びそうになって、頑張って呑み込んだ私を誉めて欲しい。

そう言えば、バーバリアンの三人から手紙が来た。

無事に帝都に帰りついたけれど、服に良さそうな素材を聞いたから、それを採ってから戻るそうで、今少し再会までに時間がかかる、と。

少しずつ仲間が増えていく。

そうなると私のしていたことを、代わってやってくれる人も増えるもんで、経理関係なんかがほぼ私の手を離れた。

今はロッテンマイヤーさんやルイさん、エリックさんからくる報告書に目を通して、経過報告を聞くくらいになってる。

そんなこんなで私のやることは、私が持ってるつまみ細工や他の手芸に関してマニュアル化して、職人さんに解りやすく技を伝えられるようにするのと、新しい商品の開発、次男坊さんとの取引兼文通、あとはお勉強とレグルスくんと遊ぶことと彼の冬支度、それから秋の終わりにやってくるだろう両親との対決への備えだ。

まあ、両親との対決はほぼほぼ準備出来てるんだけど、急がないといけないのがレグルスくんの冬支度。

レグルスくん、去年から比べて大きくなってるから、去年作ったものが入らないんだよね。

去年のセーターやら帽子、手袋をほどいてリメイクしなきゃ。

今年はタラちゃんにお願いして、裏起毛のシャツとか作ろうかな。

ホコホコと私のお部屋でレグルスくんとタラちゃんとござる丸とで、セーターや手袋をほどいて出来た毛糸を整理していると、コンコンと扉を叩く音。

誰何すれば、返ってきた答えはロマノフ先生で、ござる丸とタラちゃんが扉を開けてくれた。

「お邪魔しますよ」

「はい、どうぞ。お勉強の時間ですか？」

「いいえ。マジックバッグを整理していたら、良い物が出てきたので鳳蝶君にプレゼントしようと思いまして」

そう言ってロマノフ先生が私に差し出したのは、古くて大きなタペストリーだった。

「ありがとうございます。これは？」

「二百年くらい前に、とある遺跡で見つけたモノなんですが、太古の魔術国家の伝説をモチーフに織られたものです。興味があるようだから」

「遺跡から見つかったモノって……目茶苦茶価値があるんじゃないんですか!?」

「いえいえ。買い取れないと言われたので仕舞ってたのを、うっかり忘れてたくらいなので」

そう言われて渡されたタペストリーをじっくり見ると、それはもう見事な美品で、下から見上げるのを計算した作りなのか、上へ行くほど織られた物語が進んで行くのが解る。

その当時はこんな素敵な物が、値段が付かないほど沢山出回ってたのかな。

ほぇー、凄い。

ありがたく頂戴することにすると、先生が壁にタペストリーを固定してくれるという。

その作業を手伝うのに、部屋に備え付けの椅子をレグルスくんと壁に運ぼうとしていると、開けっ放しの扉からパタパタと走ってないけど、それなりに急いでる雰囲気の足音が二つ聞こえてきた。

しばらくしてひょいっと開いたドアから、ヴィクトルさんとロッテンマイヤーさんが顔を覗かせて。

私には「やあ」と笑顔だけど、壁にタペストリーを掛けようとしていたロマノフ先生を見ると、ヴィクトルさんはキッと目を吊り上げた。

「ちょっとアリョーシャ、顔貸して」

「おや、ヴィーチャ。ご機嫌斜めですね？」

「今はそんな軽口を叩く気にもならないから、とりあえず耳だけでもいいから貸して！」

「おやおや」

珍しい。

ヴィクトルさんはラーラさんやロマノフ先生より、感情の起伏が解りやすい人だけど、怒ってたり不機嫌な様子を見せることは少ない。

初対面の時、マリアさんとのやり取りがちょっと不機嫌な感じだったのと、私のためにウパトラさんに食って掛かってくれた時に怒ってるのを見たくらいだもん。

それが、割と本気でイライラしておられる。

興味が湧かないわけないいんだけど、そこはやっぱり聞いちゃ駄目なんだろう。

どうしたのか、ロッテンマイヤーさんに視線で尋ねると、ロッテンマイヤーさんも困ったように眉を八の字に落としていた。

こちらも随分と珍しい表情だ。

ロマノフ先生は肩を竦めると、足音も立てずにヴィクトルさんの傍に近づく。

なんのお話なのか耳をそば立てていると、余程聞かれたくない話なのか防音の結界が張られていたようで、何にも聞こえない。

私の目の前で二人が無音でゴニョゴニョすると、ロマノフ先生の顔色がさっと変わって、目が見開かれる。

そんな様子を見ている私と、ロマノフ先生の目が合って、スッと結界がほどかれた。

ロマノフ先生の表情が固い。

「……鳳蝶君、つかぬことを聞きますが……ネフェル嬢のお国がどこか、もう解りましたか？」

「へ？　ああ、いえ……」

それなんだけど、あれからすぐに地図で確かめようと思ったんだけど、奏くんが自分も一緒に探すって言うから、宝探し気分で祖母の書斎の本棚から探そうかってことにしたんだよね。

祖母の本棚は民話や神話の類いも沢山あって、年代別・国別に分類されている。

手がかりは「過去帝国と諍いがあった」っていうのと、ネフェル嬢にあった羊のみたいな角。

それだけでネフェル嬢のお国を、祖母の書斎の沢山の本の中から探すなんて、中々のトレジャーハントだと思う。

そんなようなことを言うと、ヴィクトルさんとロマノフ先生が、ちょっと微妙な顔になった。

なんだろう？

こっちも微妙な顔になると、ロッテンマイヤーさんが「実は」と口を開いた。

「若様が夏休みに御一緒なさったご令嬢のご家族から、ご令嬢が夏の間にすっかりご成長なされて……。どなたの影響なのかとお国に問い合わせがあったそうでございます」

「えぇ……それは……悪いことになりそう？」

「いえいえ、あちら様は大変感銘を受けられたとのことで、一度若様とお会いしたいと……」

うーむ、それはちょっとどうかな。

武闘会からこっち、大分菊乃井は目立ってる。

神様の加護を公にしてないのと、両親が片付いていない今、他所のお国の人と繋がりを持つってのは、余計な耳目を集めることになりそうだし。

返答に困っていると、同じように困った顔をしたヴィクトルさんが私の肩にポンッと手を置く。

「あちらのお嬢様はあーたんと『将来の約束』をしたって言い張ってるらしくてね。ご両親が心配してるのもあるんだけど」

「将来の約束……？」

凄い言い方。

まるで結婚の約束でもしたみたいな言い方に、ちょっと笑ってしまった。

「そんな大袈裟《おおげさ》な。知識不足と不理解とを、お互いのやり方で解消していこう。それを大人になってまた会った時に報告し合いましょうねってお約束ですよ。約束の証にネフェル嬢は私に『月の近くで一番輝く星』をくださって。詩心がありますよね」

ロマンチックなこととか、お花が好きとか、ネフェル嬢とは本当に話が合いそうだよね。

あの時のことを思い出して笑っていると、ロマノフ先生の口元がひきつる。

同じく、ヴィクトルさんも微妙に眉を上げた。

なんなの、この反応？

変な二人に変わって、ロッテンマイヤーさんが「まあまあ」と声をあげる。

「星を頂くなんて、ロマンチックですこと。それで若様はどのような返答を？」

「へ？　ああ、ござる丸のお花をさしあげましたよ？」

「ござる丸のお花、ですか？」

そう言うと、ロッテンマイヤーさんがござる丸に視線をやる。

照れているのか、見られたござる丸は手で青々としげる葉っぱを指した。

するとロッテンマイヤーさんが、ぎぎっと錆びた音がしそうな様子で首を巡らせて、私を見る。

「ござる丸のお花……」

呻くような声に、私ははっとした。

ござる丸の見た目は大根。

花は菜の花っぽい可愛いやつを想像されているのだろう。

星の返礼にそれは余りにも地味だと、ロッテンマイヤーさんに思われたのかも。

慌てて弁解する。

「あ、ござる丸の花って言っても、ビックリするくらい綺麗なお花だったんですよ！　七色に光る月下美人っていうか！」

「……それを、差し上げた、と？」

「そ、そう。星のお礼にはなるかなって……。あ、ちゃんと枯らさないように、タラちゃんの糸で作った、魔力を込めた花籠も一緒に渡しましたし！」

魔力を与えれば、ござる丸のようなマンドラゴラが生えてくるらしいし。

そこで私は再びはっとする。

いくら綺麗なお花でも、ござる丸が特に無害でも、モンスターを増やす花を贈っちゃった訳で、これはヤバいかも。

「あ、問題って言えば、その花は魔力をあげ続けたらござる丸と同じくマンドラゴラが生えるそうです。綺麗だったからって、モンスター渡しちゃったんですが国際問題になりますか⁉」

ひぇえ、どうしよう。

ござる丸があんまり大人しくてこちらの言うことをきちんと聞いてくれるからほぼ忘れてたけど、マンドラゴラもモンスターだ。

単に歩いて鳴く大根じゃない。

サッと血の気が引いて行くのを感じると、肩に置かれたヴィクトルさんの手が、ゆっくりと頬に触れる。

そしてむきゅっと摘まれた。

「マンドラゴラは大人しいモンスターだし、魔力を与えて一から育てたんなら、魔力をくれた人には絶対に危害を加えたりしないから、それは大丈夫」

「あ、ひょうれすか。良かっひゃ」

むにむにと頬を揉まれるのに任せていると、ヴィクトルさんはご機嫌が治ったのか、ふぅっと長く息を吐く。

「なるほどね。まあ、うん、あーたんのことだからそんな話だとは思ったけど」

「えー……はい、私が迂闊でした。二人で仲良くお話ししてるなと思ってたんですが、そんな話だったとは」

「この件に関してはラーラも交えて、ロートリンゲン公爵からお呼び出しくらってるからね？」

「ああ、はい……はい……」

何かよく解んなくってロッテンマイヤーさんを見れば、彼女も困ったように小首を傾げる。

私としてはネフェル嬢のご両親とお会いするのはちょっと今はマズいかな。

両親が来るかも知れないし。

じっとロマノフ先生とヴィクトルさんを見ていると、ヴィクトルさんが頷く。

「あちらの方には、ちょっと時期が悪いって説明してもらうようにするよ」

「はい、ありがとうございます。でもロートリンゲン閣下からお呼び出し？」

「ああ、うん。宮中の噂話は全部公爵から連絡をもらってる代わりに、こちらの事情は先にお話しする約束だから」

「ああ、なるほど。ではよろしくお伝えください」

「任せてよ」

言うが早いか、ヴィクトルさんはロマノフ先生の耳を引っ張って行ってしまった。

その後ろ姿をレグルスくんが半眼で見てたのは何故だろう。

菊乃井さんは今日も崖っぷち

『わかしゃまー！　おてまみれしゅよー！』

幼い、軽やかに明るい声がドアの向こうから聞こえる。

それに返事して扉を開けると、アンジェラちゃんが立っていた。

エリーゼや宇都宮さんが着ているようなメイド服だけど、アンジェラちゃんのにはエプロンに可愛いリボンが沢山付いていて、肩から布の小さな鞄を下げている。

そして紅葉のような小さなお手々には手紙。

「ろ、ろま、ろまにょふしぇんしぇーから、わかしゃまにわたちてくらしゃいって」

「はい、ありがとう。ご苦労様です」

「あい！」

労いの言葉ににぱぁっと笑うのが可愛い。

アンジェラちゃんはなんと、シエルさんがお稽古中は菊乃井の屋敷で働いている。

正確に言うと、メイド見習いなんだけど、ロッテンマイヤーさんが将来性を見込んで、今からメイドの必須技能や読み書き計算をやわやわと教えつつ、お姉さんのいない間の子守りを請け負ってる感じ。

なんというか、アンジェラちゃんはレグルスくんの一つ下なんだけど、素早さと身体の丈夫さは引けを取らないいんだよね。

それがロッテンマイヤーさん的には将来性を感じさせる、期待の大型新人なのだそうな。

ふっとアンジェラちゃんから視線を上げて、廊下の曲がり角を見るとエリーゼが姿を見せて、ちょこんとお辞儀する。

今日のアンジェラちゃんの教育係はエリーゼのようだ。

「ん！」とアンジェラちゃんが差し出してくる頭を撫でると「あいあとごじゃます！」と一礼して、彼女はエリーゼの元に去っていく。

私は部屋に戻ると、渡された手紙を見た。

差出人の欄にはロートリンゲンと署名がある。

開封済みな辺り、これは私というより「私たち」に来た手紙のようだ。

中に入っていた便箋に目を通す。

そこには私が夏休みをコーサラで過ごしていた頃、とある公爵家一門の治めていた土地にあるダンジョンで、モンスター大繁殖からの冒険者も領民も天領も巻き込んだ大災害が発生したそうな。

そこはもう何百年と大発生が起こっていなかった土地で、ダンジョンを管理していた公爵の分家は全く備えをしておらず、それが被害を食い止められなかった要因らしい。

事後処理はまあ色々あるんだろうけど、帝国にあるダンジョンは一つじゃない訳で、この件を機に一斉にダンジョンを領地に抱える貴族に対し、きちんと備えがあるのか調査命令が出たそうな。

我らが菊乃井の伯爵夫妻にも、勿論命令は下った。

しかし、あの二人に答えられる筈もなく……。

いや、ルイさんはうちが大発生対策で色々やってることを、あの二人にきちんと報告書として出してたんだよ。

だって私の手元に書類の写しがあるんだもん。

更に言えばロートリンゲン公爵の信用を勝ち取るために、その書類の写しを閣下にもお渡ししてるし。

自領のことも答えられないとは何事かと、菊乃井伯爵夫妻は目茶苦茶お怒りを買っちゃったそうな。

それでもロートリンゲン公爵が備えに関する報告書を、陛下にご提出くださったそうで、菊乃井の実務方面の担当者――つまり私と菊乃井家そのものにはお咎めはなし。

そろそろ菊乃井夫妻は隠居するかもしれないと、帝都で専ら噂になっているそうだ。

そんな訳で汚名返上というか、きちんと自領の説明を自分の口から出来るようになるまでは国元にあの二人は帰れないだろう。

いや、周りの貴族たちがオモチャにして帰さないだろう。

そうなるとずるずる帰れなくなり、解放される頃には新年が近くなって、もう今年は帰れなくなるので、そちらに夫妻が帰るのは年明けになるはずだ。

手紙はそう締め括られていた。

……うち、本当に崖っぷちじゃん⁉

思わず白目になっちゃったよ！

麒麟帝国では基本的に、辺境やダンジョンのある領地というのは、帝国に忠誠を誓う、皇帝が信頼に値すると認めた家が治めることになっている。

特に辺境伯なんかは古い家が多いし。

だって辺境伯を選ぶって難しいんだよ？

外国との国境だから下手に揉め事を起こされても困る、だからって相手と馴れ合われても困る。

忠誠心が揺らぐことなく、かつ、政治的なバランスを考えられる人物なんて、早々いないんだから。

ダンジョンはその点うま味がなくはないし、利点を解ってて、きちんと統治してくれるならっていうんで、ホイホイ国替えの対象にはなってるんだけど。

それだって功績があって、信用があるからこそ任される訳だし。

前回の大発生時は不十分ではあったけど、ちゃんと準備していた点と天領に被害を及ぼさず、自領内で騒動を終わらせたことで、菊乃井は何とか面目を保てた。

けれど今回は本当に危ないところだった。

何せ前回の大発生からまだ百年も経っていない。それなのに自分達の遊興費のためにダンジョンの管理費を削ってたなんて知れたらどうなっていたか……。

お家が平地になっててもおかしくない事態に、背筋がとても寒い。

爵位なんかなけりゃ、レグルスくんと将来揉めずに済むかもだけど、そうなると今度は私だけであの子を養っていける筈もない。

ましてミュージカルなんか夢のまた夢だ。

ロートリンゲン閣下の手紙を畳むと、私は天を仰ぐ。

白目剥《む》いてる場合じゃないや。

ロマノフ先生からアンジェラちゃんが頼まれたってことは、ヴィクトルさんやラーラさんもこの手紙を見ている可能性が高い。

それも確認しなきゃだし、ロッテンマイヤーさんやルイさんにもこの手紙を見せておきたい。

部屋の扉を開けて廊下へと出て、早歩きしながら一階への階段の曲がり角に差し掛かる。

そして階段に差し掛かろうとしたところ、階下から「にぃにー！」と元気な声がした。

手すりの隙間から下を覗くと、笑顔で可愛くパタパタと手を振るひよこちゃんと、その隣には申し訳なさそうな顔をしたヨーゼフがいる。

「レグルスくん？　ヨーゼフはどうしたの？」

「あのねー、おはなしがあるのー。でもねー、ヨーゼフ、しからないっておやくそくしてほしいのー！」

「んん？　なんかあったの？」

「ヨーゼフ、しからない？」

「いきなり怒ったりはしないよ。お話を聞いてからじゃなきゃ、決められないけど」

「わかったー！　ヨーゼフのおはなし、きいてー？」

「いいよ」

先にヴィクトルさんやラーラさん、ロッテンマイヤーさんのところに行くべきなんだろうけど、とことこと階段を下りて見たヨーゼフの顔色が物凄く悪い。

ガタガタと震えているから、体調が悪いのかも。

そう思って声をかけようとした時、がばっと勢いよくヨーゼフが頭を下げた。

「も、もも、もうし、申し訳ありません！」

「へ？」

「わ、わわ、わか、若さ、若様のポニーをあ、あず、預かっていながら……！」

「よ、ヨーゼフ、落ち着いて……！」

過呼吸でも起こしてるんじゃないかと思うぐらい荒い息に、慌ててヨーゼフの折り曲げた背中を擦ると、レグルスくんも心配そうな顔でヨーゼフの背中を擦る。

もう、うちのひよこちゃん、本当に良い子なんだから……って、そうじゃない。

和みかけたのを抑えつけて、とりあえずヨーゼフに顔を上げさせると、彼の顔面は涙と鼻水でぐちゃぐちゃ。

ハンカチを差し出すと、ヨーゼフはグスグスと本格的に泣き始めた。

「お、おら、じ、自分がなさげね……。わがざまに、ポニ子ざんざ、まがじでもらっでだのにぃぃぃ」

「泣かなくていいから。ポニ子さんに何かあったの？　病気？　怪我？」

「ヨーゼフ、ないちゃめーだよー。ぽにこさんのこと、おはなしするんでしょぉ？」

まるで子ども……って言っても、レグルスくんはそんな泣き方したことないし、奏くんもしないからちょっと解んないんだけど、目茶苦茶大きな声で泣き出したヨーゼフを、レグルスくんと二人で手を引いてリビングに連れていく。

すると、リビングの掃除をしていた宇都宮さんが飛び上がって驚く。

事情を説明すると、お茶を三人分用意してくれて。

グスグスが治まるまで時間が掛かりそう。

そう思っていると、レグルスくんが「あのねぇ」と話し出した。

「ぽにこさん、びょーきじゃないけど、おいしゃさんにみせたいんだって」

「病気じゃないけどお医者さんにみせたい？」

なんだそれ？

意味がイマイチ、イマニくらい解んないんだけど。

レグルスくんの言葉に、二人して首を捻る。

すると漸く鼻水を啜りながらヨーゼフが口を開いた。

「はっはは、はら、に、や、やや、ややこがい、いるみたっ、みたいで」

耳慣れない言葉に、頭に疑問符が浮かぶ。

「はらにややこがいる」とは一体なんぞいや？

ゆっくり言葉の意味を噛み締めてはっとする。

「あ、赤さん⁉　ポニ子さん、赤さんいるの⁉」

「あかさん⁉」

思わず叫んだ私に、ヨーゼフが真っ青になり、座っていたソファから飛び降りて土下座のスタイル。

平身低頭の見本のように、絨毯に頭をめり込ませた。

「も、ももっ、申し訳、ござっございません！　わ、わかさ、若様からお預かりしていたポニ子さんを、どどどどこっ、どこの馬の骨とも解らんやつに……！　なんとお詫びしていいか……！」

しかし。

ヨーゼフの言うにはもうお腹は恐らく臨月を迎えているってくらい大きいそうだ。

だから夏の脱走を繰り返していた時期に、まあ、その、ゴニョゴニョしたんだろうってことらしい。

「待って？　私とレグルスくん、昨日ポニ子さんのお世話したけどお腹大きくなかったよ？」

「ぽにこさん、ぺったんだったよー？」

私とレグルスくんの日課にはポニ子さんの世話も含まれる。

そんな毎日のように見ているのに、妊娠に気付かないなんてあるもんだろうか？

疑問にひたすら唸っていると、ヨーゼフが覚悟を決めたように口を開く。

その表情は悲壮というより他ないほどで、顔から血の気が引いているのか、唇も真っ青だ。

「モンスターのややこなら、もしかして……」

その呻き声に背中が粟立つ。

モンスターなら、ポニ子さんが危ない。

「ヨーゼフ。先生達、特にヴィクトルさんに厩舎に来てもらうように伝えてください。ヴィクトルさんにポニ子さんのお腹の中にいるものを見てもらいましょう」

「は、はは、はいっ！」

「ポニ子さんのお腹にいるものがモンスターだったら、ポニ子さんの腹を食い破って出てくる可能性もある。そうなら……」

「そうなら、にぃに、どうするの……？」

そんなの決まってる。

もし凶暴なモンスターなら、その時は。

「ぽにこさんのあかさん、どうしゅるの……？」

「その時は、ポニ子さんのお腹を食い破る前に死んでもらいます」

凄く冷たい目をしてる。

うっすらとレグルスくんの、涙の膜が張った青い瞳に映る私は、とても酷い顔だった。

箱入り娘（ポニー）とどこかの骨（馬）と

厩舎《きゅうしゃ》の柵を挟んで、ヴィクトルさんはポニ子さんを頭から尻尾の先まで、それこそ全身隈無く見ると、はぁっと大きなため息を吐いた。

そのリアクションに、私もレグルスくんも、ロマノフ先生やラーラさん、ヨーゼフも固唾《かたず》を呑む。

悲嘆のため息だったら、その時は私が……。

手のひらに爪の食い込む痛みで、強く握りこぶしを作っていたことに気付いてほどくと、「うーん」と首を捻るヴィクトルさんが口を開くのを待つ。

皆の固い視線に気付くと、ヴィクトルさんはへらりと笑った。

「あー……うん、結論から先に言うと、ポニ子さんは確かに妊娠してるし、もういつ生まれてもおかしくない。だけど、これ、凶暴なモンスターじゃない。っていうか、そういうんじゃないのは解るんだけど……うーん……確証が持てない……」

凄く曖昧な言葉に、ラーラさんが肩を竦める。

「なんだ、随分勿体ぶるね？」

「いや、勿体ぶるっていうか……。見えてるものをそのまま信じるべきなんだろうけど、ちょっと、これは……僕の目が悪くなったって言われた方が納得いくもんだから……」

「珍しいですね、ヴィーチャがそんなに言い渋るなんて」

「うーん、本当に自分の目が信じられないというか……」

ヴィクトルさんはうんうん唸っていたけれど、それでも私たちには「危ないやつじゃないから安心して」と笑顔を向けてくれた。

あの大きなため息は安堵のため息だったらしい。

しかし、それじゃあ一体何がポニ子さんのお腹の中にいるんだろう？

深まる謎に、バリバリとヴィクトルさんは頭を掻いた。

そして「そうだ！」と、ぽんっと手を打つと、真剣な目をして私を見る。

「あーたん、罠を張ろう」

「へ？」

「僕が見たものが真実なら、今夜辺りポニ子さんは産気付くよ。そのときに、ポニ子さんのお腹の赤ちゃんの父親もきっと現れる。アレはそういう習性があるからね」

「お産に立ち会う習性が、ですか？」

「そう」

なんだその変わった生き物。

いや、昨日まで膨れていなかったお腹が、産気付く直前に膨らむとか普通の生物じゃないんだろうけど。

すると、それまでヴィクトルさんと私のやり取りをじっと聞いていたロマノフ先生が「はい」と手をあげた。

「ござる丸くんも連れて来ましょうね」

「ござる丸？」

なんでポニ子さんの出産にござる丸が関係するんだろう？

益々解んなくなるこちらとは違って、意味が解ったのかラーラさんが目を見開いた。

「え？　なに？　ポニ子さんのお腹の中にいるのって、もしかして……？」

「うん、でも、確証が持てない。だってポニーと子どもを作れるとか、聞いたことないし」

「ああ……確かに聞かないね……」

腕組みして、ラーラさんもうんうん唸る。

つか、先生方にはポニ子さんのお腹の中の子どもの父親の見当がついた。それで罠を張って捕まえるっていうなら、私に否やはない。

うちのポニ子さんに手を出して挨拶もない何処の馬の骨とも解んない奴——ポニーと子どもを作るんだから馬なんだろうけど。

そいつを野放しになんかするもんか。

お産に立ち会うなら、親としての自覚はあるんだろう。

責任はきっちりとってもらうんだからね！

私が「えいえいおー！」と気合いを入れれば、横にいたレグルスくんもヨーゼフも「えいえいおー！」と拳を振り上げる。

特にヨーゼフの目には固い決意が見えた。

「オラと若様方の大事なポニ子さんさ手ェ出して、ただで済むと思うなよ！」

おぉう、吃音《きつおん》が消えるくらい怒ってるぅ。

つまり、一瞬でもポニ子さんの赤さんを殺さなきゃいけないかもって思ったのは、ヨーゼフにとってそれくらいのストレスだったのだろう。

「ごめんね、ヨーゼフ」

「は？」

「一瞬でもポニ子さんの子どもを殺すことを考えて」

「いやいや、そんな……！　ご、ごりょっ、ご領主様なら、あ、あ、当たり前のことです。モ、モ、モ、モンスターを、ま、まち、街さ行かせるのだけは、ふ、ふ、ふせっ、防がないと……！」

ヨーゼフは大袈裟なくらい、ブンブンと首と手を否定系に振る。

そして「若様は覚えておられないでしょうけど」と、訥々《とつとつ》と話し始めた。

私が四歳の秋、つまり、病気で死にかけるちょっと前、お金を預けられてヨーゼフは市場に馬を買いに行ったのだそうな。

私は伯爵家の嫡男、馬くらい乗れないとダメだろうし、そろそろ乗馬の練習をするべきだとロッテンマイヤーさんが考えたらしい。

ヨーゼフの目利きは確かで、先生方が乗る馬も実は彼が市場で買って、人が乗れるまで調教を施した子達なんだそうだ。

そんな訳で、その日もヨーゼフは優秀な馬に何匹か当たりを付けてたと言う。

しかし、いざ買おうと思ったその時に、市に引き出されてきたポニ子さんを見て、ついつい渡されたお金でポニ子さんを買ってしまったのだ。

理由はポニ子さんがあまりにも痩せ細り、馬主もポニ子さんを丁寧に扱うどころか、ヨタヨタ歩くポニ子さんに鞭を何度も振るって……まあ、虐待まがいのことをしていて、見ていられなかったから。

動物が好きなヨーゼフからしたら、思わず泣いてしまいそうなほど、その扱いは惨かったそうだ。

だけどヨーゼフがというか、菊乃井が必要としているのは馬であって、ポニーじゃない。

やってしまったと思って屋敷に帰ってきたら、運悪く誰より先に会いたくなかった私に、庭先で会ってしまったのだ。

その時に。

「お、お、恐る恐る事情をはなっ、話したら、わ、若様『私が乗るんだから、きちんと恥ずかしくないように肥らせて調教しなさい』って、それだけで……」

「ああ、その時の白豚な私が乗ったら、痩せたポニ子さんじゃ潰れるもんね」

「あーたん、イイハナシはイイハナシで終わらせようよ」

これの何処がイイハナシなんだか。

ヴィクトルさんと、お互い怪訝な顔して肩を竦める。

まあ、でも、覚えてないしな。

兎も角、ヨーゼフに取ってては私はポニ子さんの恩人だし、本当ならきちんと仕事をしなかった件で首を切られても仕方ないところを、お咎めなしで終わったことで、恩義を感じていたらしい。

なのに預かった大事なポニ子さんに、知らない間に赤さんが出来てたのは、本当にショックだったのだとか。

「絶対に捕まえて見せますだ！」

「ああ、うん。私も頑張るよ」

「れーもがんばるよー！」

そんな訳で、もう一度気合いを入れると、なんだかエルフ先生方も乗り気で「えいえいおー！」と三人腕を振り上げる。

それからゴニョゴニョと三人で厩舎の周りをまわって、何かを仕掛けてくれたみたいだった。


そして夜、前世で言うところの草木も眠る丑三《うしみ》つ時。

本来ならこんな時間に起きてたら、ロッテンマイヤーさんに寝かし付けられちゃうんだけど、今日はポニ子さんのお産があるので特別に許してもらった。

勿論、私だけじゃなくレグルスくんも。

奏くんも源三さんが勉強になるからって、やって来た。

あらかじめ厩舎には、入ったら最後、ヴィクトルさんが解くまで出られない結界が張られたし、私とレグルスくんと奏くんとヨーゼフは、ロマノフ先生が持っていた気配遮断の布を頭からすっぽり被ってポニ子さんの傍に待機。

先生方は自前の魔術で気配を消して、厩舎の外の草むらで待機している。

ポニ子さんは産気付いたのか、立ったり座ったり凄く落ち着きがない。

そんな様子にこっちもなんだかソワソワするなかで、ヨーゼフは冷静に「まだもうちょっとかかる」とか、静かにポニ子さんを見守る。

そういえば源三さんはヨーゼフを「動物に関しては歴戦の覇者」と評していたとは、奏くんからの情報だ。

そのヨーゼフが「まだ」だと言うなら、まだなんだろう。

布を被って息を殺していると、不意に厩舎の扉がぱたりと開いた。

ゆったりと月の光に照らされて現れたのは、鬣《たてがみ》に色とりどりの花を咲かせた青みがかった大きな
……ばん馬っぽいお馬さん。

え？　デカくない？

だってポニ子さんポニーよ？

どうやったらばん馬と赤さんが出来るの？

唖然としたのは私だけじゃなく、奏くんやレグルスくんもヨーゼフも目を点にしていた。

しかし、その答えは突然現れた馬自体がくれた。

いきなり身体が光ったと思うと、しゅるんっとポニ子さんと同じ体格まで縮んじゃった。

なんじゃそれ⁉

叫びそうになったのを飲み込むと、どさりとポニ子さんが敷き詰められた藁の上に座る。

ちらりと動かしたシッポの隙間から、お腹のなかの赤さんの脚先が覗いていた。

するると、縮んだ馬がするりと柵を外して、ポニ子さんの寝床に入る。そして見えている子馬の脚をちょんっと咥えるではないか。

これって出産手伝おうとしてるんだろうか。

しかし、どうも白い馬が上手いことポニ子さんが息むのに合わせて、子馬の脚を引っ張れないでいる。

わなわなとヨーゼフが身体を震わせて、それからガバッと気配遮断の布をはね除けた。

「コンの、下手くそ！　そんな手間取ったらポニ子さんもややこも苦しいだろうが！」

「ヒ、ヒヒンッ⁉」

「うっせぇっ、そこさ代われっ！」

普段の自信なさげな態度は何処へやら、白馬を押し退けてポニ子さんの頭を撫でて「きばれ！」と一声かけるや否や、ヨーゼフは子馬の脚をむんずと掴む。

そしてポニ子さんと呼吸を合わせて、ずるりと子馬を引き出してしまった。

私やレグルスくん、奏くんもだけど、傍にいた白馬もポカーンって感じ。

羊膜を破って子馬の顔を出してやると、その馬の体毛も青みがかった白、鬣には小さな花が散っている。

すると、ドサッと傍にいた白馬が膝から崩れ落ちる。同時に子馬は元気に立ち上がり、もうポニ子さんのお乳を吸い出して。

「ちょ⁉　馬が⁉」

「え？　だ、だいじょうぶなのか⁉」

「おうまさん、どうしたのお⁉」

慌てる私たちに気がついたのか、ポニ子さんが「ヒン」と小さく鳴く。

その声にヨーゼフがポニ子さんの傍を離れて、白馬の様子を見ると首を振った。

「気絶してます」

「は？」

「ポニ子さんがいうには、気の小さい奴らしくて、お産に立ち会うだけでなく、オラたちに囲まれてビビっちまったんだろうって」

おい、こら。

思わずジト目で倒れた馬を見下ろす。

それにしてもこの馬、なんなんだろう？

あまりにもあまりな存在を囲んでいると、外からガヤガヤと先生方とござる丸が厩舎の中へとやってきた。

そして倒れた馬を見たヴィクトルさんが、目元を押さえてから天を仰ぐ。

「あー……僕の目は正しかった……」

「だねー」と頷くラーラさん。

ロマノフ先生も頷いていると、その足元からちょこちょことござる丸が馬の方に駆け寄る。

そしてペチペチと馬の顔を叩いたけど、反応はない。

すると何を思ったのか、ござる丸は馬の耳に向かって「ゴザルゥゥゥ！」と叫んだ。

ビクッと馬の身体が跳ね上がると、ブルブルと頭を振りながらもたげる。

そして馬は何やらひんひんと鳴き始めた。

鳴き声に耳を傾けていたヨーゼフが、小首を傾げる。

「………ケルピー？　お、お、お、お前、ケルピーっていう、な、名前なのか？」

今、何て言った？

妖精馬《ケルピー》というのは、風より早く走る馬として、古来珍重されてきた。

しかしこの馬、やたらとプライドが高いので人間だろうがなんだろうが、それこそ似たような種族のエルフだろうが、気にくわなければ絶対に乗せない。

それどころか、無理に乗ろうとすれば触れる前に蹴飛ばすという強情さも併せ持つ。

だからこそというのか、権力者はこぞって妖精馬を自分の騎馬にしようとして、結果乱獲を招いてかなり数を減らしているそうだ。

まあ、神様が欲しがるぐらいなんだからいいお馬さんなんだろうなぁ、とか。

「……思えるわけがない」

私の呟きに、レグルスくんも奏くんもヨーゼフも同意なようで、座って小さくなってるケルピー（自称）をじとっと見下ろす。

ロマノフ先生やヴィクトルさん、ラーラさんも目を逸らしてる。

だってそんな荒馬が、なんだって私たちに囲まれただけで気絶するのさ。

そんな視線に耐えかねたのか、再びケルピー（自称）が「ひひん」と鳴いた。

ヨーゼフが腕を組んでフムフムと聞いたことには。

「生まれつき気が弱くて、それが仲間にも鬱陶《うっとう》しがられて群から追い出されたけど、群には自分より早く走れるのがいなかったからかえって伸び伸び走れた。それにこの辺、なんだか物凄く綺麗な魔素が多くて食べるものにも事欠かなかったし……ですか」

「は、はは、はい。それにポニ子さんと出会ってしょっ、しょたっ、所帯も持てて……」

「ほぉう、人の大事なポニ子さんに手をつけて挨拶もなく済ませられると思ったんですか？　所帯の概念があるくせに？」

ぶわっと私の周りに冷気が広がって、キラキラと氷の結晶が舞い散る。

しかし、パンパンッとヴィクトルさんが手を打ち鳴らすと、瞬時に氷の粒が消えた。

「あーたんが怒る気持ちは解るけど、生まれたばかりの赤さんにはツラいからやめたげて」

「う……、はい」

言われてポニ子さんを振り返ると、怯える子馬を庇うように私を見ている。

円《つぶ》らな瞳がなんだか「この人（馬）を許してください」と訴えているようで、思わず眼をそらしちゃった。

いや、許すもなにも子馬が産まれたんだから、家で育てるに決まってるじゃない。

それだけのお金は一応あるわけだし。

だけども、問題は父馬だ。

深呼吸すると、私はガシガシと頭を掻く。

「ケルピー……本当にケルピーなら姫君様に言わない訳にはいかないしなぁ」

「ひめさま、ケルピーつかまえるっていってた……」

「ああ、姫君はケルピーをご所望でしたね」

私の呟きにレグルスくんとロマノフ先生が、それぞれに頷く。

でも姫君の仰るには姫君自身がケルピーを欲してるわけでなく、艶陽《えんよう》公主様から賭けの対価に求められて探してるって話だった。

となると、ケルピーに騎乗されるのは艶陽公主様ってことになるのか。

「姫君がケルピーを欲しておられるなら、事情を説明してこの家にケルピーをポニ子さんの家族として迎えることも出来るだろうけど……」

「違うんでしたね。さて、困りましたね」

確実に姫君様に伝えれば、ケルピーは天上に行くことになるんだろう。

でもと、ふと思う。

ケルピーって気高くて気性が荒いのが普通で、艶陽公主様もそういう馬を欲してるわけで。

翻ってポニ子さんの夫（仮免審査中）は、気弱で気性もよく言えば穏やか。

「うーむ、姫君にこのケルピーの気の弱さとかを話しましょうか。それを艶陽公主様にお伝えいただいて、諦めてもらうとか……」

「しかし、このケルピーは本人……本人？　いや、自己申告では群れのどの馬より速く走れるのでしょう？　それならば矢張り欲されるのでは？」

「うーん、自己申告なら本当はもっと速い馬がいるかもですし」

ケルピーを見れば、まだ私たちが怖いのかカタカタ震えてポニ子さんに身を寄せている。

ポニ子さんはと言えばケルピーを庇うようにしながら、子馬にお乳を飲ませているから母強し。

こんな光景を見せられたら、そりゃ引き裂くって選択肢は取りづらい。

この手で行くかと思った矢先、ヴィクトルさんが首を横に振った。

「ダメだよ。この子、ステータスに『ケルピー一の駿馬《しゅんば》』ってある」

「なん、だと……！」

自己申告じゃなかったとは。

ってことは万事休すじゃん。

これは困った。

私に姫君にケルピーを見つけたことを言わない選択肢はない。でもポニ子さんたち一家を引き裂くのも嫌だ。

眉間にシワを寄せてうんうん唸っていると、ちゅうっと指を吸われる感覚が。

「あー！」と奏くんが大きな声を上げたから、驚いて奏くんを見ると、その指が私の指先を指していた。

その方向を視線で追うと、私の指をちゅうちゅう子馬が吸っている。

するとござる丸が慌てて私の膝に縋り付いて、何かを訴えてきた。

でもゴザゴザ鳴くだけで、何を訴えてるかまでは解んないんだよね。

タラちゃん、その辺にいないかな。

キョロキョロ見回していると、ロマノフ先生がそっと私の指を子馬の口から引き抜いた。

指を引き抜かれた子馬は名残惜しげにしていたけれど、私の足に縋り付くのを止めたござる丸が枝で出来た手を差し出すとちゅうっとそちらに吸い付く。

お腹空いてたのか。

ポニ子さんのお乳だけじゃ足りなかったってことかな?

そばでちゅうちゅうござる丸の手を吸う子馬の背中を撫でると、子馬は食事を止めて、私の手に鬣に咲いた花を擦り付けてきた。

するとそれを見てヴィクトルさんとラーラさんが顔を見合わせる。

「あーたんの魔力美味しかったみたいだね」

「まあ、ゴザの葉っぱやら枝ほぼほぼまんまるちゃんの魔力を養分に育ってるからね。それが口に合うならまんまるちゃんの魔力も気に入るさ」

「んん? 私、今、魔力吸われてたんですか?」

首を傾げると、ロマノフ先生が苦笑いして顎を擦る。

「君は魔力の量が尋常じゃないですからね。ちょっと吸われたぐらいじゃどうにもならないでしょうが、ケルピーに魔力を食べられたとなれば普通は目眩くらい起こすもんです」

「そうなんですか？」

「そうなんですよ。それで今、子馬が鳳蝶君に鬣の花を擦り付けましたけど、それは親愛の表現です。良かったですね、年頃になったら乗れるお馬さんが出来ましたよ」

その言葉に対して、またも私は首を捻る。

「先生、ケルピーってふくじゅうさせないと乗れないんじゃないのか？」

「いえ、そんなことありませんよ」

私と同じ疑問を持った奏くんの質問に、ゆるゆるとロマノフ先生は首を否定系に動かす。

その後を継いで、ヴィクトルさんが教えてくれた。

「ケルピーの『認める』って言うのは決して上位者って意味じゃないんだよ。親愛や友愛だって『認める』ってことだもん」

「ははぁ」

「ケルピーは気性は荒いけど、粗野な生き物じゃない。厳しくはあるけど、情は深いんだよ」

まあ、お産に立ち会うくらいだもんな。

しかし、ポニ子さんの子どもならやっぱり大きさはポニ子さんくらいなんじゃなかろうか。

年頃にポニーに乗ってるってどうなんだろう。

いや、ポニ子さん可愛いけども、ポニーって軍馬とかには向かないような？

ここはダンジョンを抱えてるから、下手すれば戦場になる土地なんだけども。

ちょっとその辺はどうなんだろうと口にすると、今度はラーラさんが笑った。

「ケルピーってのは面白い生き物でね。普通の馬とも子どもを作ったりするもんなんだけど、産まれてくる子どもは皆ケルピーなんだ。ケルピーは魔力で身体の大きさを変えられる。さっき見ただろう？」

「おぉう……！」

「それにケルピー同士じゃない時は、それぞれの親のわりと良いとこを引き継いだ子どもが産まれるんだよ。さしずめポニ子さんとなら、ポニ子さんの肝の太さや優しさ、賢さなんかを引き継いだ、凄く足の速い子なんじゃないかな」

「良いとこどりとか素晴らしいじゃないですか！」

「いや、それがそうでもないというか」

先生方の説明によると、ケルピーは異種族間で子どもを作ることは可能だけど、それはかなり難しく、子どもが仮に産まれたとしても、ケルピーなのは産まれた子ども一代限り。

つまり、この子馬は奇跡の塊みたいなもんだそうな。

「ポニ子さんすげぇことしたんだな」

「ぽにこさん、がんばったねぇ！」

レグルスくんと奏くんがポニ子さんを撫でてやりながら労うと、ポニ子さんは二人の言葉が解るのかどこか誇らしげに尻尾を振る。

するとござる丸の葉っぱを食べていた子馬が、ござる丸に先導されてレグルスくんと奏くんのところにやってきた。

ピンッと元気よく立った子馬のお耳に、ござる丸がゴザゴザと何事かを吹き込むと、子馬はまず奏くんに鬣の花を擦り付ける。

「あー……か、かな、奏坊は、ご、ごご、ござる丸の世話してく、くれ、くれる、から、友達、ひ、ひよ、ひよ様は若様の弟様って……」

目を丸くした奏くんに、ヨーゼフがそう説明してくれた。

さっきから思ってたけど、ヨーゼフってポニ子さんは兎も角ケルピーやらござる丸の言葉が解るっぽいんだけど。

「解るの？」と聞けば、ヨーゼフはあわあわしながら「なんだか去年の夏辺りから解るようになった」と答えてくれた。

「……この屋敷に去年の夏辺りにいた人は、皆さん『仙桃』の氷菓子《ソルベ》を食べてますからね」

「ああ……なるほどねー、才能が開花したのか」

「そういえば、アリョーシャとヴィーチャはこの間の『仙桃』が二回目だっけ？　ボクは初めて食べたけど……」

ぼしょぼしょと先生達が話してるけど、つまりヨーゼフは仙桃を食べた効用でポニ子さんやケルピー達の言葉が解るようになったってことなのかな。

そう言えば、バーバリアンのジャヤンタさんが動物や魔物の言葉が解るスキルを持ってたけど、あれと似たようなものなんだろうか？

つらつらと考えていると、奏くんに鬣の花を擦り付けて満足したのか、今度はレグルスくんと子馬がご対面。

すると子馬はレグルスくんをじっと見つめて、前足を折って跪くような姿勢を取って頭を垂れた。

ひよこちゃんの方は、その姿に吃驚したのか、鬣を撫でようとしたまま固まってる。

どうしちゃったのかな？

先生達も、レグルスくんと子馬の姿に固まっちゃってる。

暫く皆で固まっていると、子馬が小さく嗚いて立ち上がり、自分からレグルスくんの手に頭を擦り付けた。

「ヨーゼフ、子馬何て言ってるの？」

「え、あ、ひ、ひよさまに服従しますって……」

「あら、まあ」

なんと。

これは絶対にこの子はうちで育てないと。

お年頃のレグルスくんの騎馬が確保出来たんだもんね。

っていうか、以前姫君様はレグルスくんに「英雄の気風を感じる」って仰ったそうだけど、動物にも解るんだなぁ。

「レグルスくん、子馬にお名前付けちゃおうか？」

「れーがつけていいの!?」

「おれも考えて良い？」

「勿論！」

盛り上がる私たちを、ケルピーが「私はどうしたらいいんでしょう？」って目で見てた。

「ふむ、つまりケルピーを捕まえたことには捕まえたが、騎乗に適さぬ気性のように思う……となぁ？」

「はい。人間やエルフに囲まれただけで気絶しますし。そもそも群れから追い出されたのも、その気性の弱さからだというものですから」

「なんとのう……」

一夜明けてというのか、地続きの朝というのか、あれからほっとしたせいか、直ぐに眠くなって寝ちゃったんだけど、起きて厩舎に行ってみれば「お世話になります」とばかりに、ケルピーがポニ子さんと子馬と並んでいた。

だから朝の姫君へのご挨拶と歌の練習にあわせて、ありのままをご報告。

すると姫君は持っていた薄絹の団扇をひらひらと振る。

「しかしケルピー一の俊足なのであろう？　であれば、艶陽も諦めぬと思うが……。あれも気性が荒い故、己の騎馬に臆病を許すかどうかと思うと、連れて帰るのも無慈悲な気がするしのう」

「それはどういう……？」

付いてきていたレグルスくんと二人で首を捻ると、姫君は眉間にしわを寄せる。

姫君はそういう仕草も綺麗で素敵。

ぽえっとしていると、姫君が咳払いを一つ。

「神の怒りというのはの、意図しなくても悲劇しか招かぬものよ。たとえば艶陽のもとにその気弱なケルピーを連れていくとするじゃろ？　騎馬に適さぬ臆病さに、艶陽がそのケルピーに怒気を発したとする。その怒気が稲妻に変じ、ケルピーを打つ。神の怒りから発した稲妻じゃ、並みの威力ではない。ケルピーなぞ粉々よ」

「「ひぇ!?」」

恐ろしい姫君の言葉に、しがみついてきたレグルスくんをぎゅっと抱き締める。

こりゃいかん。

単に動物が死ぬのも可哀想なのに、ポニ子さんの夫（仮免中）が死ぬなんて、そんなの駄目だ。

何か打開策を考えないと。

こちらの顔色が変わったのを見て姫君も頷く。

そしてふと何かに気付かれたのか、ぽんっとほっそりした手を打たれた。

「子馬の方はどうなのじゃ？　子馬はそなたらのポニーの血を継いで賢そうではないか？」

「でも生まれたてですし、あの子を連れていかれちゃうとレグルスくんの騎馬がいなくなっちゃうので……」

「妾がひよこには代わりの馬を用立ててやろう。それではいかんのかや？」

その方が四方八方丸く収まるかしら。

そう考えて昨日からの子馬の様子を姫君に伝えると、姫君は天を仰いだ。

「ひめさま、どうしたの？」

「解んない……」

暫く二人で姫君の様子を伺っていると、姫君が長く大きなため息をつかれ、そして首を横に振られた。

「万事休すじゃな。子馬は天上には連れて行けぬ」

「へ？」

「ケルピーはの、気位が高い代わりに情が深い上に義理も欠かさぬ。奴等は一度服従した者にはとことん尽くす生き物よ。主と定めた者が出来た以上、それから無理に引き離せば自死も厭《いと》わぬ。その子馬はひよこに服従したのじゃろ？　無理に天上に連れていけば死ぬかもしれぬ。解っていてそうするほど、妾は非道ではないぞ」

「あちゃあ……それは存じませんでした。申し訳ございません」

「いや、ケルピーの生態なぞほとんど解っておらぬでの。そなたらの教師連中が知らぬでも仕方のないことじゃ」

姫君は鷹揚《おうよう》に団扇を翻しながら仰る。しかし、その眉間にはやっぱりくっきりシワが寄っていた。

うーむ、これは本当にどうしたもんだろう？

考え込む私と姫君の間で、レグルスくんがソワソワと視線を行ったり来たりさせる。

そう言えばレグルスくんを初めてポニ子さんに会わせた時も、こんな感じでソワソワしてたっけ。

去年の夏、買われてきた時にはガリガリだったポニ子さんも、その頃には乗馬出来るくらいに身体も整えられていたし、調教もきちんと施されていた。

ヨーゼフに手綱を取ってもらっておっかなびっくり乗ってたレグルスくんに、ヨーゼフは「ポニ子さんを信じて欲しい」って言ってたっけ。

乗る人間の恐怖は、背中を伝って馬に伝わる。だからポニ子さんを信じて怖がらずにいて欲しい。怖いのは人間のような得体の知れない生き物を背中に乗せるポニ子さんも同じだけど、ポニ子さんには優しい人間もいるから、人間を信じるようにと教えてるからって。

去年の夏の鮮やかな思い出の中の出来事が一気に蘇ってきて、その中に打開策になるかも知れない言葉があった。

これなら、或いは。

決めると、私は姫君に跪く。

「恐れながら姫君様、ケルピーに我が家で調教を施したいと思います。ですので今暫く、あれを天上に召すご猶予を頂けませんか？」

「ふむ、調教とな……」

「はい。うちの馬丁は以前、乗馬の際は馬を信じて欲しいと言っていました。馬にとって人間は得体の知れない生き物で、それを背に乗せるなんて馬にはとても怖いこと。でも馬には優しい人間もいて、それを信じるように教えてるから、怖さを乗り越えて乗せてくれるのだから、人間も馬を信じるように、と。ケルピーも同じだと思うのです」

「……続けよ」

「敬愛と敬意とで背に乗る方への信頼感を持たせることで、ケルピーから怖れを取り去ってやれば良い騎馬になると思うのです。なので、その調教を当家で行います」

「調教への対価は？」

「艶陽公主様がケルピーにお乗りにならぬ間は、当家にケルピーを置いていただければ。世話も勿論致します。ケルピーが家族と過ごせるよう取り計らっていただければ、ケルピーの方もやる気がおきましょう」

「伏してお願いいたします」と膝を突いて頭をさげると、となりで「おねがいいたします！」と、元気な声とともに勢い良くレグルスくんが腰を折った気配がした。

僅かな衣擦れと風の吹く音だけが、しんと耳に響く。

ややあって「面をあげよ」と姫君に言われて、頭を上げると、艶やかな唇が優美に三日月を形作った。

「今、天上の艶陽に話は通した。しかと騎馬として調教致すように。期限は妾が地上を去る前日まで。その時に一度天上に連れ帰り、結果は次の日、そなた達との今年最後の対面の折りに言い渡す。それでよいな？」

今は秋の中旬、いや、終わりに近い。

冬までには後——残された日数では厳しいかもしれないが、それに間に合わなければ最悪ポニ子の夫（仮免中）が死んでしまう。

重々しく「御意」と頷けば、姫君はその妖艶な唇を綻ばせた。

「まあ、の。妾も色々と考えてやるゆえ、先ずは力を尽くすがよい」

「はい、全力で取り組みます」

「うむ」

「れーも！　れーもおてつだいします！」

「そうじゃの。兄を助けて励むのじゃぞ」

「はい！」

元気なお返事のレグルスくんに、ちょっとほっこりする。

それでこの話はとりあえず終わり。

いつもと同じく歌を歌って、お屋敷に帰ると、玄関ポーチには先生方三人とロッテンマイヤーさん、宇都宮さん、それから奏くんとヨーゼフが待っていた。

だから姫君とのお約束を話す。

「ヨーゼフ、貴方にとても重い責任を背負わせることになってしまいました。申し訳ありません。でも、私が考えうる最良の一手だとも思います」

「わ、わ、わわ若様……」

「いじめられて怯えていたポニ子さんが、また人間を信じられるように接し続けた貴方なら出来ると思うんです。だからお願いします」

そう言って頭を下げようとすると、それより早くヨーゼフが頭を勢い良く下げた。

「ありがとうございます！　オラ、必ずやご期待に応えて見せますだ！」

ヨーゼフに頭を上げさせると、その眼には強い意志の光が宿っていた。

餅は餅屋、馬の調教は馬丁に任せよってことで、ケルピーの調教はヨーゼフに任せることになった。

ケルピーも自分の処遇が決まり、更に家族と引き離され最悪死に至るかもしれない運命を回避するため、ガタガタ震えながら調教を受けることを承知したそうな。

だけど、だ。

調教なんて本当はじっくり取り組まなきゃいけないことの筈。

それを突貫工事みたいなやり方で急ぐんだから、せめてヨーゼフのバックアップをしてやりたい。

「何がありますかね？」と先生方にお聞きしたら、リビングで作戦会議をすることに。

「肝要なのはヨーゼフ君とケルピーに不要なストレスを与えないことだと思いますが……」

「それ以前に、あのケルピーが気弱……あー、繊細過ぎるのが難点じゃない？」

「それを言ったら本末転倒だよ、ヴィーチャ。そういう気性だから調教して、乗る人への恐怖を取り去ってやるんだろう？」

ロマノフ先生の言葉を受けたヴィクトルさんの身も蓋もない話に、ラーラさんが首を振る。

持って生まれた気性を変えるなんてのは、死ぬようなことでもないとガラッと急には変わらない。

私だって死にかけて、前世の記憶が生えて、色々と追体験したりで変わったんだもん。

むーんと唸ると、膝に座ったレグルスくんの手が眉間に触れる。そこをきゅうっと伸ばしてるから、しわが寄ってるんだろうな。

「差し当たり」と、ロマノフ先生の声が聞こえた。

「ケルピーの気性を何とか……は、ヨーゼフ君の分野として、私達はケルピーの気持ちを落ち着かせるような術を探しましょうか」

「まあ、精神操作系の魔術で恐怖心を麻痺させる魔術は無くはないけども……」

魔術か。

しかし、精神操作系となるとちょっと穏やかじゃない。

深く息を吐くと、レグルスくんが「にぃに、まじゅちゅいやなの？」と小さな声で聞いてくる。

嫌というか。

「せーしんそーさって、狂戦士化《バーサーク》のことか？　だったら、おれもやだな」

朗らかだけど、明らかに不満げな奏くんの声に、皆が頷く。

狂戦士化《バーサーク》というのは、その魔術をかけられた者から死への恐怖心も、他者を害することへの嫌忌も奪いさる外法だ。

そんなもの、ケルピーに使うことは出来ない。

「うん。だから使うなら精神安定系の魔術一択だけど……うーん」

「ケルピーって下手な精神干渉は受け付けないんだよね。それこそ狂戦士化《バーサーク》くらい強いのでないと効かないのさ」

悩むヴィクトルさんの言葉を、天を仰ぎながらラーラさんが継ぐ。

これはもう魔術でヨーゼフのバックアップはちょっと無理かな。

いや、諦めちゃ駄目だ。

考えていると、ふと奏くんがこちらをじっと見ていることに気が付いた。

なんか気になるので奏くんに声をかける。

「どうしたの？」

「関係ないこと聞くけど、ケルピーってひづめとかどうなってんの？　子馬見た時から気になって、気になって」

「あ、そう言えば蹄鉄《ていてつ》とかいるのかな？」

「ケルピーは野生の馬だし、普通の馬と違って自分の魔力で蹄を保護できますから要りませんよ」

私と奏くんの疑問に「良く気がつきましたね」とロマノフ先生は笑いながら答えてくれた。

蹄鉄は元々馬が家畜化されたことで、蹄が弱くなってしまって罹る病に対する予防のためにするものだから、野生の馬には必要ないらしい。

ケルピーはこれから飼われるっていっても、蹄を保護するだけの魔力は私やござる丸から得られるから、蹄鉄をする必要性があまりないそうだ。

動物を飼うって一言で言っても、その環境を整えるために準備が沢山いる。

馬を飼うにも準備は沢山いるし、飼ったら飼ったで飼育環境にも気を配らなきゃいけないし、乗るならやっぱり馬を労ってやらなきゃだ。

馬の身体に負担をかけないような道具は結構お高くて、だからこそ良い馬を飼えるのはお金持ちの証になったりするわけだし。

ふっとそこで、引っ掛かりを感じる。

「あの、神様の乗馬用具って誰が用意するんでしょう？」

「え？」

「あれ？　誰だろう？」

室内がざわめく。

すると、それまで大人しくお膝に座っていたレグルスくんが、元気に手を上げた。

「れー、どうぐならイゴールさまだとおもう！」

「んん？　なんで？」

「だってにぃにがもってるひめさまのきれいなかみも、イゴールさまがつくったっていってたもん。おへやの『みしん』もだよ？」

「ああ、イゴール様ってなんかそういう感じするよなぁ」

レグルスくんの言葉に奏くんも頷くけど、つまりそれはイゴール様って道具に関しては何でも屋扱いってことですか、そうですか……。

いやいや、そんな不敬な。

「レグルスくん、奏くん、今のはちょっと不敬だから止めようね」

と、声をかけた瞬間。

ピカッと天上が光って、大気に浮いてる魔素が集まり、大きな魔力の渦を作る。

あー、これ見たことあるわー。

これ、イゴール様が来る時に見るやつだー。

そう思って眺めていると、ピタッと渦の動きが止まり、集まっていた魔力が四散する。

「へ？」

渦が消えたことに驚いて、三回くらい目を擦って天上を見たけど、誰もいない。

葡萄柄の壁紙が広がるだけ。

するとパタパタと俄にリビングの外、玄関に続く廊下が何やら慌ただしい雰囲気になってきて。

膝からレグルスくんを降ろして、廊下へと出てみると緊張した面持ちの宇都宮さんが、こちらに来るところだった。

「宇都宮さん？」

「わ、若様、皆様、お客様です！　玄関にお出ましくださいませ！」

「え……どなた様？」

玄関に来て皆で出迎えるお客なんて、我が家に来る予定はない。

っていうか、私は兎も角、先生方まで玄関にお出ましいただくようなお客様なんて、それこそ皇帝陛下かそれ以上のお方じゃ……。

って、まさか⁉

「そ、それが……！」

宇都宮さんは玄関から慌てて来たのだろう。二の句を継ごうにも、肩を大きく上下させて息をするものだから、上手く話せないようだ。

そうこうしている間に、玄関から人が二人やって来るのが見える。

一人は恐らくロッテンマイヤーさんで、ひたすら姿勢を低くしていて、もう一人は悠然と白衣の裾をヒラヒラさせながら歩いてきた。

「メイド少女、僕が行くから良いっていったじゃないか」

「で、ですが……」

「僕と鳳蝶の仲だ。固いことは言いっこなしさ」

「ね？」っと金髪の美少年オブ美少年がウインクを飛ばしてくる。

若干白目を剥いていると、その人は気付いているのかいないのか、手をこちらにブンブンと振ってきた。

「今日は言われた通り、ちゃんと呼び鈴鳴らして玄関から入ってきたよー！」

ひぇぇ、誰だよ神様に玄関から呼び鈴鳴らして入って来いって言ったの⁉

泡を噴きそうな私に代わって、レグルスくんと奏くんがイゴール様に手を振る。

「いらっしゃいませ、イゴールさま！」

「こんにちは、イゴールさま」

「ああ、レグルスに奏。言われた通り玄関から来たよ。お土産も持ってきたんだから」

ぎゃー⁉

私の弟と友達だったー⁉

コポコポと菊乃井で一番上等な紅茶と蜂蜜、自家製ジャムと料理長が精魂込めて焼いたスコーンを前に、優雅にソファに座るイゴール様には既視感がある。

Effet・Papillonを興す切っ掛けは、イゴール様の訪問と、その加護を受けた次男坊さんの手紙だったっけ。

イゴール様とは取引の関係上、何度もお会いしているけど、こんな風に改まっては久々だ。

かたりとテーブルに紅茶の入ったカップを皿ごと置いた、イゴール様はにこりと笑う。

「いやぁ、君にちょっと用があって来たら、僕の名前が聞こえたもんだから。天井から現れようかと思ったんだけど、前に玄関から入るもんだって言われたの思い出して。アイツにも『そりゃあっちの弟やら友達の言葉が正しい』って言われちゃったしね」

「そうなんですか」

「うん」

次男坊さん、大概イゴール様への扱いが雑だな。

それに対してイゴール様は怒ってないみたいだし、ある種の親愛の表現として受け取られているんだろう。

ところで用ってなにかな?

疑問が浮かぶと同時に、イゴール様が「それだけどね」と仰る。

相変わらずこちらの考えてることは駄々漏れのようだ。

「実はアイツの街に、アイツが肩入れしてる孤児院があるんだけど、経営難でね。何か子どもたちでも出来る仕事ってないかなって思ったときに、Effet・Papillonの手芸を手伝わせてもらえないかって思ったらしいんだよね」

「ああ……手芸なら刃物や針の扱いを厳密にやれば、子どもでも出来なくはないですしね」

でもなぁ、Effet・Papillonで使う分のパーツ作りは、もう菊乃井の孤児院に委託してしまっている。

他の街の孤児院に委託すると移送料とかが発生してしまうから、利益率が悪くなってしまうし。

これはちょっと相談されても……と、首を横に振ろうとすると、それを「まだ続きがあるから、とりあえず聞いて」とイゴール様に制される。

「それで、何かないかって探した時にアイツ、これを目敏く見つけたんだ」

イゴール様が「これだよ」と私に見せたのはご自身の腕。

なんのことかと首を捻ると、イゴール様が手首を揺らす。そこには帝都の神殿で、私がお供えしたミサンガが巻かれていた。

「これ」って、ミサンガのこと？

視線でイゴール様にお伺いを立てると、我が意を得たりとばかりに微笑まれた。

「これって子どもでも編めるんでしょ？　これを作って売れば多少は孤児院の助けにならないかなって思ったんだって」

「確かに子どもでも編めますね」

だって現に子どもの私が編んだんだもの。

ただ、販路となるとなぁ。

Effet・Papillonは一応、貴族に対してはマリアさんやロートリンゲン公爵家の紹介で注文を承っている。

ロートリンゲン公爵家やマリアさんを通して行われる取引だから、注文した貴族側はドタキャンも出来なければ必要以上の値下げ交渉も出来ないし、代わりにこちらは絶対に粗悪なものを売らないという誓いを、二人に立てているようなものだ。

ちなみにお二人を通して買い上げてくださった方には、メンテナンスも無料で行うことをお伝えしているけれど、今のところ御礼状を貰う以外はなにもなし。

帝都の武闘会での宇気比の件で、帝国での Effet・Papillon の販売利権は菊乃井が……いや、私が持つことは知られている。けれど、それは先生方が持つ利権を、私が委託されているということになっているから、品物の売れ行きは好調だけど他の貴族たちから直接の販売交渉は基本的にない。

私の後ろにはロートリンゲン公爵家と帝国の三英雄がついているからだ。

じゃあ市井はどうかというと、やっぱり三英雄とロートリンゲン公爵家のご威光が強くて、商人ギルドとか大商会は二の足を踏んでる感じ。

だけど菊乃井のギルドには、庶民的な低価格で流通させてるし、次男坊さんとこの街のギルドにも商品を卸している。

更に言えば、スパイスを菊乃井用に大量に仕入れてくれている商人のジャミルさんにも、商会の代理店として Effet・Papillon の商品を他所で売ってもらったりもしてる。

ただし低価格だから、傾いた孤児院の経営を救えるほどの利益が上がるとは思えない。

だとすると、新たな販路、それも恒久的に利益になるような売り方を考えないと。

これは困った。

考え込んでいると、奏くんとレグルスくんが、ピコピコと頭を寄せあっている。

それを視線で追うと、イゴール様も同じく二人を見た。

「あの二人は……。ああ、菊乃井に新しいソースが出来たの？　それ異世界のソース？　アイツも知ってるやつ？」

「ええ、多分」

「じゃあ、ちょっと分けてもらえるかな？　アイツに持って帰ってやりたい」

「ああ、はい」

私が頷くとロッテンマイヤーさんが宇都宮さんに目配せする。

すると宇都宮さんが一礼してリビングから出て行った。

厨房に行ったのかな？

にしても、二人はなんでソースの話なんかしたんだろう？

「奏くん、レグルスくん、ソースって……なんの話してるの？」

突然私が話しかけたからか、ビクッと二人の肩が揺れた。

奏くんがポリポリと頭を掻く。

「いやぁ、ひよさまがたこパはタコが高いから無理かもだけど、中にベーコン入れたりするヤツなら、てっぱんがあれば『こじいん』でも作れるかなぁって？」

「でもにぃに、かなはソースがたかいからだめかなって……」

なるほど、奏くんとレグルスくんなりにそう言うことを考えてくれてたのか。

そう言えばタコ焼き……じゃなくて、たこパは前世ではお祭りの屋台とかでも食べられたんだっけ。

流通事情が違うとはいえ、安価で海産物が内陸でも食べられるって良いことだよね。

こっちもそうなれば良いけど。

それにしても縁日とか、あまりこっちではないような？

そこまで考えてハッとする。

お祭りってのは前世では神社、こっちの神殿に当たる場所で開かれてた。

神社には他にも「お守り」なんかが売られてて、あれはあれで重要な収入源になってたような？

そしてイゴール様に差し上げたミサンガは、それに願を掛けて手首につけ、それが自然に切れれば願いが叶うっていうお呪いのブレスレットだった筈。

これは行けるかも知れない。

イゴール様に視線を移すと、ニヤリとイゴール様が口の端を上げる。

「僕の神殿の司祭長はかなり話が解るよ。何せ僕が見つけてきて、うちの司祭長にしたんだから」

「そうですか、ではご協力くださいますか？」

「うん、掛け合ってみるよ」

なら、私はミサンガの編み方を早急にマニュアル化しないと。

お互いニコッと顔を見合わせると、イゴール様が「さて」とソファにもたれた。

「こっちの話を聞いてもらったんだし、次は君達の話を聞こうか？」

「はい、実はですね。ケルピーが見つかりまして」

「へぇ、それは凄いじゃないか。やったね、百華も喜んだろう？」

「ええ、はい。お誉めの言葉を頂戴したんですが……」

斯く斯く然々、あれそれどうこう、何がどうしたを包み隠さず、全てイゴール様にお話しする。

するとイゴール様が遠い目をして、ソファに崩れた。

「あー……それ、ケルピーの馬具は僕が作らされる流れじゃん」

「……ですか」

「だよ……。艶陽は絶対に僕に最高のを作れって言うし、百華も君達のお馬さんを死なせないために何とかしろって無茶振りしてくるだろうし」

がばっと崩れた姿勢を立て直すと、イゴール様は顔を両手で覆われる。

そしてパンパンと軽く頬を両手で叩くと、諦めたように手を下ろした。

「よし！　そっちのお馬さんの件は僕に任せてよ。だからこっちの件は任せるからね？」

イゴール様がさっと手を差し出す。

これで私とイゴール様、ひいては次男坊さんとの取引が成立したのだった。

「こちらの準備が整ったら連絡するよ」と、お高い蜂蜜を入れたお高い紅茶を飲み干して、瓶詰めのウスターソースやマヨネーズを持ってイゴール様がお帰りになった後のこと。

「さて、何を思い付いたかお聞きしても？」

「はい、勿論です」

ロマノフ先生やラーラさん、ヴィクトルさんが改めて私を囲むようにソファに座ると、レグルスくんと奏くんも傍の椅子に座る。

レグルスくんも奏くんも、こういう時ひょんっと良いアイデア出してくれるもんね。

ロッテンマイヤーさんは宇都宮さんと給仕を変わって、私の背後に立った。

「イゴール様がおっしゃっていたのは『ミサンガ』という、糸を編んで作ったブレスレットです。異世界ではあれに願を掛けて手首に巻いて、それが自然に切れると願いが成就する……とも言う、お呪いの小物でもあるそうです」

「それを神殿で販売してもらう……と？」

「はい」

ロマノフ先生の言葉に頷く。

「だけど願いが叶うかも……ってだけで、そんなに売れる？」

「そこは種類を細かく分けるんです。『家内安全』とか『技芸上達』とか」

「つまり用途別に買わせるってことかい？」

「はい。別に自分が着けるだけじゃなく、人に贈っても良いんです。それなら爆発的に売れなくても、長く細く売上げはあるかなって」

ヴィクトルさんとラーラさんからの疑問に、前世のお守りの例を出して説明すると、二人が「なるほど」と顎を擦る。

爆発的じゃなくても、神殿なんてこの先もなくならそうな取引先があれば、少しは孤児院の経営の足しになるだろう。

だけじゃなく、孤児院の子どもたちがミサンガの作成をするなら、アクセサリーを作るっていう技能を少しだけでも身に付けさせてやることも可能だ。

更に言えば神様ごとに違う効用が期待できるとすれば、売り方や取引先は広がるだろう。

材料も安価だし、販売価格も飛び抜けて高くはならないだろうから、売れないということもないはずだ。

例えばの話、ミサンガは一年ごとに取り替えなければならないっていう制約をつけてやれば、どうしたって信心深い人は一年に一回は買わなきゃいけなくなる。

「それは……神様に不敬なのでは？」

「そこはご許可をくださった神様の神殿のみの発売に絞れば……と」

「それでイゴール様に掛け合ってくださるよう、お願いしていた訳ですか」

「はい。もし販路がもう少し必要なら、ロスマリウス様にもご相談に行こうかと」

本当だったら一番にご許可を頂きたいのは姫君様なんだけど、姫君様は帝都の合同祭祀神殿より他に大きな神殿をお持ちにならないそうだ。

以前そう言った場所があるなら聖地巡礼じゃないけど行きたいと思って先生に聞いたら、姫君様はそのようなことはお嫌いだとされていて、逆に神殿なぞ建てようもんなら怒りに触れると言われておられるんだとか。

じゃあ氷輪様はどうなのかと言えば、大きな神殿はあるものの、なんと場所は帝国とイザコザのあるお国と来たもんだ。

当然国交なんかないんだから、行けるはずもない。残念無念。

なのでどうしたって、イゴール様以外はロスマリウス様しかいらっしゃらないんだよね。

ロスマリウス様にご相談申し上げるなら、先に姫君にお話ししておかないと。

でもそれは、きちんと次男坊さんのところの孤児院でミサンガが作れるようになってからの話だ。

「まず前段階として、ミサンガの作り方をマニュアル化します」

「それを見たら、ある程度手芸が出来る人ならすぐ作れるようにするんだね？」

「はい。でも作り方を教えられる人も養成したいと思います。これは次男坊さんの息のかかった人をこちらに送ってもらった方が良いかと思うんですが……」

「そうだね。菊乃井で教えられる人を出すにしても、あーたんかエリたんくらいしかいないもん」

「まんまるちゃんは当然ムリだけど、リーゼに菊乃井を離れられるのも痛いもんね」

「はい。エリーゼには菊乃井の孤児院に技術を教えに行ってもらってもいますから」

エリーゼはEffet・Papillonの主力だ。彼女を出張させるとか、一日だけならともかく、誰かが完全に作り方をマスターするまでなんて、とてもじゃないけど無理。

それに次男坊さんとこの利益率を上げるためには、下手に他所から職人を呼ぶより、次男坊さんとこの人員に技能を習得してもらう方がいい。

そう言うと奏くんが手を上げた。

「どうしたの？」

「ごりやくごとに、デザインや糸を変えるってどうかな？」

「それはありだと思う」

前世のお守りだってご利益ごとに、袋の色や形が違った。

逆にご利益の区別をハッキリさせるためには、色を変える方が解りやすいかもだし。

するとレグルスくんも「はーい！」と手を上げる。

「れー、どんぐりとかピカピカのいしをつけたらいいとおもう！」

「それも良いよね。例えばロスマリウス様のミサンガなら、貝殻をくっつけたりしてもお洒落だと思う」

オーダーメイドでお高いビーズをくっつけたりもありだと思うし。

アイデアは広がるけど、今日のところはここまで。

とりあえず、そこから先はイゴール様と次男坊さんの反応を待つ方が良いだろう。

そういう話で纏まった。


それから数日、菊乃井は雨だった。

雨が降るとお外で弓や剣の修行が出来ないから、レグルスくんと奏くんとダンスの練習をしたり、魔術の修行や座学をやる。

奏くんもレグルスくんも、もう難しくない字は読み書きがきちんと出来るし、計算だって九九なら暗算も楽勝。

まあ、こっちでは九九って言わないんだけど。

ヨーゼフからは毎日のようにポニ子さんとその旦那（仮免中）、子馬のグラニ――命名、レグルスくん――の調教の報告があって、着々と日々が進んでいる。

因みに、ポニ子さんの旦那（仮免中）は、初対面が良くなかったからかグラニと違って私を怖がっているらしい。

あれはちょっと私も悪かったかなぁ。

初対面の時、ポニ子さんの旦那（仮免中）はこちらに怯えて、ポニ子さんの後ろに隠れてた。

その姿に、未だにレグルスくんのために事業の一つも起こせない父上の姿が重なって、必要以上にイラついちゃったんだよね。

だけどここ数日、ポニ子さんの旦那（仮免中）はヨーゼフの言葉をよく聞いて、妻子と共に生きるため訓練に励んでいるそうな。

私はもう正直、親って生き物には期待なんか抱けない。

でもレグルスくんは違う……と思う。

あの子の中には優しいお母様の思い出もあるし、父上だってあの子を抱っこしたりで、そんな優しい記憶があるはずだ。

あの子がここに来てから、父上は一度もレグルスくんに会いには来てない。

だけどポニ子さんの旦那（仮免中）のように、家族のためにきっと頑張っていると、親って生き物は子どものために頑張る生き物なんだと、レグルスくんには希望を持って欲しい。

だから私はポニ子さんの旦那（仮免中）には、結構期待してるんだ。

『……そうなの。あっちゃんはポニ子ちゃんの旦那さんを信じてるのねぇ』

「ポニ子さんの選んだお馬さんですからね」

ちくちくと針をズボンのポケットに通して、ひよこの刺繍を刺していると、パカパカと表紙を開いたり閉じたりして刺繍図案が喋る。

ただし、野太い声じゃない。

軽やかに明るい、おっとりした女の人の声だ。

『それにしても、あっちゃんも大変ねぇ。あっちでお商売の話、そっちでお馬さんの手配、こっちでお家や領地のことをしなきゃなんて』

「うーん、でも、嫌々やってる訳じゃないですから」

『……人手、足りてるの？』

いや、正直全然足りてない。

足りてないけど、人材が育つには時間がいる。

「孤児院の子で、今年施設を出ないといけない子がいるそうです。去年から読み書きとか教えてるので、その子を雇えればなんとか……」

『でも職人さんも必要なんでしょ？』

「それは……」

『ねぇ、あっちゃん。ばぁばが何とかしてあげましょうか？』

「いや、そんな！　ロマノフ先生にはお世話になりっぱなしで、この上ソーニャさんにまで迷惑をお掛けできません！」

『ソーニャさんだなんて……、ばぁばでいいのよ？』

ロマノフ先生のお母様を、ばぁばなんて呼べる訳がない。

驚くことなかれ、つい三日ほど前の夜のことだ。

ラーラさんから貰った刺繍図案を通して、ソーニャさんから話しかけられたのは。

ソーニャさん曰く『遠距離通話魔術がようやく完成したから、このオバサンを師匠って呼んでくれるって聞いたし、あっちゃんとお話ししてみたかったのよねー』と。

「あっちゃん」ですって。やったね、あだ名が増えたよ！

『うちの不良息子、この間の年の瀬に二百年ぶりくらいに訪ねてきて、私のお薦めの針箱買って、さっさと帰っちゃったの。あの子も、もうお嫁さん連れてきてもいいような歳なのに、あっちフラフラこっちフラフラしちゃって。ヴィーチェニカやラルーシュカも同じだけど、ヴィーチェニカは季節毎に、ラルーシュカは十年に一回は会いに来てくれるってのにさ。誰に似たのかしら？』って、物凄い勢いでお話しされたけど、ようは先生方が教師をされてて育てた子達を我が子のようだと思うなら、自分には世界中に孫やひ孫がいることになる。

それならそのうちの誰かとお話ししたっていいだろう。そう言えば最近三人とも同じ家にいるんだっけ……って、軽い気持ちで遠距離通話魔術を開発したそうな。

幸い媒介というか通話媒体になる、お母様お手製喋る刺繍図案集があったし、ダメ元で話しかけたら、私がたまたま図案を読んでいて呼び掛けに応じ、そのまま直通通信手段が確立されちゃったのだ。

因みにこの魔術、転移魔術の応用らしく、ラインが一度出来たら双方向で使えるんだって。

つまりお母様に私からも通信が出来るってわけ。

んで、ロマノフ先生のお母様——ソーフィヤさん、ご本人は「ばぁばとか、ソーニャでいいよ」って言ってたから、ソーニャさんと呼ばせてもらってる——ソーニャさんは、なんと建国以来ずっと帝都住みで、初代皇帝陛下とも会ったことがある歴史の目撃者なんだそうだ。凄いよね。

しかし、このことはロマノフ先生たちには内緒だ。

もうちょっと魔術を改良して、通話媒体が出来たらサプライズを仕掛けたいからって。

話しながら刺している糸をきちんと目立たないよう留めて、鋏で糸をチョキンとやる。

その音に紛れて『……ちゃおうかなぁ?』なんて、ソーニャさんの言葉が聞こえたけど、聞き返す間も無く、『もう遅いから今日はこれでお休みなさい』と話は終わった。

何だったんだろうな?

見えない悪意

菊乃井には珍しく雨が続いたかと思ったら曇りになって、また雨が降ってという具合の日々。

私はようやくレグルスくんの冬支度を終えられた。

毛糸の帽子も手袋もマフラーもみんな小さくなってしまっていて、レグルスくんが確実に日々大きくなっていることが解って、私は嬉しいのと同時に少し寂しくなって。

いつまでこんな風に彼の冬支度をしてあげられるんだろうなって思うと、手袋の完成を笑顔で待っていたレグルスくんを直視するのが切なかった。

でもそんな感傷に、手も足も止めてはいられない。

菊乃井に一通、手紙が届いた。

名前も知らない、曾祖母の代に付き合いがあったらしいどこかの何某伯爵からの手紙だ。

内容はとてもくだらないもので、私と母の不仲を聞きつけ「二人の仲を仲裁したい」とのことで、中身の伴わない美辞麗句に紛れて、元は下級貴族だった父への嘲りと悪意が織り交ぜてられていて。

ぐしゃりと手紙を握りつぶした私に、祖母の書斎で見つけたお伽噺《とぎばなし》の本を読んでいたひよこちゃんは、本から顔を上げると驚きに目を見開いた。

「にぃに、どうしたの？」

「なんでもないよ。ちょっと手に力が入っちゃっただけ」

にこっと笑えば、安心したのかレグルスくんも笑う。

最近レグルスくんは、お伽噺で面白いと感じたものを私に読み聞かせてくれる。

私は少し考えると、レグルスくんに急なお仕事ができたと告げて、ロマノフ先生に私の部屋に来てくれるよう伝えに行ってほしいとお願いした。

「ごめんね、折角ご本読んでくれてたのに。お仕事の間はロッテンマイヤーさんや宇都宮さんと一緒にいてね」

「うぅん、いいよー！」

少し寂しそうな顔をしたけれど、それで聞き分けてくれるレグルスくんは本当にいい子だ。

それを……！

しばらくして部屋の扉をノックしてロマノフ先生が現れた。

穏やかな笑みを浮かべた先生の顔が、私を見るなり難しいものに変わる。

「何かあったんですね」

「はい。これを」

断定形のロマノフ先生の言葉に、私は何某伯爵の手紙を先生に差し出す。

それを受け取って目を通した先生の眉が不快げに上がった。

「よくもまあ、小さな子どもをこれほどまでに扱《こ》き下ろせるものだ」

「まったくです。恥知らずな……！」

ぎりっと握った手に力が籠る。

手紙には父だけでなく、レグルスくんのことも「私の行為に甘える愚かな子ども」だとか「恥知らず」だとか、そんな意味のことが口に出すのも憚られるような言葉で書いてあったのだ。

「先生、お力をお借りしても？　この何某伯爵に抗議の手紙をお願いしたいのですが……」

「ヴィーチャとラーラにやってもらいましょう。あの二人はレグルスくんの先生ですから、私より遥かにレグルスくんに思い入れがある。伝えておきましょう」

「ありがとうございます」

ぺこりと頭を下げると、その頭をわしゃわしゃと撫でられる。

「鳳蝶君、これが帝国貴族の大多数の意見だとは思いませんが、この手紙に書いてあるようにレグルス君は『妾《めかけ》の子風情』とは思われているでしょう。立場はあまりよくないのは理解しておかねばなりません」

「妾の子風情……！」

それはレグルスくんが選んだことじゃない。

そんなことで彼に悪意を抱くような輩が多いのなら、私の敵は存外多いのかもしれない。

ぷつりと噛み締めていた唇が切れて、鉄錆《てつさび》の味が口の中に広がる。

レグルスくんを真に菊乃井の子にする手続きは急がないとダメかもしれないな。

そんな私の様子を見て、ロマノフ先生は部屋を後にする。

それから数時間後、私の机には何某伯爵の詫び状とこちらに二度と干渉しない旨の誓紙が届いたのだった。

冬が来る前に

雨が上がった翌日、菊乃井の気温はぐんと下がり、冬の到来を予感させた。

街はこの時期、晴れていなければ霧に包まれることが多くなってくる。

朝霧の中を冒険者ギルドのマスター・ローランさんに連れられて、女の子が一人、菊乃井屋敷の門を潜った。

次男坊さんからの手紙を携えたその人は、次男坊さんが肩入れする孤児院の子の一人で、アリサと言う。

ぶあつい眼鏡のお下げ髪、頬にはえくぼ。

愛嬌のある話し方をする十五歳さん。

「あー……えー……こちらでは次男坊で通しておられるそうなので、あたしもそう呼びますが、次男坊様からこちらで作り方を教わって、みんなに教えられるようになれと……」

受け取った手紙を読んでいると、差し向かいに座るアリサさんが朗らかに言う。

手紙には『売り方まで考えてもらった上に、人材育成まで請け負ってもらって悪いな。代わりにミサンガとソースとマヨとタコ焼き器とタコ焼き・お好み焼きなんかの粉もんの製法はEffet・Papillonの名前で特許取っとくから』とあって。

そっか、お好み焼きは忘れてたな。

お好み焼きも屋台の定番だ。

お詣りのついでに屋台で食べられるようにすれば、もっと収益が出るかも。

菊乃井でもラ・ピュセルのライブの合間に軽食として出せるかもだし、歌劇団の舞台の幕間弁当にも使えるかも知れない。

ともあれ、次男坊さんは私の意を汲んでくれたようだし、提案した販路に関しては『売り方はこちらでも工夫してみるよ』とも書いてあった。

であれば、こちらはアリサさんにミサンガの作り方を覚えてもらうのと、マニュアルを持って帰ってもらうだけ。

人が増えると役割分担が出来て、楽だよね。

アリサさんには、ミサンガの作り方をマスターしているエリーゼが、マニュアルを元に指導することになり、アリサさんは菊乃井の屋敷に滞在することになった。

その対価にアリサさんは労働力を提供してくれるそうで、ラ・ピュセルと言うか歌劇団団員のための寮の寮母さんを手伝ってくれることに。

ラ・ピュセルの五人を保護した際、ヴィクトルさんが昔豪商が住んでたとか言う屋敷を借りてくれて、そこにローランさんからご紹介いただいた、怪我がもとで引退した女性冒険者さんに寮母さんになってもらって、社員寮を作ったんだとか。

シエルさんもアンジェちゃんも、今は屋敷からそっちに引っ越してて、アンジェちゃんは毎朝そこから源三さんや奏くん、二人が来ないときは寮母さんに連れられて屋敷に来てる。

気立てのいい寮母さんで、まさに肝っ玉母さんって感じなんだけど、冬になると引退原因になった怪我の痕が凄く痛むらしく、ラ・ピュセルの面々が交代で家事とか手伝ってるんだそうな。

でも今年の冬は沢山課題が出来たから、彼女たちに負担は掛けられない。そこで誰か手伝いを雇おうかって話になってたんだよね。

ミサンガの作り方をマスターするまでは、アリサさんはそっちを手伝ってくれるそうだ。

新年に向けて、着々と色んな物事が進んでいく。

その前にはケルピーの引き渡しがある。

いい加減に名前を付けてやりたいところだけれど、ケルピーの主は艶陽公主様だ。

主人になる方を差し置いて名前を付けるなんて不敬だから、とりあえず「ポニ子さんの旦那さん（仮免中）」と呼ばれていて、本人（馬）も満更でもない様子。

秋も冬も夜が長い。

お陰でレグルスくんの冬の用意は何とかなった。

次はポニ子さんの旦那さん（仮免中）のために、私のできることをしよう。

そんな訳で色とりどりの糸を指先に絡めていると、窓から差す月の光が人の形に変わる。

『来た』

「ようこそ、おいでくださいました」

ヒラヒラと蝶の羽の模様が付いたマントが揺れる。

今日のお髪は闇紅色で、服装は黒の軍服だ。

いずれにせよ、私のベッドに座って長い脚を組むお姿は、目の保養というやつで毎度拝みそうになる。

『……イゴールが、鐙や馬銜、鞍やら手綱やらの用意が整ったと言っていたが』

「左様ですか。こちらも鞍の下に敷く敷物は出来ました。あとはこの手綱飾りを仕上げれば……」

『ふむ。イゴールにはそう伝えよう』

「ありがとうございます」

ケルピーに着けられる馬具はやはりというか、予想通りイゴール様が作ることになったそうだ。なので、艶陽公主様のお身体に直接触れる部分は同じ神様のイゴール様が作るとして、主にケルピーの身体を保護したり飾ったりする部分に関しては、馬を提供するこちらへの餞《はなむけ》として作らせてもらえることに。

ポニ子さんの鬣とグラニの鬣を少しずつ貰って、それをタラちゃんの糸に混ぜて作った布や紐を使った上に、精神安定とか身体保護を目的とした魔術を、これでもかってくらい付与してる馬具は、きっとケルピーの助けになるだろう。

モショモショと指と紐を動かしていると、指先に氷輪様の視線が集中する。

二つ折りにした紐で輪を作って、片方の紐をその輪に潜らせると、そこから輪を作ったり結んだりで、梅の花のような飾りを作っている所だったんだけど、氷輪様はそれをそっとつまみ上げた。

『これは……紐を結んでいるだけか？』

「はい。えぇっと前世ではアジアンノットって呼んでた紐を結わえて作る飾りです。これは梅の花ですが、他にも蝶々とか菊の飾りも出来るんですよ」

『ふむ……器用なものだ』

イゴール様から手綱飾りを作ることを提案された時、何か吊るすならって思い浮かんだのがアジアンノットの飾りで。

紐さえあれば作れるこれに、海でもらった真珠や珊瑚をくっつければ意外と豪華になるんだよね。それに結び方の組み合わせ次第でブレスレットや髪留め、帯留めにも使えるし、マントや服の飾りにだって使える。

だから新年の誕生日プレゼントは、アジアンノットで色々やろうと思ってたり。

ケルピーのことが無事に済んだら、今度はそっちに取りかかろうと思ってる。

氷輪様が摘み上げた梅花結びを、しげしげ眺めてから、そっと私の手の平へと戻す。

それから少しだけ首を傾けて、なにやら考え事をしているような仕草をされた。

長い脚を組み替えると『鳳蝶』と、吐息混じりに名前を呼ばれる。

『以前、お前に貰った猫の編みぐるみとやらだが……』

「ほつれましたか？」

『いや、我の神威に触れたからか自我が芽生えた』

「は……？」

しれっと言われたけど、自我が芽生えたって、それって動き出したとかそういうこと？

びっくりして氷輪様を見ると、少しばつが悪そうに目を逸らされた。

『どうやら我が構いすぎたようだ。本物の猫の様に動いては、我の宮の中を遊び回っている』

「そ、そうなんですか……」

『ああ。それでだが、アレは小さいからどこにでも入り込む。しかし元が生き物でないからか、どこにいるのか気配を掴むのが難しい。アレの姿が見えぬと嫦娥《じょうが》が寂しがるのだ』

ふうっと深くため息を吐かれる姿が、なんとも悩ましい。

でも悩み事は飼い猫がやんちゃでどうしようって感じだから、凄く微笑ましいんだけど。

いやでも、寂しがるのは「じょうが」という誰かさん。

氷輪様には奥様も旦那様もいないって、ロマノフ先生が教えてくれた神話にはあったけど？

そう思っていると、くふりと笑われてしまった。

『そうだ、我に伴侶はおらん。嫦娥とは我が飼う古龍よ』

「そうなんですね」

『うむ、月光色の鱗をもつ』

氷輪様の古龍の嫦娥は凄く甘えん坊らしく、猫の編みぐるみは大好きなお友達らしい。

姿が見えないと編みぐるみを探して、きゅんきゅん泣くんだとか。

「えぇっと、じゃあ、アジアンノットで鈴《すず》付き首輪を作りましょうか？」

『ああ、頼む。百華が馬を連れ帰る前の夜に、受け取りに来よう』

そう言うと、ふわりと月の光に氷輪様のお姿が解けた。

縁、芽吹く

朝靄が菊乃井に冷たい風を運んできた。

冬が来る。

運命の日がついにやって来た。

早朝、レグルスくんの手を引いて厩舎に行くと、まだ閉まっている筈の扉が開いていて、ギィギィと風に揺れる。

「にぃに、とびらがあいてるよ？」

「本当だ。ヨーゼフが来てるのかな？」

今日はケルピーの運命の決まる日、ヨーゼフも落ち着かなくて様子を見に来たのかもしれない。

レグルスくんと顔を見合わせて、走って厩舎に近付くとやっぱりヨーゼフがケルピーに話しかけている声がする。

「大丈夫、上手く行くよ」という彼の言葉には、とても自信がこもっているようで、ちょっと妙だなと思う。

ヨーゼフはなんだか、周りの人の評価に反して、凄く自分に自信がないみたい。

なのに、かなり今の言葉には力が籠ってた。

何か、ヨーゼフが大丈夫って確信出来ることがあったのかな？

風に揺れる扉から、レグルスくんと厩舎に入る。

すると藁の匂いに混じって、ふわりと花の香りが漂う。

しかも、厩舎にはヨーゼフだけでなく知らない人がいた。

凄く驚いたから「え……？」と呟くと、ヨーゼフと一緒にいた人が、ふわっと濃い金髪を翻して、

私とレグルスくんの方に顔を向ける。

背はヨーゼフより頭一つ低く、尖ったお耳、翠のお目目は長い睫毛に縁取られ、唇は桃の花の色。

エルフの女の人だ。

私たち兄弟を視界に捉えた瞬間、花の顔を綻ばせ、スウェードのようなグレーの暖かそうなローブと、少し覗くその下のスカートの裾を閃かせて小走りに駆け寄ってくる。

「あの……？」

「あなたがあっちゃんで、小さい子がれーちゃんね！」

「その声……！」

軽やかで明るい、柔らかな女性の声には聞き覚えがある。何より、私を「あっちゃん」と呼ぶのは――。

「ソーニャさん⁉」

「ええ、そうよ！　ばぁば、来ちゃった！」

来ちゃった⁉

今、来ちゃったって言ったよ⁉

帝都からここまで十日はかかるし、冬は雪深くなって更に動きにくいのに、わざわざこの時期に……！

びっくりして目を丸くしていると、人見知りを発揮して、レグルスくんがぎゅっとしがみついてくる。

ソーニャさんはそんなピヨピヨひよこちゃんに気付いてか、膝を折ってレグルスくんと目線を合わせた。

「初めまして、私はソーフィヤ・ロマノヴァ。アリョーシュカ……アレクセイ・ロマノフのお母さんよ。ばぁばって呼んでね？」

「せんせーのおかあさん？」

「そうなの。あっちゃんとれーちゃんとかなちゃんに会いに来たのよ！」

軽やかに笑うと、ソーニャさんはぎゅっと私とレグルスくんを纏めて抱き締める。

近くで見ると、その顔にはロマノフ先生と似たところがあった。

って言うか、エルフさんって本当に年齢不詳。

お母さんって時点で、ロマノフ先生より年上だって解ってるのに、見た目がなんだかロマノフ先生のお姉さんで通じるくらいのお年にしか見えない。

ところで「来ちゃった」は良いんだけど、なんで厩舎にいらっしゃるのかしら？

不思議に思ってお訊ねすると、ソーニャさんが口元に手を当てて「うふふ」と笑った。

「実は昔あっちゃんのお家に来たことがあるのよ」

「へ？」

「『菊乃井』って聞いてもしかしてって思ったんだけど、ここは菊乃井稀世《きよ》ちゃんのお家でしょ？」

稀世というのは祖母の名前だ。

それがどうしてソーニャさんの口から出るんだろう？

「稀世は確かに、祖母ですが。何故……？」

「ずーっと前に、ダンジョンの大氾濫があった時に偶々《たまたま》いたの。その時に稀世ちゃんがとっても頑張ってたから、私と友達でお手伝いしたのよ」

「あ！」

そういえば、祖母の日記に久々に起こった大氾濫を乗り越えるのに、凄く強い人達が手伝ってくれたって書いてあった。

それがロマノフ先生のお母さんのパーティーだったなんて。

なんて偶然！

「稀世ちゃんと稀世ちゃんの義理のお父様に、お家に招いていただいてとても美味しい蜂蜜入りのお茶をご馳走になったのよ。それでお家の場所は解ってたんだけど、お家の中に突然転移する訳にはいかないし、じゃあお庭なら良いかしらと思ったんだけど」

ソーニャさんの言うにはお家にも庭にも、微妙に固い結界が敷かれていたらしく、それをすり抜けられたにはすり抜けられたけれど、厩舎の近くに降りてしまったそうだ。

「ヴィーチェニカも強くなっちゃって……。すり抜けるのがやっとだったわ」

「ヴィーチェニカ……ヴィクトルさんですね？」

「ええ、そうよ。あの子は私の妹の子だし、ラルーシュカは弟の子なの」

ヴィーチェニカがヴィクトルさんなら、ラルーシュカはラーラさん。

つまりロマノフ先生たちは従兄弟同士に当たるのね。

幼馴染みで従兄弟なら、絆も強い筈だよ。

それはちょっと脇に置いておくとして。

転移魔術でやって来たのは良いんだけど、ソーニャさんは厩舎の近くに降りちゃって、だから玄関に行こうとしたらしいんだけど、たまたま厩舎に人の気配がするから覗いてみたら、朝早くからケルピーやポニ子さん、グラニの世話をしていたヨーゼフと出くわしたそうだ。

それで自己紹介してケルピー達の様子を一緒に見ていたところに、私がレグルスくんとポテポテやって来た、と。

ソーニャさんの後ろに控えていたヨーゼフも、その説明にコクコクと頷いて肯定している。

兎に角、お客様をいつまでも厩舎にいさせる訳にもいかない。

ケルピーのことをヨーゼフに頼むと「お任せください！」と、胸を張って応えてくれた。

なので姫君様の所に行く前にまた厩舎に寄ることにして、私とレグルスくんはソーニャさんを屋敷に案内することに。

「ここ、あまり変わってないわねぇ」

「祖母の代から改修はしてないそうです」

「そうなの……。サンルームもそのまま？」

「はい。私の使い魔のタラちゃんとござる丸がよく遊んでます」

「あらまあ」

「れーも、あそこすき。でもごほんのおへやもすき」

「だねぇ」

レグルスくんと繋いでるのとは逆の手を、ソーニャさんに取られてポクポクと屋敷の正面玄関に向かう。

その間にも、レグルスくんはケルピーが気になるのか、何度も厩舎を振り返って。

それに気付いたソーニャさんが、また軽やかに笑った。

「ケルピーちゃんとヨーゼフちゃんならもう大丈夫よぉ」

「へ？」

「ほんと？」

「ええ、ソーニャばぁばが特別にお呪いしたから大丈夫よ」

ソーニャさんからぱちんっとウインクが飛んでくる。

そんな仕草も似た者親子だ。

でもそうか、それでヨーゼフはリラックスした感じだったのか。

何にせよ、ヨーゼフとケルピーにはとても苦労をかけている覚えはあるから、それが少しでもマシになったなら良かった。

ソーニャさんに、レグルスくんと二人でお礼を言うと、丁度屋敷の玄関に到着。

扉を開けると、ロッテンマイヤーさんが私達の帰りを出迎えようとして、エントランスに立っていた。

「お帰りなさいませ」

「はい、ただいま帰りました」

「ただいまかえりましたー！」

軽くお辞儀をするロッテンマイヤーさんだけど、ソーニャさんを見ると動きが止まる。

なのでソーニャさんのことを伝えて、ソーニャさんにロッテンマイヤーさんを紹介すると、途端にソーニャさんの顔が輝いた。

「そう、貴方が……！　貴方がハイジちゃんなのね。会いたかったわ！」

えっと思う間もなく、ソーニャさんがロッテンマイヤーさんに抱き付く。

そして頬と頬をくっつけると、何度も「会いたかった」と繰り返す。

どういうこと？

目を点にしていると、ロッテンマイヤーさんがソーニャさんの肩にそっと触れて。

「初めまして、レオニード……レーニャの末裔のアーデルハイドでございます、大お祖母様」

スカートの裾を持ち上げてお辞儀するロッテンマイヤーさんは、とても姿勢が美しかった。

少女は大志を抱くことにした

麒鳳帝国の南、コーサラ国の南西には堕ちて魔物になり果てた神々と、その堕ちた神々を信奉していた人間たちが交わった末に生まれた異形の末裔が住むという国がある。

かつてはアトランティス大陸とムー大陸を股にかけるほどの巨大な国土を保持していたけれど、麒鳳帝国建国の混乱に乗じて攻め寄せた際、金銀妖瞳《ヘテロクロミア》の英雄に散々に打ち破られた。

そのかつてない大敗北のせいで国力を削られ、次いでそれまで支配下に置いてきた獣人たちに独立戦争を仕掛けられて。

この戦いにも金銀妖瞳《ヘテロクロミア》の英雄が協力していたため大敗北を喫して、国土を大きく削られた。

度重なる敗北に人心は乱れ、今度は同族同士で争い始め、とうとう国が二つに割れた。

争いは捨てて、周りの国々と融和して生きていくことを決めた北アマルナ王国と、堕ちたりといえど神々の血を引く者として周りを従えることこそ正しいありようと覇を唱え続ける南アマルナ王国とに。

そしてこの度、北アマルナ王国は数百年の時を経て、麒鳳帝国とようやく国交を樹立した。

「そしてその北アマルナ王国こそ、お前の故郷……だな？　ネフェルティティ・アマルナよ」

小麦色よりもう少し濃い肌色に、纏《もつ》れるような編み方をした髪。

精悍《せいかん》だけど端正なお顔には、獰猛《どうもう》な微笑《ほほえ》みが浮かぶ。

裸の逞《たくま》しい上半身には、肩から豪華な布が垂れ下がっていた。

謁見に使われる鏡の間の天井付近に現れたその人は、肩に三叉槍《トライデント》を担いで突然表れた。

鳳蝶と海底神殿にお参りした、あの時と同じように。

玉座に座る父も母も、普段なら何があろうと崩れない表情を、驚きに大きく歪めて。

こういうの、なんだか覚えがある……。

そう思って周りを見回せば、嫌味な物言いの公爵親子がぽかんと大口を開けていたし、宰相や近衛騎士たちも同様だ。

「左様です、ロスマリウス様。ご尊顔を拝し……」

そんな中、私はかけられた言葉を肯定すると、カーテシーを披露してゆっくりとドレスの裾を持って跪く。

「昨日の今日みたいなもんで堅苦しくするな。折角綺麗なドレスを着ているのに床に膝をついたら汚れるぞ」

暗に立てと示唆されて、素直に立ち上がる。

ドレスの衣擦れの音に、両親と宰相が我に返ったようで、一段高くなった玉座から駆け下りて、床に敷かれた赤絨毯の上に伏せた。

「王と王妃が跪いてるってのに、臣下がデカい面して俺の前で立ってるとは不敬だな？　なあ、ネフェルよ？」

「は、申し訳ございません。公爵、ロスマリウス様の御前である。控えよ」

声をかけても呆けたままの公爵とその息子を、扉近くに控えていたイムホテップが力づくで跪かせる。

「これでよろしゅうございますか？」と小首を傾げると、ふよふよと浮かんだままでロスマリウス様が私に手招きされた。

こういう時、鳳蝶は素直に従っていたように思う。

だから私もそうすると、天井から降りてこられたロスマリウス様に「よくできたな」と頭を撫でられて。

驚いていると、前髪につけた布で作った赤い花の髪飾りの、ロスマリウス様のお手が触れた。

「ふうん？　これが百華が鳳蝶に強請《ねだ》って、断られた髪飾りか」

「それは、どういう……？」

「うん？　それは鳳蝶が自ら作った髪飾りでな。弟と色違いで試作のために作ったものだから、いくら主の百華公主に強請られても差し出さぬと拒んだ髪飾りだそうだ。俺も百華に聞いただけだが、特徴が聞いたままだ」

百華公主様とは、天上の美神。

その方に強請られて拒んだ物を、鳳蝶は惜しげもなく私にくれた。

それって、期待していいということだろうか。

頬と耳が熱くなったのを感じて、思わずそれを隠すように俯くと頭上から豪快な笑いが降ってきた。

「可愛いヤツめ。口ほどに表情が物語っているぞ」

「か、揶揄《からか》わないでくださいませ……！」

「すまんな。しかし、もう一つだけ確認させてもらうぞ？　お前、鳳蝶に星を贈ったな？」

「……ッ！」

確認というか確信をもって突きつけられた言葉に、伴う声音は甘くて優しい。

それなのに向けられる視線は値踏みするように、強く全身に突き刺さる。

だけどと、唇をかむとその刺すようなロスマリウス様の視線を真っ向から受け止めた。

ここで怯むと、永遠に機会は失われる。

そんな気がしてじっとロスマリウス様を見続けると、不意に嬉しそうにその整ったお顔を緩められて。

「試して悪かったな。お前の気持ちと覚悟を知りたかった。許せ」

「覚悟、ですか？」

「ああ。お前にとっても悪くない話だ、聞け」

そう仰ると、ロスマリウス様はその形の良い唇を解かれる。

曰く、ロスマリウス様は鳳蝶を自らの一族に迎え入れたい、と。

神様にとって人間の信仰心は、お力を強める重要な要素の一つであって。

ロスマリウス様は海神でもあるけれど、学問と魔術の神様でもあらせられる。

だから魔術や学問を志す者は、必ずその二つを司るロスマリウス様を信仰するのだ。

翻って鳳蝶は自領、ひいては帝国、いや世界に学問を敷きたいと願い、それを叶えるために色々と行動を起こしているとか。

つまりそれはロスマリウス様のお力を高めることでもあるのだ。

そして、鳳蝶は確実に結果を出しつつあるという。

鳳蝶の友人である奏が考えた農業魔術が、魔術師に第二の人生を与えたことで新しい職業が起こり、新たな経済の動きを生み出した。

おかげで鳳蝶の領地では学問をしたいと望む動きが活発になっているそうだ。

更に麒鳳帝国の次に広大な領地を持つ北アマルナ王国の王女である私も、人々に学問をという志を持つに至った。

この国で私が学問を奨励し、それが実を結んだときには、ロスマリウス様のお力はさらに大きなものになる。

「そんな逸材、野放しにしておくなぞ勿体ないと思わんか？」

「たしかに……」

「だが鳳蝶は百華の庇護下。それを無理に一族に引き込めば百華と事を構えることになるだろう。それは困る。だから一番穏当なやり方として婚姻によって一族に引き込むことにしたのよ」

婚姻によって強力な貴族を王族に引き込むというのはよくある話だし、私も王女である以上その可能性はあるわけで。

でも、私は……。

唇を噛み締めて俯くと、そっとロスマリウス様のお手に顎を持ち上げられる。

「しかし、婚姻と言ってもだ。半端な娘では恐らく百華は頷かん。鳳蝶は百華を至上の主と目しているから、百華が許さん娘など仮令《たとえ》俺が推した所で絶対に娶りはせんだろう。そこで俺は考えたのだが、百華は男も女も美しい者を愛でる。だから容姿は美しくなくてはいかん」

「は、あ……」

「それだけでなく、鳳蝶も気に入らねばならんのだから、あれとまともに会話ができる賢い娘でなければな。そしてだ、さらに重要なのが鳳蝶の人界での地位を高められるような存在であること。あれに自由に動ける権力と財力を与えてやれる娘なら、百華も頷くだろうよ」

「それは、かなり条件が厳しいのでは……？」

「俺の娘たちでももちと厳しいな」

ロスマリウス様は顎を擦られる。

その表情は飄々としておられるから、厳しくはあるもののいないわけではないということだろう。

鳳蝶が、嫁取りをする。

胸にモヤモヤが広がって、口の中に鉄錆の味が広がった。

するとロスマリウス様のお手が、私の唇に触れる。

「噛むな噛むな。切れたぞ」

「あ……」

無意識に唇を噛んで、皮膚を破ってしまっていたようだ。

固く結んだ唇を緩めれば、ロスマリウス様がその傷を指先で癒してくださる。

それからふっと笑うと、ロスマリウス様のお手が頬に触れた。

「俺は話に勿体を付けすぎると娘にもいつも言われる。悪かったな、傷つけるつもりはなかった」

「いえ……」

傷ついたというより、単純に悔しかったのと羨ましかっただけだ。

鳳蝶のもとに嫁げる、ロスマリウス様の娘様の中のどなたかに嫉妬した。

そんなことを口に出せずに俯こうとすると、頬に触れたロスマリウス様の手がそれを阻む。

それどころか少し強引に顔をあげさせられて、私は困惑した。

するとロスマリウス様が、にぃっと口角を三日月に歪めて。

「さて本題だ。ネフェルティティ・アマルナ、お前俺の娘にならんか？」

「へっ？」

「お前の容姿を思わず触れてしまうほどに、あれは気に入っている。あれのしたいこととその重要性を話を聞いただけで理解し、同じ志も持つ。さらにお前は他国とはいえ王女、あれのことを支えてやる権力と財力もあるしな。お前は俺の考えた条件に見事に当てはまる。どうだネフェル、最大限俺のできることは協力してやるから、俺の娘としてともにアレを手に入れようではないか？　お前も俺の娘をうらやむ程度にはアレのことが好きなのだろう？」

いっそ優しく囁かれて、耳や頬が熱くなる。

気持ちを見透かされたようで、私は胸の前で手を組み目を伏せる。

鳳蝶は私の中にあった眼に対する劣等感の檻《おり》を叩き壊して、私をそこから出してくれた。

夢や望みを語る強い心、先を見据える聡明さに目が離せなくなって。

どうしようもなく彼の特別になりたいと思ってしまった。

だから鳳蝶に叶わなくとも星を贈ったのだ。

星を贈るのは、北も南もアマルナでは婚姻の申し込み。

そしてそれに応じるなら、花を贈り返すのが正式なやり方。

鳳蝶はその返事の方法を知ってか知らずか、虹色に輝く世にも希少なマンドラゴラの花を贈り返してくれた。

マンドラゴラの花言葉は、その希少性から「奇跡」とつけられている。

そんな花を贈られて欲が出た。

奇跡のように彼の心を得られるのでは、と。

でも……。

「お言葉ながら、ネフェルティティは……」

赤い絨毯にひれ伏していた父が、面を上げぬまま声を発した。

それにロスマリウス様が片眉をひょいっと上げられる。

コーサラから呼び戻されて二日、私の無事を確認した安堵からか、母である王妃が予定日より一か月も早く産気付いた。

早産とはいえ二度目の出産だったからか、さほど時をかけずに生まれたのは世継ぎの王子で。

それまでは私が第一王位継承者だから、婚約者選びはかなり慎重に進められていて、まだ誰にも決まっていなかった。

しかし弟が生まれたことで、私を有力貴族に嫁がせることで、弟の立場を強化してはどうだろうと宰相が動き出して。

母はもともと男爵家の出身で、父とは恋愛で結ばれた人だ。

紆余曲折《うよきょくせつ》あって、母は輿《こし》入れのためにとある公爵家の養女になったのだけれど、その時の借りを返せとばかりに母を養女にした公爵家から降嫁《こうか》を望まれたのだ。

今までは王位継承権を盾に、父も答えを先送りできたけれど、弟が生まれた以上私の継承権は当然下がる。

そして弟が生まれてまだ一週間も経っていないというのに、私は婚約者を定められるために謁見の間に呼ばれたのだ。

ニヤニヤと笑う公爵親子。

私の眼を嫌い、会えば嫌味を言う男の元に私は嫁ぐことになる。

この場は私にとって死刑執行の場であったのだ。

そこにロスマリウス様がお出でくださったわけで。

ロスマリウス様は、公爵家の息子と私を見比べると、大げさに肩を竦められる。

「おいおい。海神が持ってきた縁談よりも、そこのオコゼみたいな面の高々公爵家の小僧に嫁ぐ方が幸せになれるとでも言う気か？」

「お、オコゼ……？」

「いいか？　俺はネフェルを望んで娘にして、俺が見込んだ男と娶《めあ》わせたいと言っているんだ。神が選んだ男を、そこのオコゼは越えられるのか？　容姿だけでも、あっちは百華が愛でるほど美しい蝶で、こっちはオコゼだ。中身もオコゼのように旨いのなら兎も角、嫁にと望む娘の眼を貶めるだけで自信を失わせるような男だぞ？　それに引き換え、あれはお前たちの娘の心に自信を取り戻させ、前を向けるようにしたのに？　比べようもないだろうが？」

誰もがその言葉に沈黙する。

オコゼと評された公爵の息子は真っ赤になっていたが、それでも海神の御前、反論はなし。

しかし「お言葉ながら」と宰相が顔を上げた。

「これは王家の権威を高める婚儀ならば、そのようなことは二の次。民心の安定をまずは……」

「誰か知らんが、神に許しもなくよう囀《さえず》ったな」

「申し訳ございません。しかし、私めはこの国の宰相なればまず王家と国のことを第一と……」

「ふうん？　なれば王妃よ、お前に問おう」

ロスマリウス様が突然母に顔を上げるよう命じられる。

驚きながらも、母はゆっくりと顔を上げた。

「ネフェルがそこのオコゼに嫁がねばならんのは、お前と王の恋の後始末。お前は自分と息子のためにネフェルの恋をつぶすのか？」

「それは……。いえ、左様にございます。ネフェルの婚儀はわたくしと王の恋の後始末。違う道があるのであれば、わたくしは……！」

「ならばネフェルを俺に差し出すがよい。悪いようにはせん」

母の言葉に父も頷く。

その姿に宰相や公爵が「勝手なことを！」とかなんとか喚いているけれど、私は嬉しかった。

弟は可愛いけれど、そのために私は私を蔑む男に嫁がなければいけないのかと思うと……。

けれど両親は私のことも気にかけていてくれたのだ。

そんな両親と弟を私の気持ちのために窮地に立たせることは出来ない。

きゅっと目をつぶると、私はロスマリウス様に膝を折った。

「ネフェル？」

「ロスマリウス様。お言葉は大変嬉しゅう存じますが……」

「お前が俺の娘になるなら、王家に俺の加護をくれてやるぞ。なぁに、娘の家族は俺の家族も同じだろう？　弟も息子のようなものだ。お前ともども可愛がってやろう」

「⁉」

「俺の娘の家族に逆らうのは、海神であり魔術と学問の神である俺に逆らうのと同じこと。謀反《むほん》？起こせるものなら起こしてみるがいい」

「なあ？」と獰猛な笑みを公爵親子に向けると、ロスマリウス様は宰相にも「これでよいか？」と声をかける。

睨まれた形になった公爵親子は、赤かった顔を青くしてひれ伏し、宰相は声もなくこくりと頷いた。

そしてロスマリウス様は父と母に向き直る。

「ネフェルを大事に育てろ。俺はネフェルも気に入っているから娘に選んだのだ」

「は……」

「まずは金銀妖瞳《ヘテロクロミア》についてのくだらぬ偏見をどうにかせよ。そうだな……、例えば俺がネフェルを養女にしたのは、夜明け前の瑠璃の海と夜が明けた碧の海の瞳を持つからだとでも喧伝《けんでん》するがいい。その目を気に入ったからこそ、ネフェルを娘にしたついでに王家に加護をやるのだと」

「承知いたしました」

「ご温情しかと受け止め、必ずやネフェルをよき娘に育てまする」

両親の言葉にロスマリウス様は満足そうに頷かれ、それから「ではな」と高らかに笑いながら黄金の煌めきを纏いふっと消えてしまわれた。

現れた時と同じく唐突に消えたお姿に、その場にいた皆が呆然と空を見上げるばかりで。


暫く後。

「……やはり、ですか」

「うむ。あちらは『将来の婚儀の誓いとは思っていない』とのことだ」

両親が外交ルートを通じて鳳蝶に、私と交わした星と花のやり取りをどう認識しているか確認してもらった答えがそれで。

父がこめかみを押さえた。

「あちらの家庭教師が彼のエルフ三人衆だとは……。これは将来を約束したとごり押しするわけにはいかんなぁ」

「せめて婚約だけでも結べませぬか？　あちらも我が国を敵に回すわけにはまいらぬのでしょう？」

母が弟を胸にあやしながら、こてんと首を傾げる。

娘の私から見ても可憐な人で、私はどうも父に似たようだ。

「うむ、それがな……。あちらの皇帝から『無理強いしたら神にでも否やというし、彼を加護しているのは百華公主だけではなく氷輪公主やイゴール様もだから、こちらとしても命じることも出来ない』と親書をもらってな」

なんということだろう。

父と母が絶句する。

けれど私は少し誇らしくて笑ってしまった。

「手ごわいですね。でも、あきらめません。彼の妻になるのは私です」

あるはずのない奇跡の花を貰って、奇跡の機会を与えられた。

「ええ、立場で押し切れないなら正攻法で行きます。必ず、彼の心を得て見せますとも！」

どこかでロスマリウス様が笑ってくださった気がした。

南国の夜の夢？

コーサラ国という国は、昼は水遊びが楽しいくらい暑いですが、朝夕は大変過ごしやすい気候のようです。

一日のお仕事……といっても、本日は色々ありました。

巨大なタコを倒したり、どこかの良家のお嬢様を保護したり。

菊乃井から出ても一日が凄く濃いです。

でもまあ、それも夕方には一段落、いつものようにレグルス様のお世話をして一日のお仕事が終わり。

部屋一つ一つに備えられたシャワーを使って、あとは寝るだけ。

各部屋にシャワーが付いてるなんて、このヴィラはどれだけ高級なのか。

宇都宮、あまりにもベッドが気持ち良すぎて寝坊が怖いくらいです。

パジャマに着替えて、さあ寝ようかな。

そう思って海に面した開けっ放しの雨戸を閉めようと近づいた時です。

砂浜をタラちゃんとござるちゃんがお散歩しているのが見えました。

あの二匹はとても強いです。

だけどそれより強い魔物が海に潜んでいないとは言えません。

だってお昼間はそれで大変だったんですもの。

なので、宇都宮は二匹を追いかけてサンダルを履いて砂浜に下りようと、ヴィラから砂浜に下りる階段をかけ下がろうと、足を一歩前に出した瞬間——。

「ぎゃんっ⁉」

ずるっと滑ってすってんころりん。

ずんずんと石造りの階段をお尻から滑り落ちてしまいました。

そして膝に砂の感触。

お尻の痛みにしばらく悶絶して、砂の上を転がっていると、頭上に影が。

「お前は……？」

聞こえてきた聞き覚えがあるけど、聞こえるはずのない声に驚いて顔を上げると、そこにはなんと一人の少年が。

褐色の肌に涼しげな目元、夜目にも鮮やかな青い瞳、濃い金髪を揺らして宇都宮を覗き込むのです。

そのお方は冬に一日だけ菊乃井を訪れて、遥か未来までお会いできない筈のお方で！

「れ、レグルス様ぁっ⁉」

「ああ。っていうか、宇都宮、声が大きいぞ。夜なんだから……」

「は⁉　申し訳ありません、つい……」

そうでした、夜でした。寝る前ですもんね。

って、そうじゃありません⁉

なんで大きくなったレグルス様がここにいらっしゃるのでしょう⁉

あわあわしていると、ヴィラの植え込みががさがさと動きます。

もしや敵襲⁉

そう思って宇都宮は立ち上がってモップを構えようとします。

でもそんな宇都宮の手をそっと取り、レグルス様が首を横に振られました。

どういうことかお尋ねする前に、一際大きく植え込みが揺れて。

「レグルスくん……と、宇都宮さん？」

夜空を染め抜いた絹糸のような長い髪を揺らして、男の子か女の子か判断に迷う綺麗なお顔の方が、こちらにお出でになったのです。

宇都宮、この方にもお会いしたことがあります。

やっぱり冬の一日だけ、大きくなったレグルス様と一緒に菊乃井にお出でになった若様でした。

なにゆえ、若様まで⁉

あまりに驚いて宇都宮ははくはくと口を動かすだけ。

そんな宇都宮の前でご兄弟は目と目を交わして頷き合われます。

「宇都宮さん。宇都宮さんは今回のコーサラ旅行はお留守番だからここにいるわけないし、今の宇都宮さんは私たちの知る宇都宮さんよりちょっと若いみたい」

「へ？　ど、どういうことでしょう？」

「うん。冬にそっちに私たちお邪魔したよね？　今回はその逆で宇都宮さんが来ちゃったんじゃないかな？」

「えええええっ⁉」

なんということでしょう⁉

訳が分かりません！

驚きすぎて大きな声を出したら、のけぞりすぎて砂で足が滑って。

驚いて体勢を崩して転ぶと身構えると、左右からするりと支えが入れられました。

はっとして目を見開くと、左右から若様とレグルス様に抱えるように支えられているのです。

若様のお手は柔らかくて、傍に寄るとお花の香りがします。

レグルス様の腕は見かけよりも逞しくて、その長身に見合ったがっしり具合で。

「大丈夫？」と若様にお声をかけていただきましたが、その時に向けられた紫水晶の瞳は、やっぱり支配的で不穏な色気が漂っているように思えて。

そんな麗しいお兄様に向けられたレグルス様の視線には、敬愛と尊敬が宿っているのです。

ああ、やっぱりレグルス様は若様が大好きなんですね。

宇都宮はそれだけで嬉しゅうございます。

なのでそれを言葉にしようとレグルス様を見れば、レグルス様もなぜか宇都宮を見ていらして。

そのお顔に小さなレグルス様の面影が宿ります。

けれど、なんでしょう？

そのお顔は小さなレグルス様がロマノフ先生によく見せているしょっぱいお顔によく似ているのです。

なんというか……。

「やきもち？」

「……宇都宮、それ以上はいけない」

ひっくい声です。

びっくりするぐらいひっくい声がレグルス様から出ました。

それってようするに、若様にお助けいただいた宇都宮にやきもちってことでしょうか？

それって、それって、お鼻がムズムズしてくるやつじゃないですか⁉

「宇都宮さん⁉　鼻血が⁉　どこか打ったの⁉」

「へ？　あー⁉」

「動いちゃダメだよ！」

そう仰ると、若様はすかさず持っていてハンカチで宇都宮のお鼻を押さえてくださいます。

ヤバいです、萌え萌えします！

宇都宮が内心で悲鳴を上げていると、ふと身体が浮きます。

若様にお鼻をハンカチで押さえられているうちに、ひょいっとレグルス様に膝裏に手を差し入れられ抱えられてしまったのです。

これはあれです、お姫様抱っこというやつでは⁉

「ひぇぇぇぇ⁉　いけませんレグルス様！」

お仕えする方に抱えられるなどメイド失格です。

宇都宮がじたばたしていると、レグルス様が唇を耳に寄せて来られます。

「お前、ここで俺を拒否したら兄上に抱えられるぞ？」

「それはもっとダメですぅっ！」

「兄上には箸より重い物を持たせてたまるか。お手が傷ついたらどうする⁉」

「それはいけません！　大人しくします！」

囁かれて、宇都宮はぴたりと動きを止めました。

ちょっとだけ触れた若様のお手は、本当に性別が行方不明なくらい細くて華奢でお綺麗でした。

それを傷つけるなど、万死に値します！

なので大人しくレグルス様に抱えられると、海の近くのベンチに降ろされました。

後から若様もお出でになり、ベンチにレグルス様を挟んで座られます。

「こっちの宇都宮さんもよく鼻血を出すけど、宇都宮さんものぼせやすい体質なのかな？」

「そうなんですか？」

「ああ。よく家でも鼻を押さえているのを見るな」

なるほど、萌えてはいけないメイド業。

菊乃井のお屋敷は、宇都宮がしょっちゅう鼻血を出すのをこらえなければいけないほどの萌えが溢れているのですね。

頑張れ、未来の宇都宮！

ぐっと拳を握ると、レグルス様がジト目で宇都宮を見ておられる気がしましたが、気のせいです。

「それより」と若様が仰います。

「前の私たちと同じく、宇都宮さんが未来に来ちゃったとして原因は何だろうね？」

「えっと、宇都宮、浜辺でお散歩しているタラちゃんとござるちゃんを追いかけようとしたら、階段で滑ってしまって……」

「それだけか？」

「はい」

「うーん、ちょっと解らないな。でも私たちの記憶に宇都宮さんが南国で行方不明になった記憶なんかないから、そのうち戻れるかもね」

「はあ」

南国の夜の夢？

聡明な若様が解らないと仰るならそうだろうし、一晩くらいで戻れると仰るならそうなのでしょう。

もとより疑うつもりなどありません。

すとんと納得すると、次には疑問が湧きます。

若様は先ほど「今回のコーサラ旅行」と仰いました。

つまり今はコーサラの夜ということ。

その夜に、どうしてレグルス様と若様は砂浜におられたのでしょう？

そうお尋ねすると、お二人は視線を交わしてクスリと微笑み合われました。

その雰囲気はとても甘やかで、ほわっとしていていて、なんと言うか凄く……。

おっといけない、また鼻血が出そうです。いけないいけない。

宇都宮が耐えがたきに耐えていると、若様が南国の雰囲気に合わせて着ておられた、ござるちゃんの服に似たお召し物の膨れた袖から細い棒状の何かを取り出されます。

「宇都宮さんはまだ知らないと思うんだけど、手持ち花火ができたんだよね」

「手持ち花火、ですか？」

「ああ。菊乃井の職人たちが発明してくれたんだ。手に持って先に火をつけると小さな花火が出る」

「試作品を無理言って貰って来ちゃったんだ。まだお試し品だからあんまり他人に見せるなって言われてて。二人でするならいいかなって」

「そうなんですか」

宇都宮が頷くと、若様は唇に人差し指を当てて「帰っても内緒にね？」と、穏やかに微笑まれました。

そんな若様を守るようにひっそりと佇むレグルス様。

二人のお姿はまるで一幅の絵のようで。

宇都宮は思わずうっとりとお二人を見つめてしまいましたが、その視線にお二人は気付かないご様子。

若様から花火を受け取られたレグルス様は、魔術でその先端に火をつけられます。

ぱちぱちと赤や緑、黄色に青の火花が爆ぜて、夜の帳の中にいる若様のお姿を浮かび上がらせて。

わずかに弧を描く艶やかで紅い唇が少し開いているのが、眼福を通り越して目の毒なほどに麗しいのです。

そしてそんな若様をご覧になるレグルス様もまた、同じように唇に笑みを浮かべておられるのです。

なんというそっくり兄弟。

宇都宮の胸がじんとしてきて、目頭が熱くなって、視界が水に潜ったように歪みます。

こんなに美しい光景の中に身を置けるなんて、宇都宮はどれほど幸せか。

それを言葉にしようとした刹那《せつな》、視界の端にタラちゃんとござるちゃんの姿が過ぎって。

あの子たちも時間を超えてやってきてしまったのでしょうか？

だとしたら一緒にいなければ帰れなくなってしまうかもしれません。

なので二匹を捕まえようと、砂浜に足を踏み出した途端にずぼっと足の下がなくなったような感触が——。

「宇都宮さん⁉」

「宇都宮⁉」

若様とレグルス様が花火を持ったまま、手を差し伸べてくださいましたが、届かず。

「ぎゃふん⁉」

ごちんっと身体を打ち付けた痛みに身を起こすと、そこには木の床が。

驚いて辺りを見回せば大きく開いた雨戸から、朝焼けの海と砂浜が見えるではありませんか。

ぱたぱたと小さな背中が三つ、砂浜に向かってかけていきます。

若様と、レグルス様と、かなくんの背中でした。

宇都宮は夢でも見たのでしょうか？

首を捻ると、ぎゅっと何かを握っていることに気が付きました。

手のひらを見るとそこには赤黒いシミのついたハンカチがあって。

それをそっと自分の荷物入れにしまうと、大きな伸びを一つ。

今日もお仕事が宇都宮を待っています。

あとがき

お久しぶりでございます、やしろです。

この度は「白豚貴族ですが前世の記憶が生えたのでひよこな弟育てますⅣ」略して「しろひよⅣ」をお手に取っていただき、ありがとうございます。

ご挨拶も四度目ですが、いまだに名状しがたい何かです。

四巻。

海の神様・ロスマリウスと渚のハイカラ角ありお嬢さん・ネフェルティティ、異世界転移してきた演出家・ユウリにその友人・エリック、歌劇団待望の男役・シエルに妹・アンジェラ。

菊乃井兄弟と沢山の縁と絆が結ばれました。


ネフェルティティというのは、古代エジプトの新王国第十八王朝のファラオ・アクエンアテンのお妃で、かの有名なツタンカーメンの義母からその名をいただきました。

意味が素晴らしいんです。

古代エジプト王朝を代表する美女と言われているだけあって、「美しい人が訪れた」という意味でして。

第十九王朝の三代目ファラオ・ラムセス二世のお妃のネフェルタリ（意：美しい人）と、どちらから名前を貰おうかと、だいぶん悩みました。

さて、この美しい人が鳳蝶や菊乃井にどんな運命を運ぶのか……。


そしてシエル。

彼女は菊乃井少女合唱団が、菊乃井歌劇団になる切っ掛けの少女です。

私の愛して止まない「ヅカ」には「白薔薇のプリンス」・「宝塚の至宝」と呼ばれる伝説の男役がおられました。

シエルのイメージはその方からいただいております。

可憐な乙女達に寄り添う王子は、菊乃井にどんな花を咲かせてくれるのでしょう……。


そして「しろひよ」も小説だけでなく、コミカライズも始まり、なんと2・5次元に飛び出すことになりました！

世界が広がり縁が繋がるなかで、菊乃井ブラザーズはどのように成長いたしますやら。

まだまだお付き合いいただけますよう、お願い申し上げます！

謝辞

この度は「白豚貴族ですが前世の記憶が生えたのでひよこな弟育てますⅣ」をお手に取っていただき、ありがとうございます。

まだまだ困難な時節ですが、皆様のお陰をもちまして、無事に四巻が刊行されました。

表紙・挿し絵を引き続きご担当いただいたkeepout様。

萌えの神様ぶりが凄くて、最近では奇声だけでは飽きたらず、顔がお見せできないくらいに崩れてしまうほどです。

コミカライズをご担当くださるよこわけ様。

鳳蝶の頬っぺたも、ひよこ弟の頬っぺたももちりたすぎて、ネームや完成形を見るたびに悶絶しております。もち神様……！

担当の扶川様。

プロットがないので、あっちふらふらこっちふらふらするのを「それ楽しそうですね！」とか「その流れ良いと思います！」とか仰ってくださるので、やる気が凄くでます（笑）

その他、沢山の方々が支えてくださって「しろひよ」は出来ております。

いただきました沢山のご縁に感謝し、関わってくださった方々や読者の皆様のご健勝とご多幸をお祈りいたします。

本当にありがとうございました。

コミカライズ第三話

白豚貴族ですが前世の記憶が生えたのでひよこな弟育てます @comic

shirobuta kizokudesuga zensenokiokugahaetanode hiyokonaotouto sodatemasu@comic

漫画 よこわけ

原作 やしろ

キャラクター原案 keepout

暖かくて
大きな手
包み込まれる感覚が
くすぐったい
もし 父と手を
繋ぐことがあったら
こんな感じ
なんだろうか
大変です
若様
旦那様と奥様が
お戻りになります
父と母が
帰ってくる

5歳の誕生日にも
私が病に臥《ふ》せっている時も
帰ってこなかった両親が
ついに帰ってくる
ドキ
ドキ
ふたりとも
どんな顔だったっけ？
声すら思い出せ
ないんだけど
いやいや
記憶をあされば
うっすらとは……
いやさすがに
そんな…
少しも
思い出せないなんて
いくらなんでも
私アホの子すぎるだろ⁉
ぐる
ぐる
ぐる
それは…⁉
待ってください
菊乃井伯爵は
婿養子で…
あ……
父は婿養子
だったんですか？

やはり鳳蝶《あげは》君に話したほうがいいと思います
ですが若様はまだ5歳ですよ？こんなことをお教えしても…
鳳蝶君はこちらが思うより聡明なお子です
いずれ口さがない者たちの口から尾ヒレがついた話を聞かされるよりは…
ですが……
えっ なに 気になること しないで
……少しだけお時間をくださいませ
お教えするにしても私もどうやってお話したものか…
パタン
鳳蝶君今日はこれからどうするんですか？

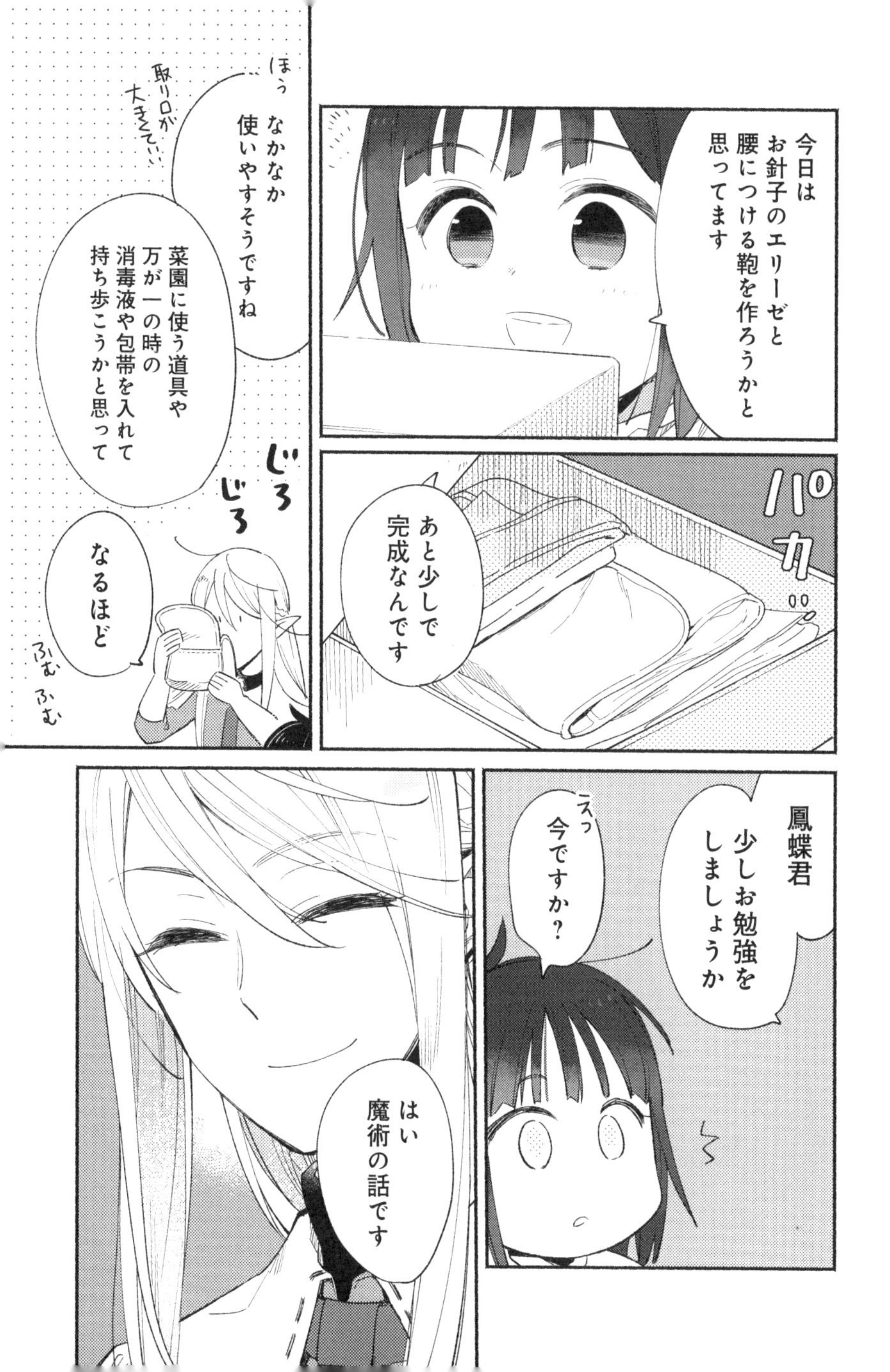

今日は
お針子のエリーゼと
腰につける鞄を作ろうかと
思ってます
パカ
あと少しで
完成なんです
ほぅ
なかなか
使いやすそうですね
取り口が
大きくて…
菜園に使う道具や
万が一の時の
消毒液や包帯を入れて
持ち歩こうかと思って
じろ
じろ
なるほど
ふむ
ふむ
鳳蝶君
少しお勉強を
しましょうか
スッ
今ですか？
はい
魔術の話です

この世界には魔術の体系がいくつかあります
まず怪我などを治す治癒魔術 他者を攻撃する攻撃魔術 自分および他者の能力に干渉する補助魔術
空間に干渉する空間魔術
それから秘蹟 精霊術 これらの5つが代表格です
代表格っていうと他にもあるってことですか
太古に喪《うしな》われたものや使う人が少なくて廃れそうなものなどですね
魔術は魔力を四大元素の精霊に譲渡することでその属性の持つさまざまな効果を引き起こしてもらうものなんです
じゃあ空間魔術は空間の精霊に魔力を譲渡する…？
コホン
そこなんですけどね

空間というのは今私たちが存在する世界そのものですので
空間魔術は四大元素すべての精霊に手伝ってもらわなければなりません
それは難しそう…ですね
容易ではないですね
必要な魔力量が尋常ではないんです
つまり使える人はとても少ない…？
正解です
ですが使えると非常に便利です
一度の空間魔術で効果を持続させることができるものもありますし
繰り返し効果が起こるものもあります
例えば…
ポゥ

ポゥ。
フーー…
汗…
見事な刺繍ですね
では このポーチとハンカチを交換しましょう
えっ
いやポーチもハンカチも私のなんですが??
今空間魔術でこのポーチを異空間に繋げました
まあだいたい…箪笥《たんす》の引き出しほどの量がこの中に収まると思ってください
えっ!?

しかも中は
時間が止まっているので
食べ物を入れても
腐りません
半永久的に
使用可能なやつですよ
何を隠そう
私はレアな空間魔術の
使い手なのです
ドヤア…
えぇえ
つまりこれは…
アイテムボックス
的な……？
え…
でも……
そんなに
すごいものの対価が
ハンカチ1枚？
釣り合わないですよ!?
ただのハンカチに
私が刺繍しただけ
なんですよ??
いいえ
私にとっては
等価交換ですよ
鳳蝶君
君に敢えて
教えませんでしたが

へ…
「緑の手」や「青の手」を持つ者が作った植物やモノを精霊はとても好むのです
そういうものをひとつでも身につけていると精霊が勝手に魔術の補強をしてくれるんですよ
例えば私のマントには鳳蝶君に刺繍してもらったエルフ紋様のコンドルが10羽
軽く見積もって5割増しくらいの補助が見込めるのです
ご5割増ーーー
軽く見積もって、ですよ?
このハンカチがあればさらに補助が見込める
立派な対価ですよ
マジかー!
私が興味本位でちくちくやっていたナスカの地上絵にそんな効果があったなんて……!!
すご…
驚きすぎて正直父が養子だった件はすっかり頭から抜け落ちていた——

ピチチ…
えーっと
今日は惚れた腫れたのが
いいということですので
「ハバネラ」を
歌います
うむ
聞いてやるゆえ
はよ
本来は成熟した女性が
歌う歌だったはずだから
子どもの私が歌っても
色気もへったくれも
ないんだけども
惚れた腫れたで
「俺」が好んでいた
曲はこれだ
異国の言語であっても
生まれ変わっても
心にこびりついて
離れないほどに覚えていた
♪
「ハバネラ」は
ビゼー作のオペラ「カルメン」で
ヒロインがドン・ホセを誘うために
歌うラブ・ソングだ
ふむ…
「オペラ」とは
なんじゃ？

「オペラ」というのは楽団の演奏や歌それから踊りをお芝居に取り入れたものです
芝居に歌と踊りがついてくる…とな
はい
ふむ…
姫君…お芝居にも興味があるのかな
それなら「俺」が好きだった「菫の園の歌劇」も気に入るだろうなあ
男役も女役もすべて女性が演じる華やかで独特で美しい劇団！
艶やかでダンディズム漂う男役さんと芯の強さを感じる娘役さんたちの織り成す舞台は
姿かたちの麗しさだけでなく素晴らしい曲や歌声緻密で精巧な衣装や舞台装置までもが芸術的なのだ！

うーむ
私の頭の中にある記憶を
お見せしたいね〜
言葉が追い付かない!
ぬっ
なるほど
では見せて
もらおうかの
コツン
近ッ
あーあーあ——
困ります姫君!
お顔が近すぎて
おめめが
チカチカします——!
あーあーあ——
姫君困ります——!!

ル〜
やかましい！そなたの記憶を今覗いておるんじゃ集中せい！
ひゃい！
なんと…異世界にはこのような煌びやかな世界があるのか…!?
スッ
ヨロ…
ふぁい！わらしもよくしりましぇんが！
つか姫君のお顔も同じくらい煌びやかで白豚はおめめが痛いです！
チカ
チカ
ニヤリ
そなたは存外良い拾いものであるなあ

これから時折
そなたの記憶を
見せよ
それ
これは褒美じゃ
ぽわんっ
わっ
桃!
ありがとう
ございます!
おっきい!!
うむ
また明日
ポーチにしまお
~♪
フンフン~
――若様

お話がございます

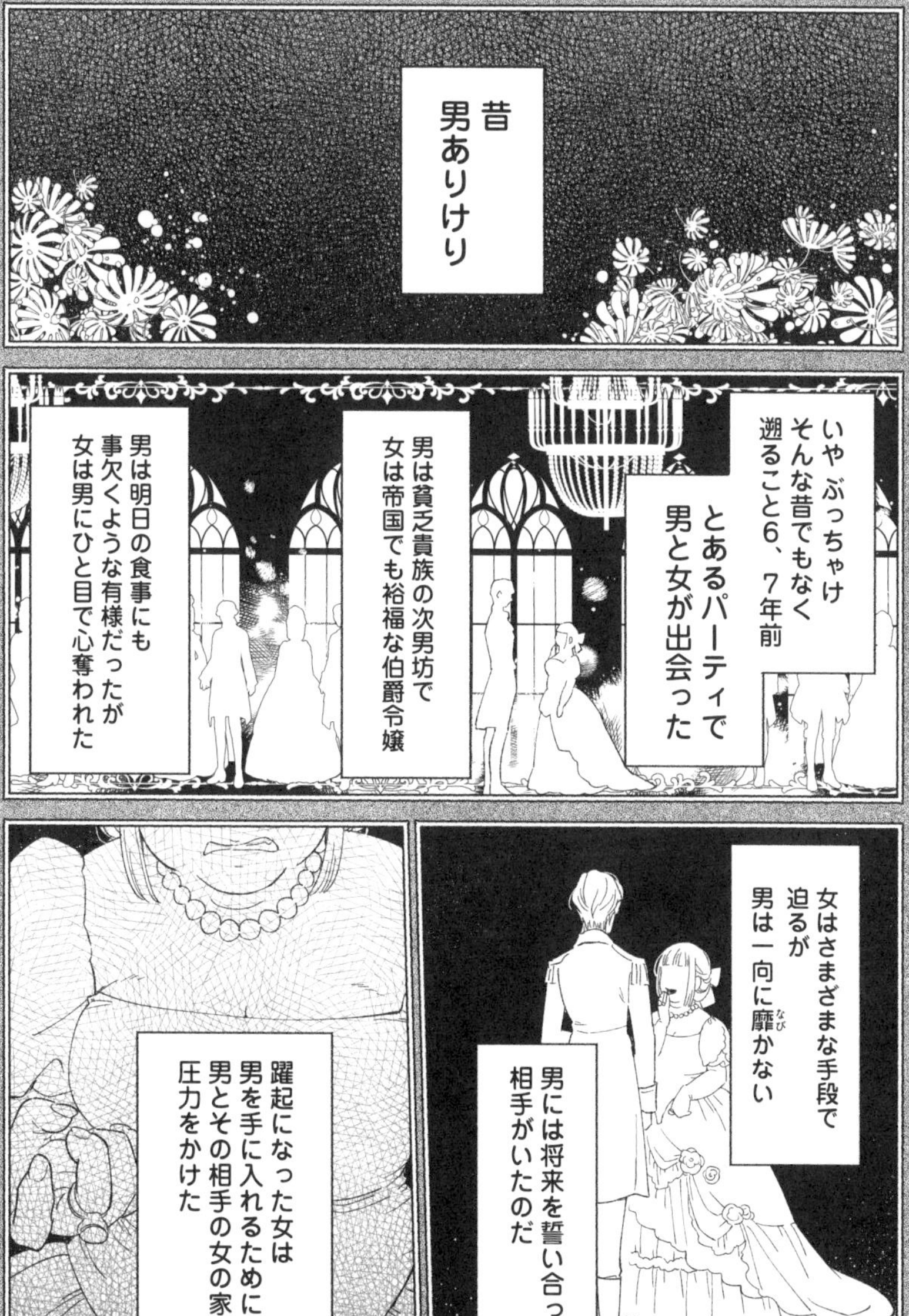
昔
男ありけり
いや ぶっちゃけ
そんな昔でもなく
遡ること6、7年前
とあるパーティで
男と女が出会った
男は貧乏貴族の次男坊で
女は帝国でも裕福な伯爵令嬢
男は明日の食事にも
事欠くような有様だったが
女は男にひと目で心奪われた
女はさまざまな手段で
迫るが
男は一向に靡《なび》かない
男には将来を誓い合った
相手がいたのだ
躍起になった女は
男を手に入れるために
男とその相手の女の家に
圧力をかけた

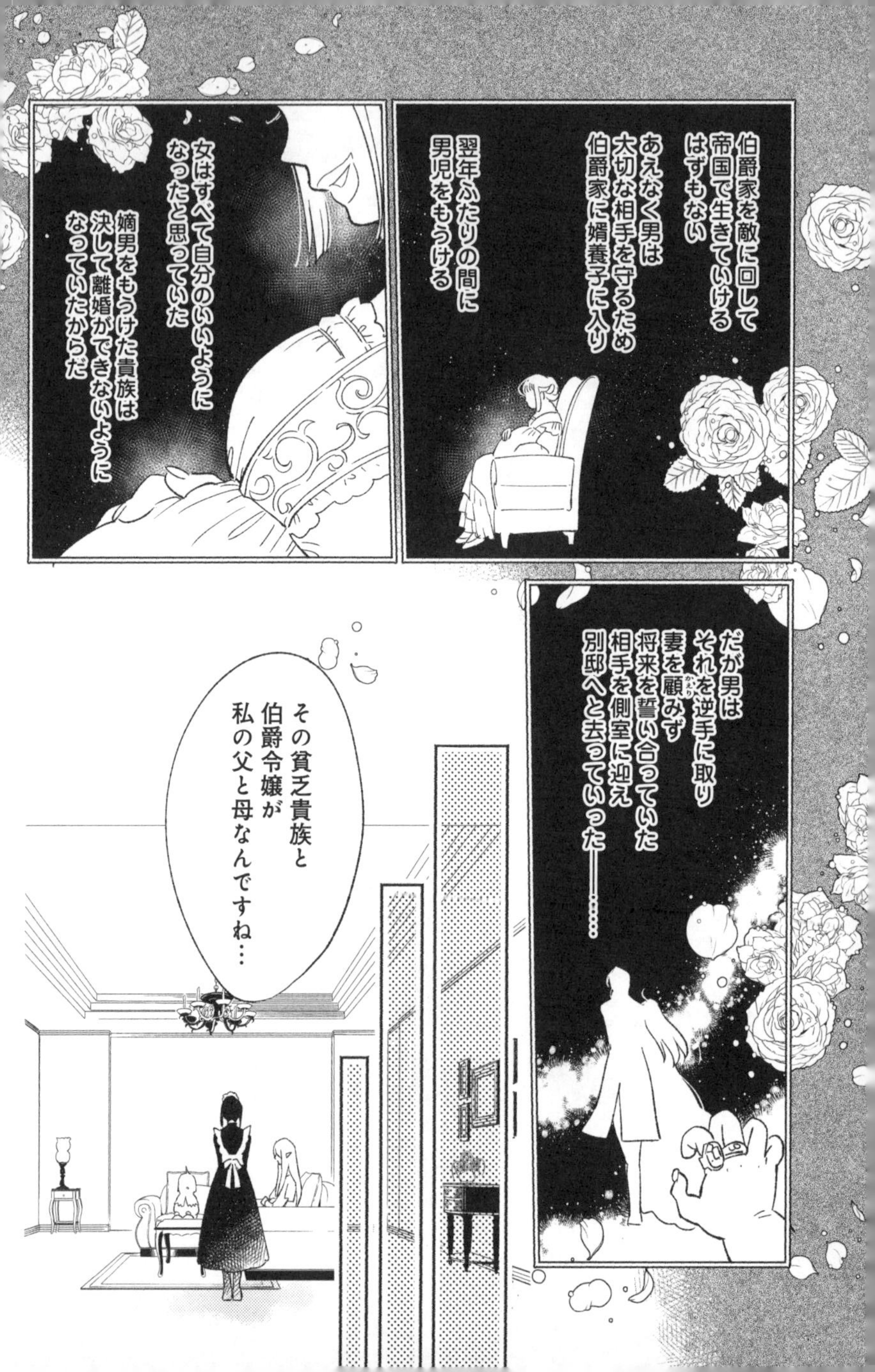
伯爵家を敵に回して
帝国で生きていける
はずもない
あえなく男は
大切な相手を守るため
伯爵家に婿養子に入り
翌年ふたりの間に
男児をもうける
女はすべて自分のいいように
なったと思っていた
嫡男をもうけた貴族は
決して離婚ができないように
なっていたからだ
だが男は
それを逆手に取り
妻を顧《かえり》みず
将来を誓い合っていた
相手を側室に迎え
別邸へと去っていった――……
その貧乏貴族と
伯爵令嬢が
私の父と母なんですね…

左様にございます
私はふたりが離婚できない原因…
つまり
少なくとも父にとって私は邪魔な子ども……
手紙には先頃 別邸のお方が流行病でお亡くなりになり
遺された3歳のお子をこちらへ伴うので養育の準備をするように…と
お子って…
弟様だそうです お世話係のメイドもひとりこちらに移す予定だそうで
なんでまた? ここは父が憎んでいる母の…伯爵家の本邸ですよ
その… それは……
ハッ

ヒク…
これはあれか
私に廃嫡《はいちゃく》の可能性が
出てきたってことか
よかったー
手に職付けててー
でも5歳だ
放り出されて
行くところなんて
あるんだろうか?
大丈夫ですよ
鳳蝶君
婿養子が妾に産ませた子どもに
家督を継がせることは
国法で禁じられていますし
何より
乗っ取りと見なされて
社交界から総スカンを
食らいますから
鳳蝶君が心配している
ようなことには
なりませんよ
だとしても
なおさらどうして…?
母親を亡くした小さな子どもを
住み慣れた思い出のある別邸から
引き離すとか……正気を疑う
しかも
自分の欲のためには手段を
選ばない女の本拠地だ

「虐待でもされて死んだらどうする！」
恐らく狙いは私ですね
はっ
……は？
いやー実はこう見えて私結構有名なんですよ
個人としても教育者としても
え……そうなんですか…
私鳳蝶君に会うまでエルフの冒険者アレクセイ・ロマノフを知らない子どもがいるなんて思っても見ませんでした
慢心はいけませんね
な…なんかゴメンナサイ
えいっ
ぐりぐり
いだだ

最初は君の家庭教師も断ろうと思ってたんです
事情は聞いてましたがあまり興味をそそられなかったので
でも 実物の君は不思議な子で……
今は君以外の先生になるのはちょっと考えつかないんですが
う～ん
旦那様はそのお子……レグルス様の家庭教師にロマノフ先生をお望みだそうです
うう～ん
……先生の気持ちは嬉しいしありがたい
だけど伯爵家の婿養子とはいえ当主の望みを雇われている側が退けられるはずがない

…………
あのひとは
私が死にかけても会いに
来てくれなかったのに
弟の教育のためには
憎んでいる女の屋敷に
来るのか………
今日こそは
明日こそはと
何日も待っていた
来ないまま
今ではあの人たちの
顔も思い出せないのに
弟…
弟かあ
気まずくて
しょうがないよ
でも
知らなかったとはいえ
私はお兄ちゃんなのだ
お兄ちゃんは
弟の面倒をしっかり
見てあげないと
兄とはそういう
ものだから
いや
そうじゃなくて…

ぱちんっ
弟の話が出てから
どうも現実味がないな
「俺」の感覚に
侵食されているような…
これは何か
よくない気がする
あの…
父が私を嫌うのは
なんとなく分かりました
じゃあ
母は私をどう思っているんですか？
…奥様は…
その……
妊娠中に旅行に
行こうとなさって
それが元で
早産の危機に陥られ
一時は母子ともに
お命が危うく……
…死にかけたのは
私のせいだと
思っている…と？
……左様に
ございます
どう考えても
詰んでいる

早くシーツを持って行って
料理の準備は？
はい滞りなく
ドタバタ
あの～～
お茶を頂いても？
はいただいま
ついに今日両親が帰ってくる
なんというか…芝居になりそうな話よのう

はい…そうなんですがいまいち実感が湧かなくて
じ
じ
私は家族に好かれていない
なのに私の中で「俺」が「家族なんだから…」ってなんだか期待してて
期待しちゃダメなのにもしかしたら…なんて
はああああ
…
そんな調子では魔素神経を意識して歌うなど無理であろう
喉を休めよ
スゥ…
もうよい今日は下がれ
え…でも……
まだ歌ってない…
ピチチ
チチ…

はあ…
屋敷に戻ろう
ザワ
ザワ
おかえりなさいませ 奥様
おかえりなさいませ
そ…
ドキン

ロッテンマイヤー!!
ソレを何処かにやって!不愉快よ!
奥様・・・!
ス
早く何処かへやってください

なっ
無礼なことを！
従僕ごときが若様になんという口の利き方をするのです
これは失礼しました
しかし奥様はご不快に思われております
主の意に従うのが従僕の役目ですゆえ
ぐっ…
ス…
……お部屋の用意はお申し付け通りできておりますそちらでお休みくださいませ
連れて行ってセバスチャン
スルリ…
御意
ぎゅ…

……泣いちゃダメだ
みんなの手を煩《わずら》わせたらいけない
部屋に戻ろう
ポンッ

お勉強しましょうか
ホ…
はい先生
バタンッ
おかえりなさいませ
レグルスおいで

続きは
COMIC コロナ CORONA TOcomics
にて お楽しみ 下さい!
コミックス①巻
2021年3月1日発売!

illust. keepout

ロスマリウス

メモ：魔術と学問と海の神。
六柱の神々のうちの一人。
鳳蝶を一族に
迎え入れようと画策中。

性別：♂

年齢：天地開闢から生きている。

身長：210cm

種族：神

ネフェルティティ・アマルナ

メモ：北アマルナ王国王女。第一王位継承者の立場から、ロスマリウスの養女へ。
鳳蝶の妻の座を狙う乙女。

性別：♀

年齢：10歳

身長：145cm

種族：魔族

ユウリ

メモ：異世界から落とされた『渡り人』。
元役者。本業は舞台の演出家。
エリックに養われていた。

性別：♂

年齢：31歳

身長：179cm

種族：人間

エリック・ミケルセン

メモ： ルマーニュ王国の元官吏。
ユウリの影響で
舞台にドハマりした沼の住人。

性別： ♂

年齢： 33歳

身長： 182cm

種族： 人間

誕生日
おめでとう!
強くなれ。
人の心の機微に
疎くなるのではなく
悪意に怯まぬように——
舞台DVD
2021年
9月24日発売!
詳しくは
公式HPへ!
6月10日発売!

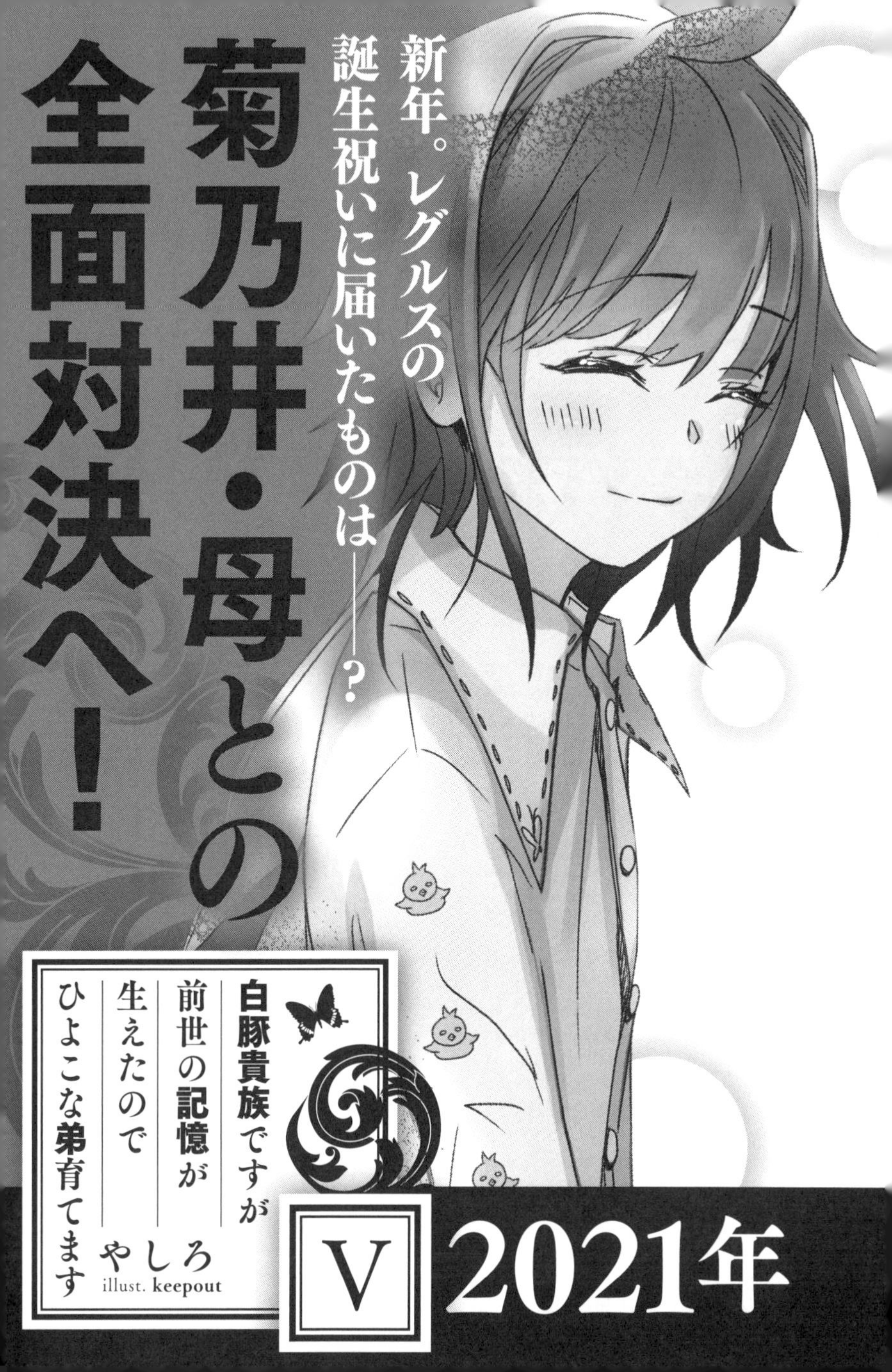
新年。レグルスの
誕生祝いに届いたものは――？
菊乃井・母との
全面対決へ！
白豚貴族ですが
前世の記憶が
生えたので
ひよこな弟育てます
やしろ
illust. keepout
V
2021年

白豚貴族ですが前世の記憶が生えたので
ひよこな弟育てますⅣ

2021年2月 1日 第1刷発行
2021年4月20日 第2刷発行

著 者 やしろ

発行者 本田武市

発行所 TOブックス

〒150-0002
東京都渋谷区渋谷三丁目1番1号 PMO渋谷Ⅱ 11階
TEL 0120-933-772（営業フリーダイヤル）
FAX 050-3156-0508

印刷・製本 中央精版印刷株式会社

ISBN978-4-86699-112-2